Si

O DRAGOSTE DIN ALTĂ LUME

Volumul 2

ISBN 978-606-9008-77-5

ISBN vol. 2 - 978-606-9008-81-2

Grafician copertă: Maria Stoian
Ilustrator: Mihai Alin Ion
Redactor: Roxana Neagu
Tehnoredactor: Alexandra Cătuneanu

Editura Bookzone
Şoseaua Berceni nr. 104, sector 4, Bucureşti
Comenzi şi informații:
Telefon: +40 774 091.579; +40 770 584.429
E-mail: office@bookzone.ro
www.bookzone.ro

Silviu Iliuță

O DRAGOSTE DIN ALTĂ LUME

Volumul 2

Bookzone
BUCUREȘTI, 2020

Capitolul 30

David

Lumea De Pe Dealuri. Iarna anului ZERO.

De trei zile, Poe nu vorbeşte cu mine. Mai precis, de când ne-am trezit amândoi sub masă, iar ea mă ţinea în braţe. Mai mult decât atât: băgase mâna pe sub cămaşa mea şi îmi mângâia abdomenul cu degetele. Eu m-am trezit cu puţin timp înaintea ei, simţind atingerile care aveau efecte atât în aparatul nervos, cât şi în cel reproductiv şi mi-a plăcut atât de mult, încât am rămas cu ochii închişi şi m-am prefăcut că dorm. A durat minute bune şi mi-am dat seama că niciodată, dar niciodată, nu am mai fost atins aşa.

Că tehnica, mângâierile roboţelelor erau de intensitate constantă şi la intervale regulate. Aşa le programasem pe toate. Ca senzaţie... nu aveau nicio legătură. Am simţit enorma diferenţă dintre o atingere caldă şi una a unui băţ de metal acoperit cu silicon şi piele.

Apoi m-a sărutat. Cred că a durat o secundă, cât şi-a lipit buzele de ale mele. N-am zis nimic, deşi aş fi vrut să o sărut înapoi. A fost cât se poate de plăcut, dar scurt. Mult prea scurt să îmi dau seama.

Imediat după aceea a spus: *Ooou, pisici!* Apoi s-a dat repede la o parte, iar eu m-am prefăcut în continuare că dorm.

Când m-am trezit avea mâna la ochi.

Aşa a mers până acasă, dar posibil să fi fost şi de la faptul că, în starea de mahmureală în care era, nu suporta razele Soarelui. Din când în când se oprea pe marginea drumului să miroasă noroiul amestecat cu zăpadă, pentru că se punea în genunchi şi lăsa capul foarte aproape de sol. E posibil să fi regurgitat puțin, maximum de zece ori.

— Pisicile mă-sii! spunea de fiecare dată.

Nu ştiu despre a cui mamă vorbea, nu mi-a răspuns când am întrebat-o. Am pus-o pe seama mahmurelii.

Azi, Vocea a venit pe la noi, direct de la birou. Acolo vin la el oameni cu tot felul de planuri, îi spun cum şi ce vor să construiască. Alții vin să se sfătuiască cu privire la taverna pe care vor să o ridice, la hipodromul pe care îl au în plan, la un teren de sport real, nu virtual, la toate cele. În afară de cei care au planuri, la biroul lui vin, în fiecare zi, oameni care efectiv se izbesc de greutățile traiului într-o lume nouă. Sunt multe lucruri necunoscute pe care supraviețuitorii nu le stăpânesc.

— Azi au venit doi la mine, începe el. S-au cunoscut într-o tavernă. Ea înaltă, el mai micuț, dar dacă se urcă pe masă, reuşeşte să ajungă cu gura la bărbia ei. Aşa... Se plăceau, dar ăsta mic nu era în stare să o stârnească în niciun fel. De două luni formau un cuplu, dormeau chiar împreună, dar el habar nu avea să o atingă, să intre în preludiu, iar femeia devenise frigidă.

— Ce e aia? întreabă Jaquelinne. E o boală? Dacă o am?

Tu şi Paco sunteți ca iepurii, Jaquelinne, stai liniştită! Nu o ai!

— Uh!

— Şi idiotul ăsta nu a plecat de la birou până nu i-am desenat o hartă cu locurile în care ar trebui să o atingă. A venit cu extract de mac şi pensulă şi m-a pus să înroşesc punctele de pe corpul ei unde trebuie să o mângâie pe frigidă. Cică să scriu în dreptul fiecăruia cât timp să o facă. Vă dați seama ce tâmpiți?

— Da, zic, fără prea mare convingere.

— Dacă vedeți prin kijiji o femeie înaltă, cu un 100 scris mare, pe gât, deasupra unui punct roşu, de la mine a plecat.

— Ce înseamnă?

— Adică să o sărute acolo, în jurul punctului, cât numără în gând până la 100.

— Cu limba? zic.

— Cu limba, mă! Uneori.

Vocea uită la mine ca la idioți, adică aproape ca de fiecare dată. Dar din fericire, îşi dă seama că am nevoie de ajutor şi continuă:

Pe spate i-am scris 200, pe coapse 150, cum mi-a trecut şi mie prin cap. Pe sâni i-am tatuat frigidei un 500, iar în segmentul extern al aparatului genital feminin...

— Vulva! zic. Chiar mi-a prins bine să învăț pentru Medicină.

— Ştiam şi eu cum se cheamă, dar e o doamnă aici...

Arată spre Jaquelinne. Cu toate astea, nu văd legătura: Jaquelinne nu ştie că se cheamă vulvă?

— Aşa, continuă Vocea. Pe... aceea... i-am scris 1000. Că am văzut că e mare femeia şi e de muncă.

— 1000! 1000! repet să nu uit.

Oare Poe e mare? Trebuie tot de 1000 de ori să sărut vulva sau se ia după înălțime? Ştii ce, David? Mai bine lasă 1000, să fie!

Vocea se uită mirat la mine şi *îşi dă ochii peste cap*. E o expresie învățată de la Paco, dar eu cred că e greşită. De fapt, ochii îi ține tot în cap, dar se uită în sus.

— Ce lume de idioți, mă, băieți! Şi oile alea sunt mai deştepte decât noi! Măcar alea ştiu să se împerecheze singure.

Încerc să țin minte cifrele pe care le-a avansat Vocea. Sper să nu le uit: 100 - gât, 200 - spate, 150 - coapse, 500 - sâni, 1000 - vulvă...

— David?

— Da?

— La ce te gândeşti?

— La...

— Stai liniştit, înainte să copulezi cu Poe, vom face câteva lecții împreună. De altfel, ar fi bine să avem o discuție în fiecare marți. Doar noi doi! Te voi învăța ce nu ştii despre Lumea Veche şi ce nu aş vrea să se piardă. Cât despre dragoste... La Poe nu merge cu cifre. Poe e specială.

— Şi acum trebuie să le uit?!

Ştiu că e specială. Altfel n-ar fi Poe. Numai că nu înțeleg de ce, după ce ne-am îmbătat împreună la tavernă, a ales să tacă. Alcoolul ar trebui să unească oamenii - aşa scria pe un tricou vintage - nu să îi dezbine.

Ieri, Poe s-a făcut că nu mă vede. Dădeam zăpada din fața casei lor, a ei şi a Vocii. Eu m-am oferit, special ca să o pot vedea. Ea a ieşit pe uşa rotundă, iar când a trântit-o puțin, o grămăjoară de zăpadă a căzut de pe acoperiş. S-a scuturat şi a intrat în casă, ca şi cum nu eram acolo. Era îmbrăcată într-o blană până puțin deasupra genunchilor, iar în picioare avea nişte papuci din lână înroşită, făcuți de ea.

— David?

— Vocea...

— Te-am întrebat de trei ori dacă s-a rezolvat cu cutia. Eşti în lumea viselor, băiete?...

— Da.

Cred că am răspuns la ultima întrebare, dar Vocea a luat răspunsul de bun pentru ambele. E mai bine aşa, nu m-aş fi simțit confortabil să îl mint.

Capitolul 31

Poe

Lumea De Pe Dealuri. Primăvara anului UNU.

După trei luni

E primăvară pe dealuri, iar eu niciodată nu m-am gândit că o primăvară poate fi atât de frumoasă. Adică sigur, ieşeam să mă plimb în natură şi în Lumea Veche, dar de fiecare dată mă simţeam aproape ca o prizonieră.

— Draga mea, îmi zicea bunicul, nu te plimba de mai multe ori în acelaşi loc! Vei atrage atenţia roboţilor şi vor începe să te cerceteze.

Mergeam în special la râu, de fiecare dată în alt loc al său, unde îmi permiteam maxima aroganţă de a bea apă dintr-o sticlă analogică veche din plastic, de contrabandă. Am luat-o în barcă, apoi am îngropat-o, într-o seară, lângă focul de pe plajă. Nu m-a lăsat inima, nu am putut să o arunc în foc, iar atunci am săpat o groapă şi am acoperit-o cu nisip. Probabil a ars oricum...

Grădina lui David şi a lui Paco e foarte îngrijită, iar florile şi plantele căţărătoare pe care le-au plantat peste tot se potrivesc perfect cu minunata căsuţă de hobbit cu uşi şi ferestre rotunde şi trepte din piatră de râu. Acum îmi dau seama că îmi lipseşte ajutorul lui David, mai ales că săptămâna asta am avut de ridicat bârnele grele de lemn pentru pod şi am fost nevoită să apelez la ajutorul enervantului Little Man.

Îmi fac curaj şi intru. Copacul ăsta de la intrare are nişte floricele albe sen-za-ți-o-na-le! Nici nu ştiu prea bine ce pom e.

— Am venit să îți spun că am făcut un lucru oribil! îi zic idiotului, imediat ce îl văd.

David tace.

— Te-am sărutat!

Normal că tace, probabil că habar nu are ce înseamnă un sărut de om şi cât înseamnă asta pentru o femeie. Ce idee proastă să vin la uşa lui!

— Acum trei luni. Te-am sărutat. E primul meu sărut!

David stă lângă cuptorul din mijlocul curții sale şi mă priveşte. Micuța chinezoaică şi prietenul ei nu sunt acasă. I-am pândit, desigur, şi l-am văzut cum o ia în cârcă şi pleacă la vale. Ştiu că nu ar trebui, dar uneori îi urăsc pentru că sunt atât de fericiți şi fără nicio grijă.

Prostuțul, acum nu îi mai pot spune idiotul, nu ştiu de ce, continuă să tacă şi să amestece în nisipul din plită. Nu îmi dau seama ce coace acolo, dar miroase bine.

— Ştii măcar ce înseamnă un sărut între oameni? îi zic.

Înfăşoară mâna într-o bucată de cârpă umedă, apoi o introduce în cuptor. Când eram mică, mama obişnuia să întindă o tavă în cuptorul cu energie solară şi să pună în ea nisip vulcanic, apoi cocea acolo cartofi şi mere. Îmi spunea că în felul ăsta, în nisip, căldura le pătrunde din toate părțile şi ies cele mai bune. Incomparabil mai bune, confirm şi eu.

— Cartof copt? spune, întinzându-mi unul. Ai grijă, Poe, frige!

Iau leguma din mâna lui şi mă aşez pe iarbă.

Toată furia din mine dispare încet, încet, odată cu prima muşcătură. Cu tot cu coajă! Cumva, parcă mama a venit o clipă lângă mine, iar gândul ăsta face să îmi curgă o lacrimă.

Tace. Simt că aş avea să îi spun multe, că aş avea să îi reproşez faptul că nu m-a ajutat să îl salvăm pe Poe cel adevărat. Măcar o carte! Aş vrea să îi spun că nu înţeleg cum de a acceptat să facă parte din lumea aia mizerabilă a iubitorilor de roboţi, a maşinilor lipsite de poezie, de suflet şi de iubire. Şi când spun *maşini* mă refer la oameni, nu la roboţi. Dar în acelaşi timp, simt şi că e mai bine să tac. Nimeni nu e perfect! Nici măcar eu, care l-am sărutat în somn.

— Nu pot să dorm! îmi zice din senin.

Pare că nu se poate uita la mine mai mult de câteva clipe, pentru că imediat lasă privirea în pământ.

— Nu pot să mănânc fără să pun deoparte ceva pentru tine.

Îmi arată cu mâna spre măsuţa pe care sunt aliniate zeci, poate sute, de mere coapte, de cartofi, pere şi alte fructe. Unele par foarte vechi, au mucegai pe ele.

— Sunt de aproape trei luni, oftează. De când ai ales să nu îmi mai vorbeşti.

Acum mă simt prost pentru bietele legume şi fructe. N-am cuvinte, iar din cauza asta continui să tac şi să iau înghiţituri mici din cartof, foarte mici. Să mă ţină cât mai mult. Azi mi-am dat, înainte să vin, cu puţin roşu în obraji. Nu ştiu de ce am făcut-o, dar am făcut-o ca şi cum ar fi fost absolut firesc. Doar nu vreau să îl agăţ! Nu?! Am venit aici să îi spun că am greşit că i-am dat primul meu sărut, atâta tot!

— Nu pot dormi, Poe, continuă, fără să îmi imaginez că ai capul pe mâna mea. Adorm cu brațul întins...

Oftează.

— Şi simt că mă enervez rău când mă gândesc la odiosul ăla mătăhălos!

Aici m-a pierdut.

— L-am văzut ieşind de la tine, nu trebuie să negi. Ştiu că sunteți împreună, numai că gândul ăsta mă face să plâng, Poe. Nu ştiu de ce, nu cunosc acest sentiment.

E atât de drăguț! Şi totuşi, uman. E gelos! Este primul om gelos pe care îl cunosc şi cred că primul om care simte asta în ultima sută de ani. Oamenii nu simțeau asta în Lumea Veche... Cum ar fi putut?

— Dintre toți, l-ai ales tocmai pe Little Man, de care am râs împreună...

Gelozie... despre asta am citit numai în cărți! Nu mă grăbesc să neg, asta pentru că mi se pare delicios.

— Îmi lipsesc mult poveştile tale, Poe...

Îmi zâmbeşte trist şi privind într-un punct.

— M-a impresionat povestea de Crăciun, mă mai gândesc când şi când la ea... vin la voi în curte, hotărât să îți vorbesc. Apoi văd că mă ignori şi îmi înghit cuvintele.

— Şi... şi ce vrei să îmi zici? Sunt aici.

Scoate ultimii cartofi din nisip şi îi pune pe piatra de lângă mine.

— Nimic. De ce ai venit, Poe?

— Să îți spun adevărul. Nu aş fi cu nimic mai bună decât toți ceilalți dacă nu aş fi în stare să spun adevărul, nu?

Îmi fac curaj şi mărturisesc, exact aşa cum am repetat singură prin casă şi prin pădure. Direct, fără floricele, asumat.

— Acum trei luni, dormeai. În seara aceea în care eu m-am ameţit în mod nedemn pentru o fată. Nicio fată, din nicio poezie, nu se îmbată. Nu există poezii despre beţive! În seara aceea, David... te-am sărutat.

Nu zice nimic, dar se înroşeşte.

— M-am întrebat ce gust ai, de aceea.

— Şi ce gust am?

— Nu de miere.

Mă simt uşurată, acum, că i-am zis. La fel de uşurată ca atunci, în după-amiaza de vară din Lumea Veche, când am ascuns de mama faptul că am ieşit neînsoţită pe stradă. Mă simţeam singură, aveam nevoie să fiu în preajma altor copii, să fac orice împreună cu ei, aşa că m-am deghizat şi am ieşit afară. Am aşteptat în parc jumătate de oră, n-am văzut absolut niciun copil şi m-am întors. Timp de câteva zile, nu i-am spus mamei mica mea escapadă, dar apoi, după ce am mărturisit, m-am simţit eliberată.

— Am ascuns cutia, David! schimb vorba. Am îngropat-o sub un copac. Ştiu că trebuia să îţi zic atunci, dar nu am făcut-o. Doar tu şi cu mine ştim, aşa că sunt la mâna ta. Vocea va trebui să mă pedepsească dacă se va afla.

— Ştiu...

— M-ai urmărit?

Îşi face de lucru cu mâinile, fără a spune un cuvânt.

— De ce m-ai urmărit? insist.

— Îmi era teamă pentru tine. Eram în curte, nu avem somn într-o noapte şi încercam să cioplesc un scaun dintr-o buturugă. Mă gândeam la tine şi...

— La mine? mă prefac surprinsă.

Speram să zică asta.

— ... mă uitam spre casa voastră când, dintr-odată, te-am văzut plecând şi îndreptându-te înspre pădure. M-am temut, era noapte.

— De ce nu m-ai strigat?

— M-ai fi ignorat, ca până atunci.

Acum tac eu. Are dreptate.

— ... oricum, te-am urmărit până la râu, la jumătatea Zonei Neutre, unde ai plantat un copac.

Mă mir că nu l-am simțit pe urmele mele, deşi am fost destul de precaută. De câteva ori mi s-a părut că foşnetul frunzelor este mai puternic decât ar trebui să fie, dar am pus asta pe seama animalelor sălbatice. Nu pot spune că nu mi-a fost teamă. Mi-a fost. Dar am reuşit să îngrop cutia muzicală şi să sădesc şi un chiparos care, cu siguranță, va trăi peste o mie de ani.

— Niciun copăcel nu are nevoie de o groapă atât de mare.

Are dreptate. În seara aceea nu m-am gândit decât că trebuie să o îngrop adânc, adânc de tot, aşa că am exagerat cu groapa. Am pus şi un pietroi mare peste ea, aşa mi s-a părut mie că rezistă mai mult.

— Totuşi, ce gust am? mă întreabă cu dulceața unui copil.

— Ai gust de om, David. Presupun că ai gust de om şi puțin de cafea amară cu frişcă. Deşi în seara aceea era amestecată cu puțin rachiu.

— Cafea amară, Poe?

— Cafea amară.

— Din aceea despre care mi-a vorbit Vocea?

– Din aceea.

– Şi, Poe, ai putea să...

Cred că îmi sugerează ce vreau eu să îmi sugereze. Nu pentru asta am venit? M-aş putea oare îndrăgosti de un imbecil ca el? De un idiot care şi-a trăit tinerețea copulând cu roboțele? *Nevermore!* cum ar zice corbul lui Poe.

Mă apropii de el şi îmi trece prin cap că n-a citit niciodată nimic, că n-a ascultat niciodată nicio piesă de dragoste, că habar nu are ce înseamnă să îți faci griji pentru altă ființă umană. Când mai am puțin, foarte puțin până la buzele lui, îmi dau seama că acel corb nenorocit se înşală şi nimic din toate astea nu mai contează.

Capitolul 32

Kayana

Zona Neutră. Anul 3615 (1303 după Paul).

O să zic că sărutul a fost de la oboseală. Că săpăm aici, la râu, de atâta timp, fără oprire, şi că ne-a luat Paul minţile. O dată i le-a luat lui şi m-a sărutat, apoi mi le-a luat mie. De vreo două ori.

Sigur, şi acum stau cu mâna în jurul gâtului său, dar aş putea spune că mă odihnesc, nu? Da, pe oboseală dau vina, e cel mai bine! Şi el poate face acelaşi lucru.

— Şi acum, Amn? zic încet.

Îşi desprinde uşor mâinile din jurul mijlocului meu şi îl simt că pleacă.

— A, nu, nu, rămâi aşa! Sunt foarte obosită şi... cad. Dacă nu mă ţii, cad!

Pune mâinile la loc, iar un val de căldură mă cuprinde din cap până-n picioare.

— Amn de pe dealuri, cum găsim al treilea chiparos bătrân? Luăm la picior toată Neutra? Ne-ar lua anotimpuri întregi.

— Nu trebuie.

— Nuu?!

Oare aş putea da vina pe oboseală dacă l-aş mai săruta o dată? Măcar pot spune că alcoolul e de vină? Dacă beam nişte rachiu de cocos sau nişte lichior de fruct de pitaya, aveam un motiv. Sau dacă fumam nişte *insulare.*

Oftez lung, îl văd că îmi zice ceva, dar nu îl aud. Adică mă uit fix la buzele lui, dar îmi aud mai tare inima decât îi aud cuvintele. Ei, asta e! O să dau vina pe oboseală!

Mă reped la el, de săracul băiat n-are nici măcar o şansă. Buzele mele se lipesc de ale lui, apoi încep să le mişc în jurul gurii sale. Pe bărbie, în colțul din dreapta al buzelor, pe gropiță... Am ratat un colț, nu? Stânga sus. Ah, chiar am ratat! Trebuie să o iau de la capăt.

Acum urmează partea grea, explicația:

— Scuze... e de la oboseală.

— Şi eu sunt obosit.

Apoi mă atacă. E ca un rechin care îşi sfârtecă prada.

— Uşor, uşor! îi zic. Încetişor.

Îmi mut palmele pe fața lui, îl mângâi pe obraji, apoi îi sărut scurt.

— Aşa, băiete de pe dealuri. Uşurel ...

După fiecare cuvânt, îl sărut cel puțin o dată. La cele lungi, chiar de două ori.

— Încetişor... în... ritmul... nostru... de... la... mare... Pricepi? Voi sunteți prea grăbiți.

Brusc îi dau drumul şi mă îndepărtez. Problema e că dacă n-aş fi făcut asta chiar acum, nu cred că m-aş mai fi putut abține să...

— Amn?

— Da...

Moaca lui seamănă cu a unui pui de broască țestoasă, pe plajă, când dă să fugă înspre mare. Parcă ar vrea să o ia la goană spre mine, parcă e prea buimac să o facă.

— Amn, hei! îl trezesc puțin. Mă duci la chiparos? Ştii unde e?

— A, asta... Da.

Şi rămâne în aceeaşi poziție, uitându-se tâmp undeva, la gura mea. Nu vreau să spun mai multe, dar cred că în mintea lui încă se sărută cu mine.

— Amn?

— Kay?

— Copacul?

— Ce? Da.

O să fie greu aşa, e clar că pierdem timpul. Mă apropii de el şi îl ciupesc de braț, aşa cum face Afrika atunci când mă prinde că mă uit ca toanta la apus şi nu îi răspund.

— Gata, băiete?

— Gata!

— Unde e? În Zona Neutră sau în lumea ta? Plecăm, Amn?

— Nu e nevoie.

Cred că l-am pierdut. Ori chiar e prostuț şi nu mi-am dat eu seama? Dar nu, nu părea.

— Unde mergem, Amn?

Continuă să se holbeze la mine, ceea ce, recunosc, îmi place mult. Dar mă şi sperie puțin. Ridică brațul şi îmi indică o direcție, fără să se uite: în spatele meu, pe partea cealaltă a râului.

Mă întorc şi nu văd nimic, nici urmă de chiparos uriaş. Nici gând să fie altceva acolo în afară de nişte arbuşti şi câțiva copăcei la tinerețe.

— Mă dau bătută. Asta în cazul în care era o ghicitoare. Unde e chiparosul?

Mai ridică o dată brațul, în aceeași direcție. A luat-o razna.

— Pe pământ, zice. A mai rămas un butuc mic și au mai scăpat niște cioturi. Dar uită-te la iarba crescută în jur… Acolo unde a fost copacul are altă culoare.

Are dreptate. Din loc în loc, cioturi mici, cu siguranță părți ale unui fost copac mare, sunt acoperite cu mușchi. Curăț puțin câteva bucățele, dând la o parte mușchiul, și constat că dedesubt e lemn. Același fel de lemn. Două dintre bucățile acoperite cu mușchi se dovedesc a fi pietre albe.

— Știu din povești, spune el, că podurile care erau peste râu s-au construit din…

— … *trunchiul unui copac uriaș de pe mal*... Avem și noi aceleași povești. Apoi podurile au fost înghițite de apă. Amn, crezi că apa asta ar putea înghiți niște poduri?

Râdem amândoi și începem să săpăm. Tot cu mâinile, tot cu bețele și pietrele. Din când în când, mai dau vina pe oboseală și mă mai reped la buzele lui. Treaba asta îmi dă avânt să pot săpa în continuare, dar mă și înmoaie.

Ciudat. Simt, pe de o parte, că am fraternizat cu dușmanul, iar pe de altă parte, nu îmi pasă câtuși de puțin.

— Dacă nu e nimic, Amn? îi spun.

— Trebuie să fie. *Caută sub chiparos de trei ori și vei…*

— … *descoperi adevărul!* Știu. Și dacă nu e?

Lângă noi sunt mormane de pământ, iar un șanț măricel se întinde acum în jurul fostului chiparos, actual ciot.

Sigur, ne-ar fi mai ușor dacă am înțelege măcar ce căutăm. Cum să arate? Un obiect cum a fost cutia sau unul mai mare? Poate fi și ceva mic și pătrat, de ce nu? Sau rotund.

Mă întind o clipă pe iarbă, ostenită, și îi arăt să facă același lucru. Îmi așez capul pe abdomenul lui și mă odihnesc puțin.

— Numai puțin, te rog, îi zic. Apoi o luăm de la capăt.

— Ar fi mai simplu dacă am ști măcar ce căutăm. Stăm cât vrei, și eu am nevoie...

— Credeam că voi, ăștia de pe dealuri, sunteți puternici ca niște cai.

— Suntem, avem și trei capete cu care mâncăm meduze.

Zâmbesc. Mi-l imaginez cu trei capete, la fel de drăguțe. Apoi îmi vine în minte imaginea lui mușcând dintr-o meduză.

— Iuuuuu! Yaaaak!

Luna e acum deasupra capului nostru și arată exact ca o farfurie. Uneori e ca jumătate de farfurie, alteori ca muchia ei. Întotdeauna m-am întrebat de ce Luna se vede diferit în fiecare seară și de ce apare în alt loc? Cine o mută pe Cer?

— Omule de pe dealuri, pentru că tu le știi pe toate, aș vrea să îmi spui, de ce crezi că Luna nu se vede la fel în fiecare seară?

— Explicația mea sau explicația celor din Casa Matematicienilor și a Judelui?

– Mai întâi explicația lor. În lumea mea, sunt singura care își pune problema asta. În fine, eu și prietena mea, Afrika.

– Judele zice că Luna are diferite forme pentru că John crede că ne-am plictisi dacă am vedea-o mereu la fel. Și atunci o schimbă în fiecare seară. Explicația Matematicienilor e că o dată la treizeci de zile, Luna capătă din nou formă de farfurie, pentru că John vrea să ne transmită prin asta: *Oameni de pe dealuri, au trecut treizeci de zile! Să nu cumva să vă încurcați la numărătoarea lunilor!*

Mda, aceleași explicații de la noi.

– Serios, numai pentru ăia de pe dealuri se face Luna ca o farfurie? Pentru noi, nu?

– Nu s-a pus problema. Despre voi nu prea vorbim, Kay! Mai exact, vorbim doar când se pune problema să vă invadăm și să vă luăm Relicvele.

Tot ca la noi, numai că noi suntem la primire. Ne apărăm.

– Și stelele, Amn? De ce se sting și se aprind ca lumânările?

– Toți spun că fac așa pentru că sunt din foc. Sunt torțe, de aceea se mai sting, se mai aprind, normal...

– Și tu ce crezi, Amn?

– Eu? Cred că...

Mormăie ceva din care nu înțeleg nimic.

Și aștept, și aștept. Dar următorul lucru pe care îl aud e un sforăit groaznic. Aproape ca al câinelui Gretei, matahala aia care când doarme la picioarele ei, geme, fornăie și oftează.

— Iartă-mă, spune brusc. De obicei nu adorm în mijlocul... dar acum... eu cred că Luna e... mai puțin frumoasă decât tine.

O pun şi pe asta pe seama oboselii. E prima noastră noapte împreună şi, dacă mi-aş pune puțin mâinile în jurul lui, cred că aş putea dormi mai bine decât în pat.

Capitolul 33

Amn

Zona Neutră. Anul 3615 (1303 după John).

— Hei, e deja zi!...

Mi-e milă de ea şi ultimul lucru pe care aş vrea să îl fac e să o trezesc. Doarme atât de frumos cu capul pe sac, direct pe pământ şi învelită cu haina mea, încât pare un pui de căprioară abia născut, acoperit cu paie. Nu ştiu de ce mi-a venit asta.

— Kay...

Încerc să o mişc puţin, dar e cu totul în lumea viselor. Dacă am noroc, mă visează chiar pe mine.

— Cred că am găsit, Kay...

Deschide un ochi absolut minunat. Nu că celălalt nu ar fi la fel de minunat. Doar că ăsta e primul.

— Am găsit!

Aş vrea să strig. Singurul motiv pentru care încă mă abţin să o fac este să nu o sperii. Nici pe ea, nici păsările nemuritoare care par mai aproape ca niciodată. O iau încet, dacă seamănă cu mine sigur nu vrea să îi urle nimeni în ureche când se trezeşte.

— Tu n-ai somn, omule de pe dealuri? Ce zici că ai găsit?

— Ce e sub al treilea chiparos!

— Ce? Dar tu când te-ai trezit?

Se uită în jur şi vede groapa uriaşă pe care am făcut-o de când a răsărit Soarele.

— Sunt în picioare de când s-a ridicat Soarele, îi spun.

— Şi acum?

— Acum e prânz.

Dă la o parte pătura de pe ea, se ridică în picioare şi se întinde puțin. Ridică mâinile deasupra capului, apoi se apleacă în dreapta, în stânga, iar silueta picioarelor se vede prin fusta aproape transparentă de in. Bluza roşie cu floricele pictate cu galben şi albastru o face să pară cea mai colorată fată din lume, iar sforicelele cu flori de pădure pe care le are la gât şi la mâini o fac să arate ca o strofă de poezie. Te auzi ce spui, Amn? Cum să semene o fată cu o strofă?

— Ştii, îmi zice în timp ce cască, mie îmi place să fiu trezită cu sărutări.

Mă apropii de ea şi...

— Hehe, stai! Nu acum, acum e târziu, nu mai vreau! Dar să ştii pentru data viitoare.

— Am notat. Nu vrei să ştii ce am găsit?

— A, tu vorbeai serios? Eram sigură că râzi de mine.

Scot de la spate cartea veche şi plină de praf, învelită în piele maronie şi legată bine cu o sfoară.

— Ce e?

— Cea mai mare descoperire din Lumea Nouă, zic. Şi dovada clară că aici au mai existat oameni. Altfel de oameni.

— Altfel de... ce?

Ne aşezăm pe iarbă şi mai suflu o dată praful de pe carte. Am petrecut ceva timp ştergând-o de noroi şi curățând-o cu grijă, când ea dormea.

Kay întinde mâna uşor înspre ea, cu multă teamă.

— Ai deschis-o, omule de pe dealuri?

– Am citit doar primele cuvinte. Am zis să te aştept.

Deschidem amândoi cartea şi încep să îi citesc:

Acesta este unul dintre cele cinci obiecte lăsate Lumii Noi.

Cineva a tăiat patru şi a scris peste el cinci.

În cazul în care nu le-ați descoperit pe celelalte, să știți că se află și ele pe undeva. Primul este despre Muzică. Al doilea, această carte - despre lucrurile care vă vor schimba viața în bine. Al treilea - despre Dragostea de Mamă, pe care nu trebuie să o înlocuiți niciodată cu nimic. Al patrulea - despre Amintiri. (înghesuit pe foaie, este adăugat) Iar al cincilea - despre Libertate, pe care nu trebuie să o mai pierdeți niciodată.

Suntem Poe și David și sperăm să descoperiți această carte peste câteva zeci de ani, poate sute, de la anul nostru de acum, 40 din Lumea Nouă. Sau 2352, dacă am socoti și anii Lumii Vechi.

Kayana se uită la mine cu ochii plânși, ca ai unui ied care a pierdut-o pe mama sa, căprioara, a căutat-o o vreme, iar acum o regăsește. Am văzut asta odată. O simt că nu poate spune nimic, nu e în stare să articuleze nici măcar un sunet. Așa cum eram și eu acum ceva vreme, după ce am curățat atent cartea și am început s-o citesc.

— Până aici am ajuns singur, îi zic.

— Ha?

— Adică nu am dat pagina.

— Bă... bă... băiete? Tu îți dai seama ce avem în mână? Realizezi ce facem noi acum? Că o carte a Lumii Vechi e acum, aici, în mâinile noastre? Și că noi suntem primii din Lumea Nouă care…

Dau din cap pentru a-i transmite că da, sunt pătruns de importanța acestui moment și îl înțeleg pe deplin. Se lovește cu palma peste frunte și își trece mâna prin păr de câteva ori, agitată.

— Știi că nu-s pregătită să aflu nimic, Amn? Cine știe ce…

— Crezi că eu sunt?

Simt o fericire ciudată, parcă mi-e frică să o ating, nu ştiu. Tremur tot. Şi nu, de data asta nu e pentru că stau în preajma ei.

— Încercăm?

Vreau să dau pagina, dar îşi pune mâna pe mâna mea.

— Stai, băiete! Promite-mi ceva...

Aştept.

— Promite-mi că nu dăm pagina mai departe până nu înţelegem tot ce scrie. Şi că deocamdată rămâne între noi tot ce vor să ne transmită Poc şi David...

— Poe!

— Poe. Nu ştiu dacă suntem noi pregătiţi pentru asta. Dar sunt sigur că oamenii tăi şi ai mei nu sunt.

— De acord. Pot să...

Cu mare grijă, întorc pagina şi suflu firicelele de praf, apoi citesc cu voce tare:

Eu sunt Poe, femeie, 75 de ani, în ultimii ani ai vieţii. Bine v-am găsit! Soţul meu este David, care are aproape aceeaşi vârstă cu mine.

— 75 de ani?! exclamă. Atât de mult trăia un om? Erau aproape nemuritori!

Nu vă spunem prea multe despre noi, ni s-a părut doar politicos să ştiţi cine a scris această carte şi cine v-a lăsat cele cinci obiecte. Încă de la început, trebuie să vă rugăm ceva, sperând că voi, cei din Lumea Nouă, care descoperiţi această scriere, veţi respecta dorinţa noastră: nu daţi pagina până nu înţelegeţi tot ce scrie! Dacă treceţi mai departe, nu veţi mai pricepe nimic.

În momentul ăsta mă uit la Kay cu ochii cât merele. Aceleaşi cuvinte. Aceleaşi cuvinte din această carte veche au fost rostite acum câteva clipe de Kay.

— Kay, tu ai...?

— Puțin ciudat, da. Probabil gândea ca mine.

— Am o senzație stranie, îi zic. Parcă totul pare un joc.

Pentru o clipă am impresia că își bate joc de mine. Că ea a îngropat aici cartea pentru a râde de un biet îndrăgostit de pe dealuri. Înghit în sec, apoi îmi fac curaj și citesc în continuare:

Știm că sunteți tâmpiți, iar asta nu e neapărat ceva rău. Noi v-am lăsat tâmpiți. Oamenii Lumii Vechi v-au lăsat așa, nu e vina voastră. Am ales să nu intrăm în detalii despre sfârșitul nostru, nu e un moment de mândrie. Important e că noi, oamenii, am decăzut, apoi am luat-o de la zero. Adică acolo unde sunteți voi acum, în cazul în care descoperiți cartea peste câteva zeci de ani. Dacă veți intra în posesia ei peste câteva sute de ani, probabil că ați descoperit că apa caldă poate să curgă în casele voastre sau ceva pe acolo. Ideea e că din idioții din anul Zero ne e greu să credem că vor evolua prea repede niște ființe inteligente.

— Ne cred mai proști decât suntem, Amn... Știm să încălzim apa, măcar atâta lucru știm.

În cazul în care nu ați descoperit cartea despre muzică, vă spunem acum: căutați-o! Deși, la ce indicii clare am lăsat, era greu să nu o dezgropați până acum.

Nu neglijați niciodată muzica! În lumea noastră, vacile dădeau mai mult lapte dacă le puneam melodii lente. Cu cât mai lente, cu atât mai bine. Cea mai bună producție o aveau când ascultau în ferme și în grajdurile de pe lângă case, o trupă veche, pe nume R.E.M. Iar melodia se chema Everybody Hurts. De câte ori oamenii din anii 2050, spre exemplu, treceau prin dreptul unei case și auzeau piesa asta, înăuntru era fie o vacă, fie un om depresiv.

Muzica face tonul, dar cuvintele sunt esența! Vacile nu le înțelegeau, de aceea credeau că melodia era veselă şi liniştitoare, dar nu era. Aşa cum pot fi şi melodii cu versuri vesele, cântate pe o instrumentație care induce tristețe. De aceea v-am lăsat partiturile: să aveți şi versurile, dar şi instrumentația.

V-am lăsat Beatles. O să vă bucure sufletul, vă promitem!

Ce ne place să ne jucăm aşa, peste timp, şi tare mult am vrea să fim cu voi când veți asculta!

David îmi spune acum, în timp ce sapă în grădină, că singurul lui regret este că nu vă poate vedea fețele în timp ce citiți. E convins că veți spune ceva de genul: «Ce straniu! Totul pare un joc.»

E rândul Kayanei să mă privească uimită şi poate cu neîncredere.

— Am... Amn? şopteşte cu frică. Tu ai îngropat cartea asta?

— Aşa am gândit şi eu despre tine. Am crezut că vrei să râzi de mine.

— Sigur nu tu... ?

Dau din cap că nu şi mă pregătesc să atac ultimele rânduri de pe pagină.

— Stai! mă opreşte. Nu trecem mai departe până nu înțelegem tot.

— Partiturile?

— Partiturile.

— E vorba despre muzică, îi spun.

— Da, aşa a scris: cartea despre muzică.

— Liniile şi punctele ciudate din Cartea Sfântă, Kay? Aşa le-o zice: partituri. Dar ce înseamnă ele şi ce indică?

— E evident: melodia! Nu ştiu încă cum se întâmplă asta şi ce ar trebui să citim în ele, dar indică ce trebuie să cânte instrumentele, sunt sigură. Şi omul, cu vocea sa, poate! Ştiam eu că toate cântecele din carte nu pot suna atât de îngrozitor cum le cântăm noi!

Mă sărută în mod neaşteptat, euforic şi apăsat. Exact cum aveam nevoie acum, când oricum sunt buimac.

Lunga introducere se încheie aici. Urmează să citiți, să înțelegeți şi să realizați câteva lucruri care vă vor schimba lumea. Când am început să construim Lumea Nouă am păstrat din cea veche hârtia, fierul şi sticla. Nici nu aveți idee cât de multe mai sunt...

Dar noi să o să vi le explicăm acum numai pe cele esențiale, pe cele care au legătură cu voi, oamenii. Cu relațiile dintre voi. Vă vom arăta cum să comunicați mai bine, cum să păstrați amintiri cu cei dragi şi multe alte lucruri.

Şi țineți minte ceva: oricât de departe veți ajunge cu tehnologia peste o mie, două mii de ani sau zece mii, nu uitați de dragoste, de familie, de prieteni. Întâlniți-vă om cu om, nu înlocuiți niciodată iubirea oamenilor cu a altor obiecte.

Trebuie să vedeți lumea, să călătoriți! E fascinantă! Protejați natura, iubiți toate speciile lăsate pe Pământ! Şi altele.

Sunteți pregătiți? David zice că acum ați făcut pe voi, la propriu, dar eu cred că e doar un bătrân nebun. Şi iubit, să nu uităm: iubit.

Aşadar, primul lucru care vă va schimba complet lumea *este*...

Capitolul 34

Kayana

Zona Neutră. Anul 3615 (1303 după Paul).

– Kay, îți dai seama că putem schimba lumea? îmi spune.

Nici nu știu ce îmi place mai mult în acest moment: faptul că facem împreună ceva atât de important, dar că, în același timp, totul pare o joacă? Sau că o femeie și un bărbat din vechime ne vorbesc prin intermediul unei cărți?

Iar acum, când mă uit la dragul de el, aproape că îmi pare rău pentru ce urmează să-i fac...

Dau pagina și îi citesc:

INVENȚIA UNU: Comunicarea.

Sunetul, oameni buni din viitor. V-ați întrebat vreodată ce e sunetul?

Dacă da, vă cerem scuze. Dacă nu, e bine să vă întrebați acum. Fără a vă lua de sus, o să încercăm să ne punem în locul vostru și să vă descriem aceste invenții ca unor copii de un an.

– Un an? Kay, asta e o carte de povești?

Ridic din umeri și citesc mai departe.

Dragi oameni, principiul e simplu: când un om vorbește, celălalt, dacă e la o distanță rezonabilă, aude! Când o pasăre face cip cirip, o auziți. De ce? Asta pentru că sunetul ajunge cip, cip, la voi în urechiușe. Până aici e clar, da?

Bun! E limpede că el pleacă dintr-un punct, ciocul păsăricii, şi ajunge în alt punct, urechea celui care ascultă. Teorie nu vom scrie prea multă pentru că eu nu am niciun fel de pregătire tehnică, iar tot ce ştiu e din cărți. Cât despre David, el e realmente praf la teorie, dar ştie să facă chestii. Desenul care urmează e făcut chiar de el.

– S-a terminat pagina. Fac o pauză și îl întreb:

– Dau mai departe sau...

– Da! Până aici am înțeles tot, chiar și cu mintea noastră de un anișor.

Pe pagina următoare, cea din stânga, mare de tot, este un desen. Două căni cu un fir între ele. O gură vorbește la o cană, iar o ureche ascultă la cealaltă. E ciudat că le-au desenat numai gura și urechea, iar restul oamenilor lipsesc.

Poate vă întrebați ce reprezintă. Dacă nu vă întrebați, dați cartea cuiva care se întreabă.

Aceasta, dragi oameni din viitor, este cea mai simplă invenție și o să vă rog iar să treceți la următoarea numai după ce faceți micul experiment de mai jos.

Ce vedeți în stânga, numerotate cu 1 și 2, sunt două pahare. Materialul din care sunt făcute se numește plastic. Plasticul simplu se degradează în 500 de ani, dar marile companii au inventat și variante mai tari, mai rezistente, termosensibile, care nu se degradează nici în 10 000 de ani.

Revenind la invenția noastră: se iau două pahare de plastic, 1 și 2. Se găuresc pe fund, o gaură mică, cât vârful unui pin de brad, că sigur știți ce e ăla. Numărul 3 e o sfoară care se întinde între ele și care a fost introdusă prin găurele. Se fixează acolo cu un bețișor, astfel încât să nu iasă sfoara. Acum, după ce faceți asta, vă vom arăta cum călătorește sunetul de la un pahar la altul și cum puteți comunica la distanță.

– Kay, spune Amn dezamăgit. Acum sunt sigur că asta e o carte de povești pentru adormit copiii. Își imaginau ei, în Lumea Veche, că sunetul călătorește? Că el se urcă pe un cal, lângă primul pahar și descalecă la al doilea? Adică, tot ce citim, în afară de partea cu Relicvele, e imaginație. Ca și cum eu aș desena acum un om și aș spune că e sunet, iar el călătorește. E o prostie!

Are dreptate, dar dacă am început...

Sigur o să spuneţi că e o prostie, îmi spune David. Dar şi mai sigur e că o să încercaţi să faceţi experimentul. V-am descris unul foarte simplu ca să nu vă pierdeţi răbdarea.

– Îşi bat joc de noi, Kay! Ştiau că nu avem de unde să luăm plastic din ăla şi că nu vom putea face niciodată experimentul lor. Ăştia doi care au scris cartea probabil că erau glumeţi, cum le zicem noi ălora care mai ies seara pe scenă, în Agora, şi încearcă să facă lumea să râdă.

Fraiera de mine, am uitat să vă scriu că puteţi folosi orice altceva în loc de pahare de plastic. Căni de metal, poate de ceramică sau ce aţi mai descoperit voi pe acolo. Cursul istoriei voastre fiind altul decât al nostru, ne gândim că probabil aţi inventat alte materiale din care să faceţi pahare: strobonţiu, circontui, cioc de pasăre - buhuhu sau mai ştim noi ce.

Aşadar, esenţa rămâne: faceţi experimentul cu ceva apropiat de forma paharelor: nuci de cocos, tărtăcuţe scobite...

Daţi pagina după ce faceţi experimentul. Succes!

– Sfoară n-avem, dar ceva în loc de pahare găsim! Am o idee.

Mă ia de mână şi pornim împreună pe câmp, înspre Lumea De Pe Dealuri. Ne depărtăm destul de mult de Marele Râu, nu am mai ajuns niciodată până aici. Ar trebui să fiu prevăzătoare. Recunosc, pentru o clipă, îmi trece prin cap ideea că vrea să mă fure şi să mă ia prizonieră în lumea lui.

Nieee! Nu pare. Din păcate.

– Vrei?

Îi întind bobiţa mov pe care am adus-o cu mine. Noi îi zicem *iarba tămăduitorului* şi poate fi confundată uşor cu un fruct foarte bun de mâncat.

— Mă otrăvești? întreabă amuzat.

— Sigur că nu. Doar o să adormi puțin, mai târziu.

— Îmi prinde bine un somn.

Este atât de naiv! Delicios de naiv, aș putea spune.

Se oprește pe câmp și îmi arată pe jos un fruct mare și lunguieț, cu coaja portocalie și tare.

— Se mănâncă asta la voi, Kay?

— Nu știu ce e, îi răspund.

— Noi nu avem, credeam că aveți voi.

Dau din cap că nu.

— Oricum, e bun pentru ce ne trebuie.

Se chinuie cu o bucată de lemn să îl taie la jumătate, apoi încet, încet îl crestează, iar fructul se desface în două. Scobim, scoatem din el pulpa portocalie și semințele, apoi curățăm cu atenție până rămânem doar cu două jumătăți de coajă, ca două căni goale. Poate o să îmi risc viața într-o zi să îl gust, dar nu acum. Mai bine ar fi să îl încerce un om de pe dealuri și... dacă nu se otrăvește... Nu, nu Amn!

Ne întoarcem la râu și spălăm bine cele două jumătăți de coajă. Chiar seamănă cu paharele de *clastic* sau cum i-o zice.

— Întoarce-te puțin! îi spun.

Îl aștept să mute privirea în altă parte, apoi dezbrac bluza și scot maioul de pe mine. În timpul ăsta, îl văd în apa râului. Ține ochii strâns închiși. Păcat, aș vrea să mă privească măcar puțin, cu coada ochiului, înainte să pun bluza la loc.

Deșir maioul, cusut de Afrika din cele mai bune fire de bumbac, și obținem o ață lungă, suficient de lungă încât să ajungă de pe o parte pe alta a Marelui Râu. Care numai mare nu e.

Îl las pe Amn să înțepe pe rând fundurile jumătăților de fruct şi să bage ața pe acolo, apoi să o fixeze cu un bețişor, ca în desen.

– Şi acum *sunetul călătoreşte!* râde el.

Şi mie îmi vine să râd. Mă aştept să văd un om în formă de sunet ieşind din jumătatea mea de fruct şi alergând în jumătatea lui de fruct. Cât de nebun să fii să crezi că se poate întâmpla asta? E exact ca în kijijiul ălora de pe Insulă, unde cei mai mulți dintre ei cred că o dată la patru anotimpuri apare pe cer un moş îmbrăcat în roşu, într-o trăsură zburătoare, care le aduce cadouri. Da' măcar ei au o scuză: fumează mult.

– Acum te duci pe partea cealaltă a râului, Amn. Dacă tot ne prefacem că experimentăm ce au zis glumeții, să o facem până la capăt.

Merg eu pe un mal, iar Amn pe celălat. Sfoara ar trebui să stea întinsă, dar la prima încercare nu ne iese, pentru că de câte ori o întindem, cedează şi se rupe. La a doua, la fel. Nu contează, ne iese din a treia.

Eu pe un mal, el pe altul. Iar ciudățenia cea mai mare e că eu sunt pe malul către lumea lui, iar el pe cel către lumea mea.

Dacă ne-ar vedea cineva, cu siguranță că ar spune că suntem complet nebuni. Dacă l-ar vedea tata, probabil că ar fi convins că ne invadează şi i-ar trage o săgeată în piept, înainte să apuce să deschidă gura. Noroc că nu e nimeni prin zonă.

Pun jumătatea de fruct la gură şi îi fac semn să o pună pe a lui la ureche. Nici dacă eram copii de patru anotimpuri nu cădeam aşa de uşor în plasa ălora din Lumea Veche. Cred că ei stau acum în *Submarinul*

Galben şi râd de noi cu gura până la urechi. Pentru Poe şi David ăia, cred că suntem ca puii broscuţelor ţestoase de pe plaja mea, cărora le punem un lemn de bambus în stânga, unul în dreapta, iar ele sunt nevoite să meargă înainte, spre apă. Sigur, le salvăm în acest fel, altfel le-ar mânca păsările de pradă, dar le şi obligăm să o ia pe acolo, iar ele nici măcar nu îşi dau seama că n-au de ales. Asta suntem noi acum: broscuţele.

Bag buzele în interiorul fructului şi zic:

— Broscuţă Amn, deşi eşti dintr-o lume de nemernici, să ştii că îmi pare bine că te-am întâlnit!

Acum sunetul meu ar trebui să călătorească prin sfoara dintre noi şi să poposească la el în ureche. Mă uit la omul de pe dealuri şi nu văd nicio reacţie. Ţine la ureche jumătatea lui de fruct golit de conţinut, dar e clar că nu aude nimic.

Dacă tot e joc, să jucăm până la capăt:

— Ne vedem în Agora Paul! Să ştii, Amn, nu vreau să te sperii, dar eu cred că te iubesc.

Şi leşină.

Capitolul 35

Poe

Lumea De Pe Dealuri. Primăvara Anului Cinci.

— Nu băga bobița mov în gură! Nu e bună, nu! îi strig.

Se uită cu ochișorii ei rotunzi la mine, apoi aruncă bobița și își acoperă pleoapele cu mânuțele.

— Nu e bună, nu! zice, apoi o ia la fugă prin curte, așteptând să o urmăresc.

Fetița noastră, Ma, are acum trei ani și din zi în zi seamănă tot mai mult cu David. Dacă mi-ar fi spus cineva că bărbatul ăsta al meu, puternic și harnic, este același cu tipul nici prea solid, nici prea slab, nici prea nicicum, de la începutul Lumii Noi, n-aș fi crezut.

— Pentru cine e asta? îl descos.

De când a descoperit tâmplăria, David reinventează tot felul de unelte și ustensile pe care le foloseau oamenii înainte de roboți. Acum, de exemplu, a făcut un cadru de lemn, gros cât două degete, iar pe fiecare latură a sculptat floricele.

— Le pot picta eu? îl întreb.

— Pentru tine e.

— Ah! Lasă-mă să ghicesc: e o ramă de tablou!

— Deocamdată, zice. Nu e gata încă.

Mă uit fascinată la cât de îndemânatic este și cum naște imediat un obiect pe care nu îl înțeleg.

– E pentru că am observat că îți place să faci haine. Vocea mi l-a desenat, se pare că e de pe vremuri şi se numeşte gherghef.

– Am citit, îi spun, în cărțile vechi japoneze apărea.

– Nu am nicio idee cum se foloseşte.

– Cred că am eu.

Îl sărut, apoi încep să îl pictez şi să întind ațele. Pentru că a fost ideea lui Vo, mă gândesc că el ar trebui să fie primul care să beneficieze de noul gherghef.

De când e bunic, Vocea a devenit Vo. Asta pentru faptul că omulețul său preferat din întregul Univers, fetița noastră, încă nu îi poate spune tot numele.

– Vo, apică!

Iar Vo se înmoaie tot, îi întinde ulcica, apoi o şterge la gură. Îl văd cum, în ultima vreme, îşi ia tot mai des liber de la birou ca să stea cu Ma. Nu mă plâng pentru că astea sunt singurele momente din timpul zilei când pot să mă plimb prin kijiji, spre exemplu. O iau la pas spre viitoarea Agora şi de fiecare dată îmi place să urmez altă cale.

Oamenii au construit mult în ultimii cinci ani, mai mult decât mi-aş fi închipuit. Arată ca un orăşel în toată regula, numai că, spre deosebire de orăşelele vechi, casele din kijiji au amprentă personală. Simți cine locuieşte acolo şi ce fel de personalitate are, după decorațiunile de la intrare. Spre exemplu, acolo stă o femeie căreia îi plac pisicile, pentru că are tot felul de feline din lemn atârnate de grindă. Acolo locuieşte cu siguranță un bărbat care nu prea stă pe acasă, iar soția lui a pictat uşa rotundă în roz. Sau poate au o fetiță şi nu îi pot refuza niciun moft, ca noi...

Am senzația că mă plimb printr-un sătuc medieval construit de hobbiți. Sau de spiriduşi, cum zic unii. Mai trebuie pavate aproape jumătate din străzi, dar Vo a făcut o treabă excelentă coordonându-i pe cei care aduc piatra de la râu cu cei care pavează. Aşa că s-au mişcat repede.

— Pe cel mare l-aş vrea, zic şi arăt spre un pepene uriaş.

— Un free.

Moneda noastră se numeşte free. Când au fost întrebați de Vocea ce nume i-ar da, un şugubăț din mulțime a strigat:

— Dacă tot e pe bani, să fie free.

Toți au râs şi aşa i-a rămas numele.

Dacă până acum vreo doi ani găseai maximum cinci-şase feluri de fructe la tarabele negustorilor, acum sunt de zece ori mai multe. Ba chiar mă întreb când şi cum de au timp să se ocupe de toate.

— Cum se numeşte?

— Chirimoya, îmi spune negustorul şi îmi întinde un fruct.

Dar tarabele mele preferate sunt ale Casei Țesătorilor. Zeci şi sute de feluri de materiale, uitate de omenire în ultima sută de ani, ies acum la suprafață. De la mătase colorată, la lâna de oaie atât de hulită în Lumea Veche, pe motiv că ne batem joc de animale tunzându-le. Uneori, negustorii aduc marfă din Lumea De La Mare, iar de acolo vin țesături şi mai fine, şi mai colorate, în culori ce aduc aminte de marea turcoaz şi de soare.

Am fost de două ori la mare, unde am dormit o săptămână la o familie de pe plajă. În schimb, i-am primit la noi, la deal, şi am avut grijă ca, în zilele în care i-am avut ca oaspeți, să nu consumăm carne, în semn de respect.

David e fericit, rolul de tătic i se potriveşte la nebunie. Născoceşte mereu câte o jucărie de lemn, ceva ce n-a mai văzut nimeni din lumea noastră şi care îi face pe toți să se minuneze. Spre exemplu, săptămâna trecută a confecționat un fel de maşinuță sculptată dintr-o buturugă. Avea roți de fier, scaun de piatră şi ceva ce a existat acum multă, foarte multă vreme, pe timpurile celor de la Beatles: volan. Cred că oamenii nu au mai văzut aşa ceva de prin anii 2060, de când butoanele, manetele şi controlul automat au înlocuit de tot primitivul volan. Dar noi asta suntem acum, după cum ne tot reaminteşte Vo: primitivi.

— Incredibil, maşina chiar merge pe jos!

Asta a exclamat un vecin la vederea maşinuței. Apoi şi-a chemat familia care, la rândul ei, a chemat alți oameni din kijiji. Totul s-a sfârşit cu o demonstrație: David, în maşinuță, dând la pedale. În momentul în care roțile s-au învârtit, ca acum sute de ani, s-a lăsat cu aplauze furtunoase.

— Nemaipomenit! Nu ne-am gândit niciodată că maşinile chiar au mers odinioară pe pământ.

— Credeam că poveştile despre automobilele de dinainte de magnetomobile erau doar... poveşti!

Din nefericire, momentul s-a terminat cu vizita lui Vo, care după ce s-a gândit puțin, a pus să fie arsă maşinuța.

— Mi-e teamă de invenția numită volan, a zis. Îşi vor pune problema că maşina ar trebui să meargă fără cai şi că nu este o trăsură. Asta va duce la progres tehnologic rapid, la roboți...

Oamenii l-au aprobat imediat. Au început să se acomodeze în Lumea Nouă, iar pentru ei roboții înseamnă trecutul, un coşmar la care nu mai vor să revină. Au înțeles imediat că trebuie arsă. Nu şi Ma, care a început să plângă căutându-şi maşinuța.

Celor mici nu le transmitem nimic despre trecut. Pentru ei nu a existat şi nu există mai nimic din ce era înainte. Ceea ce e bine, am ajuns şi eu la concluzia asta. Viaţa lor trebuie să fie simplă, frumoasă, în deplină armonie cu natura. Iar acum toţi copiii par a fi fericiţi, nu mai au feţele acelea galbene şi ochii roşii. Nu mai merg cu privirea în holotablete, ca în Lumea Veche, cu aerul acela bolnăvicios, controlaţi sută la sută. Înainte, copiii nu îşi trăiau copilăriile, ci doar bifau nişte ani, până să ajungă la maturitate.

– Ce crezi? Uită de maşinuţă dacă îi dau asta?

Îmi întinde o băşică de piele umplută cu câteva paie şi aer.

– Kemari, îi spun. Aşa se numea la japonezii de acum trei mii de ani. Ei l-au inventat.

– Sau fotbal, Poe, ţi-am povestit că aşa l-am jucat în varianta 4D.

– Bal! Bal! începe să strige Ma după ce îl aude.

Bal să îi rămână numele!

Şi da, a uitat de maşinuţă, aşa cum a uitat şi de pistolul cu apă, inventat de David, şi de altele. Copiii, din fericire, uită repede.

David are o problemă: nu se poate opri. De câte ori vorbeşte cu Vo, vine cu o idee nouă. Mai întâi, face o schiţă pe hârtie, una din care numai el înţelege ceva, apoi se chinuie câteva zile, până îi dă de cap. Acum vreo trei ierni, sărbătoream Crăciunul. E mult spus sărbătoream: de fapt chemam la noi câţiva prieteni şi pe familiile lor şi mâncam tot felul de bucate din carne de porc. Paco ne-a spus să mâncăm porc, cică aşa făceau strămoşii lui români. A văzut multe poze cu ei în arhivele reţelei de socializare. Tot el ne-a mai spus că strămoşii obişnuiau să taie porcul, apoi să îl călărească şi să pună poză cu el. Asta am refuzat să facem. De călărit vorbesc.

Într-o seară, Vocea ne-a chemat pe toți şi ne-a spus:

– Mă gândeam că de azi, în fiecare an, pe 25 decembrie, să ne oferim cadouri. Şi dacă vreți, atârnăm câteva decorațiuni în bradul din curte. Nu sărbătorim nimic, dar mă gândeam că aşa ar fi frumos.

– Fără niciun motiv? au întrebat vecinii.

– Fără niciun motiv.

M-a surprins. Ne-a surprins. În afară de mine, de David, Paco şi Jaquelinne, ceilalți nici măcar nu au idee ce sărbătoresc şi că pe vremuri a existat un Crăciun. Dar le-a plăcut ideea de cadouri şi de mâncare şi băutură multă.

La acel Crăciun nesărbătorit, David a creat un obiect destul de ciudat căruia i-a spus *rindea*. Pe care a oferit-o drept cadou bunicului meu. Mi-a spus Vo că e din vechime, o foloseau oamenii acum sute de ani, dar eu n-am auzit niciodată de ea. Ciudat este că de trei ani încoace, pe 25 decembrie, David îi dăruieşte lui Vo altă rindea, tot mai bună decât anterioara.

În fiecare seară, scriu. După ce o adorm pe Ma, căreia i-am spus aşa în cinstea mamei mele, aştern pe hârtie câteva cuvinte. O fac în linişte şi deplină tăcere, bineînțeles, pentru că nu vreau să fiu prinsă. Oricât m-am rugat de Vocea să renunțe la legea care ne cere să nu vorbim despre Lumea Veche, nu am reuşit să îl înduplec. După o vreme, mi-am dat seama că e mai bine pur şi simplu să nu mai aduc vorba despre asta şi să scriu.

– O îngropăm, îi spun.

– Deja?

— Da.

A durat mult, mai bine de un an de zile, dar am reuşit. Am adunat în cartea asta toate cântecele lor pe care le ştiu, ascultate de mii de ori în lungile zile de solitudine din bibliotecă. De fapt, datorită lor nu am simțit izolarea ca pe o pedeapsă, ci ca pe o binecuvântare. Ce femeie normală la cap ar fi preferat un robot-mascul în locul unei piese de Beatles? Toate celelalte, desigur.

— Am scris tot, notă cu notă, David. Portativ cu portativ, cuvânt cu cuvânt.

— Tot ce îți aminteai, Poe? N-a mai rămas nimic, nicio melodie, printr-un colțişor?

— Hmm... de mai bine de o lună nu îmi mai amintesc nimic nou. Iar desenele...

Îi arăt cele două picturi cu Beatles, m-am gândit că le trebuie şi o reprezentare a celor care au compus muzica asta minunată. Prima este cea făcută după celebra poză de pe Abbey Road, iar a doua este reproducerea unei poze care mie mi-a plăcut enorm: cei patru, liberi, în pădure. Fețele lor atât de blânde şi de liniştite, din vremurile în care nici nu ştiau ce urmează să se întâmple, nu aveau idee că se vor despărți sau că un Chapman criminal avea să îl împuşte pe John.

— E completă, David! Aş vrea să o îngropăm.

— Chiar speri să o găsească cineva?

— Sunt sigură că da. Într-o zi...

O iau în brațe pe micuța Ma şi i-o las în grijă lui Jaquelinne. Văd cum fața i se luminează brusc, mai ales pentru că, de câte ori i-o duc pe Ma, băiețelul lor cel năzdrăvan pare că se cuminţeşte brusc şi se uită fascinat la ea, fiindu-i ruşine să arunce cu obiecte prin cameră, spre exemplu.

— Tot chiparos să fie, Poe?

— Ştii un copac care să trăiască mai mult?

— Ai dreptate. Unde?

Îi arăt către dealul pe care am făcut pentru prima dată dragoste. A fost la câteva zile după ce l-am sărutat a doua oară. De fapt, prima dată când a fost şi el de acord. Nu atunci, în tavernă.

Au trecut aproape cinci ani. De când, la Răsărit, i-am dat întâlnire lui David pe vârful dealului, departe de ceilalți oameni. Mai întâi i-am spus povestea mea, numele meu adevărat şi numărul. Deşi nu mai avea nicio importanță, am simțit nevoia să i le spun înainte de a fi împreună. Apoi i-am mărturisit că sunt un copil născut de o mamă adevărată, nu de un burduf de piele şi l-am întrebat dacă i se pare ciudat acest lucru. Nu i s-a părut, deşi mă aşteptam să îi fie scârbă.

Am mai făcut un lucru atunci, pe deal: i-am spus foarte clar că vreau să lăsăm ceva oamenilor viitorului, să îi ajutăm să evolueze frumos şi să nu eşueze, ca noi. Deşi Vocea nu va fi de acord, eu o voi face. Aşa cum mă aşteptam, mi-a dat dreptate.

— Vreau să le lăsăm numai lucruri bune, i-am zis.

— Şi câteva idei, a completat. M-am gândit la asta.

— Idei?

— Da. Vocea mi-a spus că au fost oameni care au murit pentru a demonstra că Pământul e rotund. M-a marcat asta şi aş vrea ca oamenii din viitor să nu treacă prin aceleaşi lucruri ca noi. Adică vom evita să le spunem despre roboți, despre homo digitalis, dar sunt idei care le-ar putea uşura mult viața şi le-ar face-o mai frumoasă.

— De exemplu?

— Oamenii comunicau pe vremuri printr-un aparat primitiv care se numea telefon. Ştiai, Poe?

Ştiam. În multe cărţi vechi apar aceste obiecte, în special în cărţile de până în anii 2000. Unele aveau disc cu cifre şi ţin minte că, de fiecare dată când citeam despre asta, mă întrebam cum se foloseau. Erau chiar şi cărţi de telefon, dar nu am înţeles la ce ajutau.

— Telefonul a plecat de la un mecanism simplu cu o sfoară. Nu aş fi în stare să le scriu despre cum să facă un telefon şi să comunice la distanţă, dar Vocea mi-a povestit despre acel mecanism. Şi funcţionează!

Când vorbea despre lucrurile astea, ochii săi deveneau strălucitori, iar el se umplea de pasiune. Ce să vezi?! Omul ăsta era nu numai pasional, ci şi inteligent! Atunci mi-am dat seama că poate m-am înşelat în privinţa lui şi l-am judecat prost la prima întâlnire. Şi că mai mult ca sigur el este cafeaua mea amară cu frişcă.

— David, îţi place cafeaua amară?

— Numai cu frişcă! zâmbeşte.

Ştia.

— Avem acelaşi mentor, Poe.

Din ziua aceea, de acum cinci ani, suntem împreună şi n-am dormit nici măcar o singură noapte despărţiţi.

Bag cartea sub rochie, la spate, apoi îi sărut mâna care îi miroase a lemn. Mă înnebuneşte mirosul de lemn proaspăt de pe degetele sale şi, de fiecare dată, încerc să ghicesc ce esenţă este. Nu îmi iese niciodată.

— Stejar? zic fără speranţă.

— Pe aproape! Tei.

Mă ia de umăr şi pornim împreună spre locul în care am făcut dragoste pentru prima dată. Nu coitus, cum a rămas încă vorba printre tâmpiți. Îl mângâi pe spate și îi spun:

– Dacă tot stă Vo cu Ma, poate zăbovim ceva mai mult pe acolo...

Capitolul 36

Amn

Lumea De Pe Dealuri. Anul 3615 (1303 după John).

După 1303 ani, în acelaşi loc

Cobor dealul pe lângă Chiparosul Cel Bătrân. Cred că nu am mai fost niciodată atât de nervos şi de supărat pe mine. Nu-mi vine să cred cât de idiot am putut fi să mă las dus de nas în halul ăsta!

Când Baba mi-a zis că dragostea te loveşte în moalele capului ca un baros, iar din acel moment nu mai eşti tu, îţi pierzi cunoştinţa şi începi să te comporţi absolut prosteşte, a avut dreptate. Însă Baba a uitat să îmi spună că o să mă lovească şi pe mine. Rău!

– Cât de idiot eşti, Amn?

Poftim, acum am început să îmi vorbesc şi singur!

– Sigur că singur, doar nu poţi să vorbeşti cu ea! Ea doar te-a amăgit, apoi te-a otrăvit sau adormit sau ce ţi-a făcut şi te-a lăsat să dormi ca prostu' pe malul râului!

Am mai şi visat că eram sărutat în somn! Ca şi cum Kay, după ce m-a părăsit acolo ca pe ultimul om, stătea să mă sărute.

Când m-am trezit, capul îmi era greu, aproape la fel de greu ca acum, iar gâtul îngrozitor de uscat. Dar peste astea pot trece mult, mult mai uşor decât peste trădare.

Mai întâi, am vrut să o iau la goană pe urmele ei. Chiar am apucat-o înspre Lumea De La Mare, dar m-am răzgândit repede.

Iar acum, iată-mă, alergând spre casa Judelui din lumea mea, încercând să opresc războiul. Am sentimente contradictorii. Sunt supărat de moarte pe ea, dar în același timp aș muri dacă i s-ar întâmpla ceva și vreau să-i salvez lumea.

— Eu ți-am zis că ești idiot, Amn!

— Știu, Amn! Asemenea!

Bărbatul în costum negru mă lasă să trec.

— Tot tu, Învățătorule? îmi zice Ajutorul când mă vede intrând în palatul ororilor.

— Îhî... adică, da! Și mă grăbesc.

Partea stupidă din toată povestea asta e că, deși m-a otrăvit, m-a adormit cu bulinuța aia mov, deși m-a trădat și a furat cartea, mie mi-e dor de ea. Cred că femelele oamenilor sunt cele mai perverse ființe din lume, mai perverse decât Văduva Neagră, care își mănâncă masculul. Sau pe acolo.

— Presupun că vrei să fii doar tu cu el, îmi zice răutăcios Ajutorul.

— Ai ghicit.

Și detaliul care mă face să cred că totuși, printr-o minune, îi pasă de mine, e că nu m-a lăsat să dorm cu capul pe iarbă sau pe vreun bolovan, ci mi-a pus drept pernă sacul ei. Care, întâmplător sau nu, are și jumătate de maiou înăuntru. Partea care a rămas nedeșirată și pe care am mirosit-o ca prostul tot drumul de întoarcere. Ești idiot, Amn! Nu uita că te manipulează!

— De fapt, nu! Stai și tu.

Parazitul de Jude este, ca de obicei, hrănit de patru fete aproape dezbrăcate. Două îi vâră pe gât mâncare, alta îi mângâie umerii, iar cea de-a patra tocmai i-a băgat picioarele într-un lighean, iar acum îi freacă unghiile cu o piatră abrazivă.

— Jude...

Le face semn să plece, iar cea de la picioare protestează că nu şi-a terminat treaba şi se plânge că a fost adusă de la un atelier de frumuseţe special pentru asta.

— Nu se poate să îl las aşa, neterminat!

Ba s-a putut.

Am rămas în trei: eu, Judele şi Ajutorul.

— Am devansat atacul, Învăţătorule! zbiară, ridicându-se de pe scaunul uriaş.

De nervi, s-a înroşit la faţă ca un fier încins, iar ochii dau să iasă din cap, ca ai broaştei bulbucate în perioada de împerechere.

— Micuţa ta cutie muzicală nu mă poate opri! strigă. Ştiu, m-ai convins, arătându-mi-o, că au avansat în domeniul muzicii. La ce te-ai fi aşteptat de la nişte trântori care cresc în copac? Dar talentul muzical n-o să le folosească la nimic când cei cinci mii de mercenari îi vor călca în picioare! Vor fi făcuţi praf!

S-a aprins. Gâfâie, dar, din nefericire, mai are ceva de zis. Acum se aşază la loc, pesemne l-a obosit să ragă aşa.

— Nici dacă au mii de cutiuţe din astea nu se salvează! Războiul nu se câştigă prin muzică, Învăţătorule! Ce o să facă? O să cânte când noi îi vom ataca să le luăm Cufărul? Când mercenarii le vor rupe gâtul, vor porni cutiuţa aia cu muzică? Ha!

— Nu e numai atât, Jude! Tocmai am fost în lumea lor.

— Cum? Iar ai încălcat Armistiţiul?

— Da, puțin. Am vrut să văd iar de ce sunt în stare şi să te informez. Nu am făcut bine?

— Ba da, ba da, Învățătorule!

— Atunci adevăr îți spun: am aflat că ei au inventat lucruri la care noi nici nu gândim. Nici nu ne trec prin cap. Rând pe rând, le voi fura şi le voi aduce aici, dar asta probabil că va dura mult timp.

— Ce invenții născoceşti, Învățătorule?

— Ei, asta e problema ta, Jude! Nu ai încredere. Spre exemplu, oamenii de la mare stăpânesc forțele naturii. Pe toate!

Se ridică iar de pe scaunul uriaş. E sculptat de vreo zece meşteri de la Casa Tâmplarilor, cu toate nebuniile de modele pe braț şi pe spătar şi cred că a costat cât mâncarea unui om pe zece ani de zile.

Începe să se plimbe prin încăpere, prin dreptul fântânii, apoi pe la geam, privind la pasărea nemuritoare din depărtare.

— Devine palpitant, nu-i aşa? spune din senin, apoi oftează şi o ia din nou la pas prin încăperea uriaşă.

Acesta este un efort mare pentru el, neobişnuit cu mersul pe jos. Uneori cred că şi la baie îl cară ăştia în negru, cu tot cu scaun. Nici nu îmi dau seama dacă gâfâie de la efort sau oftează de îngrijorare. Îl urmăresc cu privirea şi nu îi zic nimic, îl las să fiarbă.

— Ce forțe ale naturii stăpânesc, Învățătorule? Ai vreo demonstrație pentru asta, cum a fost cutia? Sau ar trebui să te cred pe cuvânt, ha?

— Sigur că am, dar nu acum. Mai întâi trebuie să mă duc acasă, să mă spăl, să mănânc şi să vorbesc cu Baba. Eu am venit aici ca să fiu sigur că nu porniți un război care ne va omorî toți oamenii.

— Acum să îmi demonstrezi! Poți să te speli şi după! strigă.

— Nu pot, am intrat în contact cu o broască râioasă şi trebuie să mă spăl bine.

La auzul acestor vorbe se opreşte şi face doi paşi în spate, lipindu-se de perete, cât mai departe de mine.

— Oricum, nu pot demonstra nimic pe loc. Dar mâine, la prânz, în Agora...

Puțin mai târziu

Acasă, Baba mă ascultă cu atenție, deşi nu zic nimic. Regret că trebuie să îl mint, dar cred că, în punctul ăsta în care suntem, nu am încotro.

— ... şi apoi am plecat din lumea lor, Baba, furând prima invenție.

— Nu o păzeau soldați?

— Puțini, dar m-am strecurat noaptea.

— Amn, şi fierul? Cum era? Tot lucrături ca acelea de la cutiuța ta?

— Mai mult, Baba! Mult mai mult, dincolo de orice ne putem închipui noi. De aceea te rog să mă susții şi să le spui Brutarului şi tuturor bătrânilor cu care te întâlneşti tu că războiul e cea mai proastă idee! Spune-le că am fi nimiciți într-o clipă de nişte ființe care ne sunt superioare la absolut orice.

A doua zi

În Agora s-au strâns zece mii de persoane.

Oamenii spun că nu s-au mai adunat atâția din seara în care Judele de acum cincizeci și doi de ani a prezentat mulțimii *Cartea Sfântă* recuperată de la cei de la mare. S-a întâmplat imediat după ultimul război.

Probabil că astăzi au fost atrași de afișele uriașe pictate în grabă și lipite pe toate panourile din kijiji: *Miercuri, la prânz, vine în Agora Învățătorul Amn, care pretinde că a fost în Lumea De La Mare și că le-a furat o invenție senzațională! Veniți! La întâlnire vă va vorbi și reprezentantul Casei Olarilor, pentru a vă prezenta noua lor oală-minune în care puteți coace carnea de porc în mai puțin de o oră! Marea noutate este invenția numită capac, o descoperire extraordinară și modernă!*

— Hmm, *Învățătorul pretinde,* îi zic lui Baba. Cam răutăcioși, aș zice.

Presupun că lumea n-a venit pentru oale. Deși nu m-aș mira. Dar nu... Având în vedere că îl fluieră pe reprezentantul Casei Olarilor - un individ timid și cu părul zburlit, căruia îi tremură vocea de emoție - cred că mă vor pe mine. Păcat, invenția numită capac s-ar putea totuși să fie importantă pentru omenire.

— Și acum, strigă Ajutorul, cel ce pretinde că a fost de două ori în Lumea De La Mare și a găsit acolo oameni mult mai dezvoltați decât noi, ne va face o demonstrație! Este el mincinos și ar trebui demascat și pedepsit conform legilor sau spune adevărul? Învățătorul Amn, aici de față...

În dreapta mea este Judele, iar în stânga Ajutorul. Ceea ce mă face cumva piesa centrală a poveștii.

— ... susține că nu ar trebui să începem războiul! Ați auzit?

— Huooo!

— Jos Învățătorii!

— Cartea tâmpeşte!

— Lasă-ne, lasă-ne, Învățătorule!

— Ne vrem Relicvele înapoi!

Ajutorul le face semn să tacă, iar Judele se uită disperat în jur. Probabil că i s-a făcut fomiță. Nicio femeie goală nu are voie să îl hrănească în public, iar pentru el asta este o adevărată dramă. Asta e îngrozitor pentru Jude, nu faptul că va porni un război!

— Mulțumesc, chiar cred că nu trebuie să începem un război! strig.

Va fi greu să urlu, dar trebuie să fiu cumva auzit de toți.

— Nu se înțelege ce spui! Vorbeşte mai tare, ca Ajutorul!

— Nu te auzi!

— Tocmai despre AUZ este vorba! încep. Azi o să vă demonstrez că mă puteți auzi de la distanță şi dacă vorbesc încet. Vreți?

— Vorbeşti vorbe, Învățătorule!

— Ce tot spui acolo?

— Aiurezi şi tu ca şi părinții tăi...

— Hai să vedem ce ai, Învățătorule!

— Am fost la mare, zic. Am mers la oamenii de acolo. M-am strecurat pe o potecă numai de mine ştiută, căci intrările sunt bine păzite de luptători de-ai lor foarte periculoşi! Pe unii îi puteți vedea dacă ajungeți acolo, iar alții sunt pur şi simplu invizibili! Aşa că nu încercați să mergeți! Veți muri imediat!

Au făcut puțină linişte, ceea ce e de bine. Cred. Trec cu privirea peste ei şi încerc să par interesant.

Dau din cap, numărând până la o sută şi gândindu-mă încă o dată cât de tâmpit sunt de m-am lăsat aşa păcălit. Dau din cap şi îi las în tensiune. Merge o vreme, iar când simt că îşi pierd răbdarea, le spun:

— Ce am aflat mergând în lumea cealaltă? Că oamenii de la mare stăpânesc forțele naturii! DA, ați auzit bine! Stăpânesc sunetul, apa, vântul, aaa... ploile.

— Du-te, băăăă, puştiule! strigă un bătrân.

— Eşti exact ca ai tăi, care vedeau păsări nemuritoare moarte! îl completează cea care îl ține de braț.

— Nu o să intru acum în amănunte despre toate, le spun, pentru că şi eu trebuie mai întâi să le cunosc, să le aprofundez. Trebuie să merg iar în lumea lor, să mă strecor, să mă prefac a fi al lor şi să învăț, pentru ca apoi să vă pot povesti vouă! E greu să stăpâneşti apa şi vântul, e cumplit de greu, iar asta nu se învață într-o zi!

Am o pornire uşor ciudată, dar hai să o fac. Mă cocoț pe scaun pentru a fi văzut mai bine.

— Războiul nu se câştigă cu oştenii! Nu se câştigă cu mercenarii neînfricați. Oricât ar fi ei de... namile, practic.

Câțiva dintre ei se uită la mine nervoşi şi încep să fluture steagurile verzi. Dacă ar primi un semn cât de mic, s-ar repezi şi le-ar înfige cozile în trupul meu, sunt sigur.

— Războiul se câştigă cunoscându-i şi ştiindu-le puterile adversarilor! Spre exemplu, ştiați că oamenii de la mare vorbesc cu vântul?! Asta e prima lor mare putere pe care noi nu o avem.

— Ce prostie!

— Pentru prostia asta am venit zece mii de oameni?! zbiară acelaşi bătrân.

— Nu e o prostie, iar eu o să vă demonstrez acum!

Scot încetişor din sac ce am pregătit de acasă: două oale mari legate cu sfoară. Arată exact ca în modelul din carte. Pe care am citit-o cu ea, care m-a păcălit. Tâmpit eşti, Amn! Iar m-am enervat. Strig din toate puterile:

— Acum, să vină lângă mine cel care nu crede deloc ce spun eu! Să coboare în acest moment pe scenă.

Vreo zece bărbaţi din partea stângă dau buluc spre mine, iar în timpul ăsta alţii din dreapta şi de pe centru fac acelaşi lucru. Nu îmi dau seama dacă vor să ajungă la mine să mă omoare sau vor să participe la experiment. Printre ei îl recunosc şi pe tatăl lui Midori. Îi las pe toţi să vină pe scenă, la câţiva paşi de mine.

— Am înţeles! strig. Aceşti cincizeci de bărbaţi, să zicem, sau poate mai mulţi, nu dau doi free pe vorbele mele. Toţi cred că sunt un şarlatan şi că ar trebui să fiu închis pentru înşelătorie, nu?

— Normal!

— Te mai îndoiai, Învăţătorică?

— Bine! Acum, unul dintre voi să vină lângă mine şi să mă ajute să fac demonstraţia!

Începe o adevărată bătaie pe scenă. Cred că animalele astea ciudate şi în călduri încearcă să impresioneze fetele şi să le atragă atenţia, altfel nu îmi explic. Prea puţin le pasă de experimentul meu. Lovituri de pumn, şuturi în glezne şi în locurile mai puţin permise, o trântă la mică distanţă de mine, un bărbat rămâne fără pantaloni, iar alţi doi îşi rup tricourile. În toată nebunia asta, câștigă tatăl lui Midori, bineînțeles, care aplică câte două dosuri de palmă celor din fața sa, înaintează nestingherit și îmi smulge o oală din mâini. Ceilalți se resemnează și pleacă de pe scenă cu privirea în jos. O matahală e îmbărbătată de un băiat din primul rând, apoi se întoarce înspre tatăl lui Midori și îi arată degetul mijlociu. În lumea noastră, când arăți cuiva degetul mijlociu înseamnă că i-ai recunoscut superioritatea.

Îl iau pe tatăl lui Midori aproape și spun tare, să fiu auzit de toți.

— Ne cunoaștem?

— Da! Să nu ne prefacem, ești Învățătorul fetei mele. Nimic bun n-a învățat de la școală!

— Așa e! Ne suportăm?

— Nu ne suportăm, Învățătorule! Abia aștept să vadă toți că ești un șarlatan! Acest șarlatan - strigă spre mulțime - și-a permis să îi spună fetei mele că nu ar trebui să fie pocnită cu dosul palmei când greșește. Și-a permis să îi spună că eu nu am voie să fac asta! Că e interzis să aplic educația bunicii, a mamei și a tuturor de aici!

— Ce dobitoooc! urlă un bătrân.

— Cum să ne învățăm copiii, dacă nu îi lovim? se revoltă o mămică.

— Acest Învățător șarlatan și-a permis să îmi spună că nu e în regulă dacă o adorm pe Midori cu pâine înmuiată în rachiu, atunci când e agitată și nu o ia somnul!

— Ăsta să nu facă copii, e prea prooooost! completează același bătrân.

Cred că am avut noroc. Cu cât mă face de rahat mai tare, cu atât mai puțină lume va suspiciona că suntem înțeleși.

— O să îl rog pe acest domn, care mă crede şarlatan, să ia o oală şi să meargă departe, între oameni, sus, pe trepte. Cât de departe? Până reuşim să întindem firul dintre noi.

Ezită puţin. Pare o sarcină prea mică pentru un om atât de plin de muşchi şi înzestrat cu toate mişcările pe care le poate avea un babuin bătăuş. Dar, în cele din urmă, se conformează, bâjbâind ceva despre mama mea, despre tatăl meu şi, în general, despre toate fostele şi viitoarele neamuri. Tatăl lui Midori ia în mână oala şi se cară undeva la mijlocul Amfiteatrului.

— Acum vă voi demonstra că oamenii de la mare stăpânesc sunetul, iar eu am învăţat să fac acelaşi lucru. Tobe avem?

Avem. Unde e Judele sunt şi tobe, pentru a puncta mereu inepţiile spuse de el. Toboşarii strâng repede beţele de pe jos şi prestează câteva lovituri. Văzând că nu vorbesc Ajutorul sau Judele, băieţii chiar se relaxaseră. Dacă mă gândesc bine, e pentru prima dată când tobele bat şi pentru altcineva, nu pentru ăia doi. Poate că de aia se şi uită amândoi la mine atât de deranjaţi.

— Şi puţin trompetele, vă rog! pun brânză pe rană. Întotdeauna am vrut să aud trompetele de pe scenă.

Simt că lipseşte puţin spectacolul. Dacă tot sunt aici, ar trebui să mă simt cumva ca un actor, nu? Să îi distrez puţin pe bieţii oameni încrâncenaţi. Vreau efect dramatic! În fond, voi face o minune.

Acum ar trebui să fac ca o vrajă, să bolborosesc ceva, aşa ca ghicitoarele în palmă din casele dărăpănate de la marginea kijijiului. Dar nu ştiu nicio vrajă. Improvizez:

— Ham babuti buuuuum! urlu. BA-LA-BUUM!

Sau cânt. Nu îmi dau seama ce fac. E ceva între.

— Umbu butiiiii butiii meduzaaaa umpla lumpla balumplaa! Sunetuuuum călătoreşteee, vorbelem melem poartăăăă, vino vântuleeee! Halllllleeeee hoooooc! Lumeam De La Marem Puterem Meduzam hoooooo moooo haladelidaaa paladelilaaaa DUUUUUUM!

I-am rupt, da' mi-am consumat şi toate interjecţiile pe care le ştiam. Numai să nu mă pună cineva să repet!

Absolut toţi, în frunte cu Judele, se uită fix la mine. O grămadă de broaşte cu ochii beliţi. Mai puţin doi copii, care plâng cu ochii întredeschişi. Normal.

Aş vrea să deseneze sau să picteze cineva acest moment, cu mine, vorbind pe scenă, şi cu broscoii ăştia fascinaţi. Mi-aş pune desenul în camera mea. M-aş putea uita la el peste ani şi aş zice: Amn, tâmpitule, aici erai a doua zi după ce te-a păcălit Kayana, dar tu te dădeai mare în faţa oamenilor.

Hmm, să renunţăm totuşi la orgoliu şi să mergem mai departe!

— Şi acuuuuum voi face următorul lucru: voi pune buzele în această oală magică şi voi vorbi în gând cu vântul! Îi voi spune să ducă vorbele de la gura mea până la urechea acelui om de acolo, tatăl elevei mele Midori, care nu mă suportă! El, nu Midori. Tooobe!

De data asta sunt pregătiţi: *Trrrrrrrum, trrrrrum, bum, bum, bum!*

Linişte. Se simte în aer tensiunea. Dacă aş avea auzul mai fin puţin, aş auzi toate bătăile de inimi. Câteva mii bune, cu răsuflarea tăiată! Hai că nu e puţin lucru!

Apropii uşor gura de oală, închid ochii şi mă prefac că spun ceva magic. Şi chiar zic, dar în sinea mea: *Dacă nu te iubeşte, Amn, de ce ţi-a lăsat maioul? Femeile au la îndemână cea mai perversă formă de cadou: ceva din îmbrăcămintea lor. Ai dormit ca prostul lângă el toată noaptea, cu el pe pat, la cap. Şi te trezeai să îl miroşi din când în când. Ştii că eşti dezamăgit că te-a lăsat aşa, că a furat cartea pentru ai ei, dar mai ştii şi că trebuie să o cauţi. Şi probabil că te va răni iar, şi iar o vei căuta. Pentru că aşa cum e, o iubeşti. Boule! Ce ţi-a trebuit?*

Dar nu pot spune asta cu voce tare. Nu lor! Trag aer în piept, le fac semn celor din Amfiteatru să se uite la tatăl lui Midori, apoi şoptesc în oala mea:

— Dobitocule, dacă mai dai în Midori, în trei zile de la momentul ăla, vei rămâne fără muşchi!

Zece mii de oameni se uită la tatăl lui Midori cel plin de fibre şi de forţă. La puternicul luptător, probabil unul dintre primii trei pe care ne putem baza în bătălie, date fiind puterea şi îndemânarea lui. Iar el se albeşte la faţă, se clatină serios pe picioare şi cade, ca o muscă intrată din greşeală în oala cu rachiu.

Oala lui se face praf. Odată cu ea, se face praf şi neîncrederea oamenilor în puterea mea magică.

Adunarea s-a încheiat frumos, zic eu. Cu dobitocul ăla căzut la pământ şi cu mine făcând încă două demonstraţii de sunet care călătoreşte, dintre care una direct Judelui. Apoi oamenii m-au luat pe sus şi au început să cânte, din toate piepturile:

— LA RĂZBOI CÂND NE VOM DUCEEE

DOAR AMN NE VA CONDUCEEE!

Capitolul 37

Kayana

Lumea De La Mare. Anul 3615 (1303 după Paul).

Am devenit rapid populară în Paul.

De când le-am spus, la adunarea din Agora, că un om de pe dealuri mă vizitează în vis, toți necunoscuții mă salută pe stradă. Cel mai ciudat efect e că atunci când merg cu Afrika lângă mine, niciun bărbat nu se mai uită la fundul ei şi nu mai băleşte libidinos. Eu par a fi centrul lor de interes.

Ieri, doi bărbați din Casa Constructorilor s-au oferit să îmi dărâme coliba părintească de pe plajă şi să îmi ridice o casă de piatră. Au venit cu un proiect cu două turnuri rotunde şi foarte înalte, legate printr-un pod. Scara ajungea numai la unul dintre ele, iar eu urma să locuiesc în celălalt şi să desfac podul în cazul în care cineva ar fi încercat să ajungă la mine. Ziceau că eu sunt o persoană importantă şi ar trebui să dorm într-o casă mai sigură. Toți cred că dacă un om de pe dealuri mi-a apărut în vis, în mod sigur urmează să vină la mine şi să mă atace. Măcar de ar veni...

— O să fie prima casă suprapusă din lume! mi-au mai spus. E cea mai sigură.

Dar, sincer, mi s-a părut uşor penibil.

— Cine ar vrea să locuiască pe plajă, într-o casă cu ziduri de piatră?

Nu mi-au răspuns.

Un croitor s-a oferit să îmi facă, fără să plătesc niciun free, *o rochie de război*, cum i-a zis el. M-a rugat numai să pomenesc că el a făcut-o, data viitoare când voi vorbi în Agora.

Fetele din kijiji mă opresc doar să mă întrebe cum e omul de la mare pe care îl visez, iar eu de fiecare dată sfârşesc discuţiile prin a le zice aceeaşi poveste:

— E fioros. Toţi sunt fioroşi. Şi atât vă spun: da, ei chiar mănâncă fiinţe vii!

Ieri s-a lăsat cu un leşin. Când oamenii cred că e doar un zvon, nu reacţionează chiar urât, dar când le spun eu că oamenii ăia sunt înfiorători, devine aproape certitudine. E mai greu de suportat.

Ţin cartea cu mine, în fiecare zi, şi n-am dat o pagină. Am vrut de câteva ori să citesc ce zice Poe, recunosc că am fost foarte aproape să o deschid, dar m-am abţinut.

Şi am îndoieli. Multe îndoieli legate de ce am făcut...

Sigur, am considerat că trebuie să îl adorm şi să fug cu cartea, da. Dar oare am făcut asta pentru că îmi era teamă că în paginile acelea sunt lucruri atât de importante încât, dacă le află cei de pe dealuri, ne vor zdrobi? Sau am făcut-o să îl determin să vină după mine? Ar fi venit să participe la Probe şi dacă nu îi furam cartea? Şi de câte ori îmi pun întrebările astea, de atâtea ori îmi apar în minte sărutările sale. Uneori îl simt, pe buze, şi mă trezesc sărutând aerul. Ştiu, e rău! Sper să mă ierte...

A, şi îmi doresc să nu fi simţit sărutările pe care i le-am dat la plecare! Ar fi jenant să ştie că am profitat de el în halul ăsta.

— Kay, mie poţi să-mi spui.

Tata îşi ascute o suliță din lemn tare, iar asta e activitatea lui preferată de două zile încoace. Asta, plus pregătirea oamenilor pentru război. Refuză să poarte pantalonii mulați şi rochia lungă turcoaz, spunând că încă nu e timpul să uzeze uniforma de război la antrenamente.

Din când în când, îl văd cum merge la taverne sau la plajă, le ia din mână bărbaților gherghefu1 sau andrelele, apoi încearcă să le arate cum se trage cu arcul. Tot ce pot să spun e că avem cei mai proşti soldați din istorie. Adică fiecare antrenament cu arcul se lasă cu cel puțin doi răniți. Ultimul rănit, puțin mai devreme, a fost un tip care stătea în spatele celui care a tras şi totuşi săgeata i-a trecut prin ureche. Îngrozitor! Apreciez că le trebuie maximum zece mercenari din ăia ca să ne facă praf toată armata. Poate chiar cinci, dacă nu sunt obosiți.

I-am promis tatălui că îi dau informații despre inamici. Ceva, orice ne-ar putea ajuta în luptă.

— Kay, ştiu că ai noştri sunt total nepregătiți şi mai luptăm şi în uniformele alea care ne fac vizibili de la distanță...

— Partea bună e, tată, că dacă nu va fi război în cele din urmă, ne rămân uniformele pentru un festival de dans pe plajă.

Zâmbeşte amar.

— Cum sunt cei de dincolo, Kay? Cât sunt de avansați în comparație cu noi? Ce îmi poți spune util despre ei? Au luptători numeroşi? Călăreți şi arcaşi, câți? Pe jos vin mulți?

— Ho, ho, ho, tată! În primul rând, am cunoscut, în vis, UN SINGUR om de pe dealuri. Unul singur. Apoi da, îți spun clar că îi putem învinge, dar numai cu inteligența. În niciun caz cu forța, unde ne rup!

Ne bat așa cum ați luat voi bătaie la Bal de la cei din Penny Lane, vara trecută.

— Dacă ne antrenăm mult, avem vreo șansă să învingem, Kay? Putem?

— Numai dacă ne antrenăm mintea, tată. Sunt mai numeroși și au mercenari. Dacă aruncă în luptă numai câțiva dintre ei, ne pot face praf pe toți. Sunt cinci mii de bucăți, fiecare ca un munte născut și crescut pentru război, cu mintea doar la asta.

— Să ne antrenăm mintea, zici?

— Da, tată! Sau să le dăm cele două Relicve și scăpăm de război.

— Să le dăm Cufărul? Lor?

— Și Cămașa. De ce nu? Chiar dacă le dăm, nu e ca și cum le-ar distruge. Le-ar păstra așa cum o facem și noi. Sau ne înțelegem cu ei să le punem undeva, în Zona Neutră, și așa le putem vizita toți. Ce zici?

Acum mă privește încruntat. Simt că ar fi vrut să îi spun orice altceva, că nu-l iubesc, că o să am un copil cu un necunoscut, că... orice altceva ar fi fost bun!

— Niciodată, Kay! Niciodată Relicvele noastre nu vor fi împărțite cu niște necredincioși!

Și acum ce să îi zic? *Vezi, tată, știi, stai să înțelegi o treabă: s-ar putea ca acea carte să nu fie de fapt o Carte Sfântă, ci o carte cu muzică, niște melodii din Lumea Veche, atât. Hai să le-o dăm și lor, poate le cântăm împreună într-o zi, ce zici?*

N-am cum să îi spun asta! Nu acum, nu la cât de supărat se uită la mine. Și serios, nemișcat, cu răsuflarea oprită. Sigur s-a întunecat în inimă și în suflet acum și speră să îi spun că am glumit.

— Am glumit!

– Proastă glumă, Kay! dar expiră ca şi cum a ţinut aerul în el un an.

I-a mai venit totuşi puţin inima la loc. Măcar acum începe să îi revină culoarea în obraji.

– Am glumit, tăticul meu preferat!

– Hmmm... Eşti pregătită pentru mâine, la prezentare?

Ah, pentru o clipă uitasem că mâine începe calvarul. Mă uit la tata şi parcă i-aş spune că s-ar putea să aibă un ginere de pe dealuri. Şi că n-are trei capete, în ciuda părerilor noastre. Dar ceva îmi zice că e mai bine să tac.

– E vreo fată pregătită vreodată?

A doua zi

E dimineaţă, iar enervanţii albatroşi au început să îmi cânte la geam, exact când mă întorceam pe partea cealaltă şi urma să-mi continui visul cu Amn. E totuşi îngrozitor să dormi cu capul pe un sac cu o carte tare înăuntru şi să te mai şi scoli de zece ori pe noapte ca să verifici că e acolo. Noroc cu Trezitorul pe care l-am plătit, altfel nu mă ridicam din pat nici moartă. Pentru patru free, omul ăsta a venit la mine de zece ori în noaptea trecută, a băgat băţul lung de trestie prin geam şi m-a gâdilat la picior. M-am trezit de fiecare dată, am pipăit cartea şi m-am culcat la loc.

– E în regulăăă, m-am treziiit!

Până nu îi strig asta nu pleacă. Îşi respectă meseria, care totuşi, cred eu, e prea prost plătită.

– Ahoi, vreţi să mai vin o dată? aud de afară. Avem bonus, la zece treziri vă oferim una!

– Nu, mulțumeeeesc! Trebuie să plec, azi îmi prezint pretendenții!

– Știm, venim toți! Succes mare!

Și mă îmbrac, conform obiceiului, cu fusta scurtă și colorată, apoi arunc pe deasupra o cămașă lungă, iar peste ea multe lănțișoare din sfori, cu cochilii de melci, scoici și flori nemuritoare. Mă uit în oglindă și mă declar mulțumită de ce văd. Cred cu adevărat că sunt frumușică. Aș fi și liniștită dacă tontălăul meu de pe dealuri ar înțelege mesajul și ar veni azi. Nici nu vreau să mă gândesc ce fac dacă nu....

– E ziua cea mare, Kay!

Începe cuvântarea mamei mele, una lungă și plicticoasă, ca de obicei, despre cât de important e că azi încep să fiu femeie și că îmi găsesc un mascul care să își introducă în mine organul, apoi eu să rămân însărcinată. Pentru ei, pentru oamenii din generația alor mei, doar reproducerea contează. Ca nu cumva să pățească rușinea de a avea o fată care nu a perpetuat specia.

– Să alegi bine, fata mea! Cum zice versul din *Cartea Sfântă*: *I dream at your first kiss, and then I feel upon my lips!*

Spre surprinderea mea, nu a curs niciun discurs sforăitor. De fiecare dată când îmi vorbește despre cele patru Probe, îmi vine să întreb de sora ei. Deși o țin minte puțin, uneori abia dacă reușesc să îi definesc în minte trăsăturile feței, am rămas cu gândul la ea. Adică un om nu dispare așa, fără să spună nimănui, nu? Mai ales în ziua în care și-a găsit un soț. Multă vreme m-am gândit că tocmai din cauza asta a dispărut și, sincer, m-am temut să nu mi se întâmple același lucru.

– Te iubesc, Kay!

— Eu mai mult, mamă!

Îmi iau sacul în spate şi pornesc agale spre Agora. Trag de timp, sper că dacă merg încet, el va avea timp mai mult să ajungă. Asta dacă a plecat, bineînțeles.

— *I dream at your first kiss, and then I feel upon my lips!* îmi strigă un trecător, tăticul meu preferat!

Îl recunosc, era dintre vecinii prietenei Afrika. Iar cuvintele astea se spun fetelor în prima zi a Probelor. Ştie. Şi el ştie.

— *I dream!* mă salută şi o fată.

Fostă colegă, locuieşte la capătul celălalt al kijijiului, dar probabil că are drum pe lângă Agora.

— I dream!

— I dream!

— I dream!

Oameni pe care nu îi cunosc. Mai întâi mă uit în spate, crezând că vorbesc cu altcineva, dar nu, în mod evident e vorba despre mine. Toți ştiu! De ce ştiu? De ce ar interesa pe cineva cu cine mă voi împerechea eu?

Şi intru în Agora. Partea bună e că sunt mai puțini oameni decât data trecută, adică mai sunt şi câteva locuri goale. Partea rea e că pe scenă sunt doar nouă pretendenți. Ceea ce îmi rupe inima. Vreau să mă întorc acasă, dar câțiva oameni mă văd şi mă strigă:

— Pe aici, pe aici!

Aproape purtată de mulțime, ajung pe scenă, unde mă aşteaptă Afrika.

— Ahoi, oameni buni! Astăzi, prietena mea cea mai bună se nenoro... se... adică îşi caută soț. Unul dintre aceşti destoinici va avea acces zilnic la inima ei! Şi la altele...

Aplauze.

– Pot spune că e inventivă, sufletistă şi foarte curajoasă! Dar ştiți asta...

Aplauze prelungite.

– Pot spune că e foarte frumoasă, dar asta se vede!

Aplauze furtunoase şi vreo două fluierături care mă fac să mă simt ieftină. I-am ochit: un băiețel cu bube pe față, plus un bătrânel de aproape 35 de ani, probabil rămas neîmperecheat pe viață. Nu-i nimic, o să îi bat mai târziu.

– Dar ceea ce nu ştiați despre ea este criteriul pentru care a ales aceşti zece uimitori pretendenți, culeşi din...

– Nouă! zice cineva.

Probabil că ăsta e singurul care ştie să numere. Singurul mai deştept, care nu înțeleg ce caută aici. De ce ar veni şi altcineva, în afară de proşti, să vadă cum se nenoroceşte o fată?

– Va veni şi al zecelea! strig. Vine de hăăăăt... departe!

– Va veni până la finalul prezentării primilor nouă! continuă Afrika ideea. Dacă nu, urmăm regulile şi unul dintre voi va fi aici, pe scenă!

Apoi îmi şopteşte:

– Ştii că am ales doar nouă, nu? Vrei să plec şi să mă îmbrac în bărbat sau ce?

Mulțimea bate din picioare. Tropăie, mai precis. Aşa cum e obiceiul în acest moment, în care urmează să prezint pretendenții.

– Vă mulțumesc că ați venit! spun. Să nu o lungim, pentru că războiul bate la uşă, încep prin a vi-l arăta pe Numărul Unu. Un bărbat de la noi, din Paul!

Vecinul meu, băiatul aschilopatic şi timid, face un pas în faţă, în aplauzele mulţimii. Sper să nu i se înmoaie picioarele, să cadă şi să îmi facă vreo figură pe aici.

— L-am ales pentru că este cel mai curajos băiat pe care îl ştiu. Cel mai bun partener de vorbă, zile întregi la rând discutam când eram mici! Este şi unul dintre cei mai puternici oameni pe care îi ştiu. Arma lui: FORŢA!

Mulţimea tropăie şi aplaudă, iar timidul se uită la mine speriat. Nu leşina acum, mă!

— Numărul Doi vine din îndepărtata şi totuşi apropiata Insulă!

Nicio reacţie, nici aplauze, nici nimic.

— Daaaar, el nu fumează! Paul l-a îndrumat bine în viaţă şi nu are vicii!

Câţiva bărbaţi tropăie şovăitor, dar cred că ăştia-s cei surzi din kijiji. Nimeni nu îi înghite pe insulari.

— L-am ales pentru că m-a atras foarte mult puterea lui de concentrare. Când l-am găsit, pe Insulă, privea către un punct fix, din înălţimile unui palmier. O după-amiază întreagă a privit aşa, abia clipind. La început, şi eu, şi Afrika am crezut că este nebun, dar mai târziu am observat cum de acolo a căzut o iguană, care putea fi, în mod clar, un pericol pentru cel de sub copac.

— Datorită acestui erou, aici de faţă, cel care stătea sub respectivul copac s-a uitat şi el în sus, a văzut iguana şi a reuşit să se ferească în ultima clipă. Aproape a reuşit. Important e că nu a murit! Ci s-a ales doar cu nişte răni uşoare şi cu o iguană pe care o poartă acum cu mândrie înfiptă într-un picior, completează Afrika.

— Arma Numărului Doi, zic: PUTEREA DE CONCENTRARE!

M-am gândit mult aseară să îi găsesc și ăstuia o calitate, alta decât aceea că probabil rulează țigări bine. Tropăieli prelungite, câteva aplauze. Cred că e de bine, mai mult nu se putea.

— Numărul Trei și Numărul Patru...

Cei doi bețivi și fumători culeși de la o tavernă din Penny Lane fac un pas în față. Unul dintre ei pare chiar treaz.

— ... i-am ales pentru că nu au niciun viciu! Nu am cunoscut până acum oameni mai curați decât ei! Armele lor: LUCIDITATEA - pentru Numărul Trei, și PURITATEA - pentru Numărul Patru, care e și virgin.

Tropăieli. E de bine. Am dat lovitura cu virginul, care acum se uită cam ciudat la mine. Lipsa viciilor se vinde bine unui popor plin de vicii, întotdeauna! Urmează musculoșii monosilabici din Yesterday, aia care jonglează cu trăsurile cum aș jongla eu cu merele, dar care nu-s în stare să lege două vorbulițe.

— Pe Numărul Cinci și pe Numărul Șase i-am adus să îmi fie pretendenți pentru că sunt cei mai inteligenți oameni pe care îi știu. Nu vă uitați la ei că sunt plini de mușchi, nici nu aveți idee care e arma lor: MINTEA!

Urmează cei doi îndrăgostiți din Julia, care au vrut o viață în Capitală, unde lumea e mai înțelegătoare cu bărbații care aleg să aibă grijă unul de altul, în loc să se împerecheze cu fete.

Numărul Șapte face un pas în față și o scurtă plecăciune, iar Numărul Opt înaintează printr-o piruetă, apoi, la final, își zbate îndelungat genele, pe modelul aripilor de fluturași. Bărbații din public urmăresc momentul puțin confuzi. Bine... puțin mai mult confuzi.

— Armele lor? BĂRBĂȚIA - pentru Numărul Șapte, și așa cum este evident, CAPACITATEA

UIMITOARE DE A ATRAGE ATENȚIA - pentru Numărul Opt.

— Şi, până va sosi de departe şi ultimul pretendent, îl avem azi, aici, pe... Numărul Nouă! zice timidă Afrika, apoi lasă privirea în jos.

Tipul blond cu păr lung şi barbă scurtă, din Penny Lane, căruia i s-a aprins casa, dar şi călcâiele după Afrika, este aici. Nici măcar nu îi ştiu numele. Nu că aş avea voie să i-l spun până la ultima Probă, dar aş vrea. Măcar pentru faptul că simt că el va fi soțul celei mai bune prietene.

— L-am ales pentru că este omul cel mai plăcut pe care îl ştiu. Absolut toată lumea îl place. Să vă spună şi prietena mea...

Afrika scoate un fel de mârâit. Sau o fi de la iepurii din stomac?

— Arma lui: FELUL ÎN CARE SE FACE PLĂCUT! În special de prietenele mele!

Tropăieli şovăielnice. Totuşi, mulți nu consideră asta a fi o armă.

— Şi al Zecelea? strigă de pe rândurile din spate un nesuferit cu voce subțire.

Şi al Zecelea? strig şi eu în mintea mea.

Şi al Zecelea se vede că n-a înțeles nimic şi că e tontălău, aşa cum probabil că sunt toți bărbații din Lumea De Pe Dealuri. Şi că m-am înşelat în ceea ce-l priveşte! Se vede că tot ce urmărea era să scoată informații de la mine. Nu m-a iubit. Nu luptă pentru mine! Kay, te-ai păcălit îngrozitor, iar acum va trebui să alegi pe unul dintre papagalii ăştia din mulțime. Va trebui să îi dai Numărul Zece unui nimeni.

Mă uit la ei, cei mai mulți şi-au făcut freza cu amestecul ăla ciudat din salivă de melc şi apă, ca să le stea părul pe spate, lipit de cap. Uită-te la ei, s-au aranjat special, arată ca nişte porci spinoşi plouați.

– Şi al Zecelea... zic...

Dacă îi elimin pe ăştia cu saliva de melc în cap, mai rămân maximum o sută de bărbați decenți. Renunțând şi la cei cu pantaloni mulați, pentru că mai mult ca sigur aş fi deranjată de faptul că îmi vor purta hainele, mai rămân doar câțiva bărbați decenți. Doi, poate trei, chiar frumuşei. Dar fiecare dintre ei are o problemă uriaşă: nu e Amn al meu.

O, Paul, ce porcărie! Trebuie să o fac!

– Numărul Zece, dragi oameni din Paul, va fi...

Capitolul 38

Amn

Lumea De Pe Dealuri. Anul 3615 (1303 după John).

În urmă cu câteva zile

— Putem şi noi să stăpânim acest sunet? m-a întrebat Judele la plecare.

Avea o faţă de milog, ca un porc înainte de a fi tăiat. Unii mănâncă aşa ceva, dar eu n-am putut niciodată. De altfel, am văzut o singură dată cum se taie un porc, la sărbătoarea de pe 25 decembrie, şi mi s-a făcut rău. De câte ori Baba îmi spunea că trebuie să respect tradiţia - deşi nimeni nu ştie de unde vine tradiţia asta - mă prefăceam că mănânc carne şi o scuipam.

Ţin minte că, la un moment dat, eram la sărbătoarea din Agora, unde se întinsese masă mare, iar oamenii aduseseră ce aveau pe acasă: rachiu, carne, prăjituri. Sub masa mea era o grămăjoară de carne nemestecată, pentru că fiecare îmi tot oferea câte o îmbucătură, iar eu o aruncam acolo. Un copil m-a văzut şi le-a spus oamenilor mari că sunt vegetarian ca un om de la mare şi că ascund carnea sub masă. Era o ruşine imensă, dar am avut noroc. Când oamenii s-au uitat sub masa mea nu au găsit nimic. Mâncase tot un câine flămând, căruia îi sunt recunoscător pe viaţă. Am scăpat atunci de ruşine, iar cei prezenţi au continuat sărbătoarea: au cântat lângă brad şi şi-au dăruit rindele colorate, ca de obicei. Nici asta nu ştim de unde vine.

– Învățătorule, mi-a întrerupt Judele gândurile, ți-am fi toți recunoscători dacă ne-ai arăta cum să stăpânim sunetul.

Ținea mâinile împreunate şi a fost pentru prima dată când mi-a fost milă de grăsan.

– Puteți! Cuvintele magice pe care le-am rostit în Agora au putere deplină. Oricine va face ce am făcut eu va stăpâni sunetul! Apoi, dacă nu merge, mai fac o dată tot ce am învățat de la cei de dincolo şi refac magia, da?

În două zile, kijijiul John s-a umplut de oale şi de sfori. În interiorul caselor, oamenii au găsit imediat loc pentru această fascinantă invenție şi jucărie totodată. Unii folosesc chiar şi tărtăcuțele, sau cănile, sau oalele de fier.

– Cum îi spunem acestei minuni, Învățătorule?

– Plimbă-Sunet, Jude!

– Aşa să îi rămână numele! Dar nu vrei mai bine să îi spunem după numele meu?

Disperat calic, nemernic şi plin de el!

– Nu, nu putem. Dacă îi zicem *Jucăria Judelui* sau altfel, şi-ar pierde puterea.

Bărbații şi femeile din kijiji au început să vorbească între ei, stând în camere diferite, prin intermediul oalelor şi sforilor. Am văzut în curțile oamenilor mai multe sfori care făceau legătura între case decât îmi puteam imagina. Unii chiar şi-au pus o oală în baie şi una în bucătărie, ca să le poată spună nevestelor când să fie gata cu masa.

Baba a fost foarte recalcitrant la început, dar aseară mi-a cerut să punem un Plimbă-Sunet între atelier şi camera mea. Dacă vrea să mă cheme la el, de ce să mai strige?

– Da' poți face o magie să se audă mai bine decât la ceilalți?

Acum, înainte de plecarea din oraş, cât m-am oprit să îmi iau ceva de mâncare pentru drum, am văzut două fete care au vorbit încontinuu la oale, deşi erau la mică distanță una de cealaltă.

– Dacă vorbim amândouă în oală, în acelaşi timp, nu cred că merge!

– Ba da! Să spunem ceva, fiecare la oala ei, apoi punem urechea şi ascultăm în acelaşi timp!

– Hai! La 3, 2, 1…

Nu toți au înțeles cum funcționează.

Până şi prăvăliile s-au legat între ele. Acum, spre exemplu, dacă Brutarul, care are prima prăvălie, vrea să îi transmită un mesaj Măcelarului, de la ultima, el nu mai merge la acesta, în josul străzii. Doar iese afară şi îi strigă pe toți:

– Ahoi! Atenție, folosesc magia oalelor şi vă trimit un sunet!

Apoi foloseşte oala din casa lui pentru a transmite un mesaj celui care vinde haine. Acesta, fiind cel mai apropiat de Brutar, ascultă la o oală, după care aleargă la altă oală şi strigă mesajul către Lăptar. Şi tot aşa, până la ultimul.

– *She loves you, yeah, yeah, yeah!* zicea Brutarul.

– *She hates you, bla, bla, bla!* era mesajul care ajungea la Măcelar.

Oameni mari, serioşi, s-au transformat în copii, iar jucăria cea nouă pare că e de când lumea în viața lor. Partea bună e că au uitat de război, măcar pentru moment. Până şi la antrenamentele obligatorii, am văzut arcaşi care se opreau din tras la ţintă pentru a urla într-o oală.

Plimbă-Sunet a avut un succes fulminant şi imediat. Când îmi privesc kijijiul natal de sus, de pe deal, îmi imaginez că într-o zi toate casele vor fi legate printr-o uriaşă încrengătură de sfori care le va uni.

Acum calculez: pentru ca fiecare să poată vorbi cu o sută unu alţi oameni, să zicem, ar trebui practic ca din casa lui să plece o sută de sfori. Şi să aibă o sută de oale. Acum să facem socoteala pentru sute de mii! Rezultatul e că dacă fiecare ar vrea să poată vorbi cu fiecare, atunci nimeni n-ar avea loc în curte să pună oalele, iar tot kijijiul ar fi acoperit de sfori! Nici cerul nu s-ar mai vedea de la atâtea sfori. Nu prea mă bucura gândul ăsta.

Zona Neutră

Am trecut de ceva vreme de Marele Râu şi de defileu şi mă apropii în viteză de Lumea De La Mare.

— Ne vedem în Agora Paul!

Apoi a mai bâjbâit ceva, dar mintea îmi era deja înceţoşată. Iar asta îmi spunea înainte să fugă şi să mă lase dormind ca prostul. Cu sacul sub cap, ce-i drept, şi cu bucata de maiou înăuntru. Acum, că mi-a venit în gând, simt nevoia să miros iar cârpa aia. Ce fel de nebun miroase hainele fetelor? Cred că e semn că am ceva la cap. M-a trădat, m-a luat drept ultimul fraier, iar eu, în loc să fiu supărat pe ea, ce fac? Las tot acasă şi plec spre lumea aia, unde voi participa la cine ştie ce Probe în care voi fi bătut, călcat în picioare sau chiar umilit?!

— Pentru ce, Amn?

— Pentru ea, desigur.

Acum vorbesc şi singur.

Nu văd prea bine, din cauza întunericului, dar aceia par a fi doi bărbați în rochii, călare pe cai. Asta dacă nu cumva călăresc alte animale, dar nu le cunosc eu. Exclus meduze.

Mă apropii şi mă las pe burtă, pentru că nu am niciun copac după care să mă ascund. Din când în când se intersectează la jumătate, întotdeauna în acelaşi punct, apoi se îndepărtează spate în spate. În timpul ăsta, alți doi călăreți, cu torțe în mâini, vin înspre punctul de la jumătate, ceea ce face ca toată zona să fie acoperită. Recunosc că rochiile mă derutează puțin: nu îmi dau seama dacă sunt ostaşi care păzesc zona sau joacă într-un spectacol.

Partea proastă e că dacă eu îi văd, şi ei mă pot vedea. Sau m-ar vedea, dacă aş fi luminat.

Aproape îi pot auzi. Constat că ăştia de la mare sunt oameni ca noi, ceea ce e normal. Nu m-am gândit că ar fi altfel. Nu, de când o cunosc pe Kayana. Cred că oriunde m-aş duce în lungul liniei de frontieră, voi da de alți călăreți care fac aceleaşi mişcări, deci nu cred că va fi diferit.

Dacă ar fi să fie un moment bun să trec printre ei, e acela în care doi călăreți sunt în stânga şi doi în dreapta, iar punctul din mijloc rămâne pentru scurt timp liber.

Mă îndepărtez de ei şi merg spre arbuşti. Rup câteva crengi pe care mi le bag în pantaloni. Îmi pun altele după ureche, în păr, la picioare, până arăt ca un arbust umblător. Făceam asta când eram mic şi mă jucam cu Mon şi cu ceilalți copii pe dealuri şi trebuia să ne ascundem. Era singurul joc la care învingeam întotdeauna. Toți copiii pot povesti şi azi, la 16-17 ani, cum nu m-au găsit o zi întreagă, deşi eram un tufiş umblător, chiar în fața ochilor lor. Mă ascundeam cel mai bine!

Mă apropii încet. Îi aştept pe călăreți să se îndepărteze. O, John, ce aproape sunt! Unuia îi văd chiar trăsăturile feței, când ridică mâna şi duce torța aproape de el. Bărbat, foarte serios, barbă lungă, genul de luptător. Totuşi, mă pufneşte râsul când îi văd cosițele de femeie şi pantalonii mulați de sub rochia suflecată.

Acum aştept să plece şi mă târăsc, trăgând cu ochiul la călăreți. Cu siguranță, dacă mă vor prinde, mă vor considera atacator şi mă vor executa. Aşa cum făceam şi noi, şi ei, pe vremuri, în război.

Aproape că nu mai respir, dar puțin câte puțin ajung dincolo de linie. Şi mai departe.

Lumea De La Mare

Îmi dau jos crengile de pe cap şi mă scutur de frunze şi de bețe. Şi în chiloți am noroi, ca să nu mai spun de gură!

Oare aş putea să trec drept unul de-ai lor?

Văd lumini în depărtare, cu siguranță am ajuns lângă primul kijiji. Am un nod în stomac, ştiind că intru unde n-a mai intrat niciunul de la noi, de cincizeci şi doi de ani. Iar atunci a intrat să poarte un război, pe când eu sper să aduc pacea.

Mă întreb dacă m-am îmbrăcat bine, în pantaloni verzi şi cămaşă albastră. Dacă nu le place verdele, dacă nu se îmbracă niciodată aşa şi se prind imediat că-s intrus? Pantofii i-am făcut din paie, la comandă, la prăvăliile Casei Artiştilor. Stângul e mult mai mic decât dreptul, iar degetele îmi ies prin față. Dar măcar pot merge cu ei şi nu miros a porc. Dacă aş mirosi a porc, m-ar deconspira şi m-ar pune imediat la foc, cât sunt ei de vegetarieni!

— Ahoi, mate! Agitată noapte! aud.

E o făptură înaltă, îmbrăcată în toate culorile şi cu o torță în mână.

— Ahoi, mate! Da, da, foarte...

Habar n-am ce înseamnă *mate!*, dar probabil că nu voi înțelege multe cuvinte pe aici. Important e să mă prefac că le ştiu şi să le reproduc cât mai bine.

— Eşti de pază?

— Eu. La mine se referă!

— Da, da.

— E bine că oamenii simpli, cei care nu au încă uniformă, îi ajută pe luptători să păzească granița. N-am încredere deloc în ăia de pe dealuri! Nişte nenorociți!

— Ahoi! zic.

— Ce?

— Aşa e!

Făptura înaltă se uită puțin curioasă la mine, apoi se scarpină în cap cu coada torței şi zice:

— Ai auzit că îşi fac încălțări din piele de animale?

Apleacă torța discret, dar nu atât de discret, înspre picioarele mele. Mă verifică.

— Frumoşi pantofi! De unde i-ai luat?

— A, tocmai din Paul.

Pantofii l-au convins că sunt de-ai lor, deja pare mult mai degajat.

— Acum plec în Paul, la Răsărit. Am un frate acolo şi vreau să fiu sigur că a auzit că va fi război. Eu sunt de aici...

Îmi arată spre nişte stânci înalte, din depărtare.

— ... din Michelle. Nu înţeleg de ce ar vrea să plece cineva din cel mai frumos loc unde poate trăi, Michelle Ma Belle, şi să aleagă Capitala? Ştii cât e de aglomerat acolo? Păi în centru trec încontinuu trăsurile, una după alta. Nici nu numeri până la o sută şi vine a doua! Mereu trebuie să stai cu ochii mari.

— Ştiu, da, e îngrozitor!

— Am nimerit odată la sărbătoarea a 1300 de ani de Lume Nouă şi era atât de multă lume, încât puseseră la intersecţii oameni în uniformă. Ăştia spuneau cine şi când să treacă, ba trăsurile, ba oamenii! Cine a mai pomenit aşa ceva?

Râde, se amuză copios, e cea mai tare glumă pe care a spus-o şi probabil că o spune des când simte nevoia să explice cât de urât e în Capitală.

— Cum să îmi zică mie unul: *Acum treceţi, acum lăsaţi trăsura din stânga! Staţi, acum trece cel din dreapta!?*

— Da, asta mă enervează şi pe mine.

— A, eşti din Paul? se bucură.

— Sigur...

Trebuie să fiu de undeva şi cel mai bine cred că e să fiu din Capitală, mă gândesc. Acolo ar trebui să existe oameni de toate felurile, inclusiv ca mine, cu cămăşi albastre şi pantaloni verzi. Acolo ar trebui să se adune oamenii de peste tot, fiind cel mai mare kijiji. Iar eu nu ştiu încă din ce zonă de-ale lor par, ca să mă dau de altundeva. Dacă par de undeva...

Gândesc prea mult, sunt agitat.

— Te iau cu mine atunci?

E mult mai uşor în trăsură, iar individul mână destul de bine caii. Pentru că se grăbeşte, evită toate intrările în kijijiurile lor şi o ia pe drumurile ocolitoare.

Lumea lor seamănă cu a noastră, doar că pare mai însorită. Au mult mai puține dealuri decât noi, spre deloc, în schimb au nişte lacuri absolut spectaculoase, unul cu apă vernil, unul cu fund alb, total alb, cred că e piatră de calcar. În cele din urmă ajungem la cel mai mare dintre lacuri, mult mai mare decât orice am văzut eu vreodată.

– Pentru asta m-aş muta aici, în apropiere de Paul.

– Într-adevăr, zic şi dau din cap.

– Asta îmi lipseşte în Michelle: marea. Şi copiii mei o iubesc!

Marea era! E pentru prima dată când o văd şi îmi vine să urlu. Țin minte că Baba mi-a spus, de când eram mic, că are un singur regret pe lumea asta, unul singur: că n-a văzut marea. Mă gândesc că dacă ar fi aici, s-ar opri la malul ei şi s-ar uita în larg ore în şir. Apoi ar bea din ea.

– Şi eu o iubesc! spun cu sinceritate.

Bărbatul mână caii, dar se uită fascinat la apa turcoaz, de aproape ieşim de pe drumul plin de praf şi intrăm pe plantația de ananaşi uriaşi. Niciodată nu mi-am închipuit că ananaşii, pe care la noi îi găseşti puțin mai mari decât palma şi care cresc într-un singur kijiji, sunt aici de trei sau de patru ori mai mari decât un om şi cresc direct în pământ.

– Extraordinar, s-au făcut mari ananaşii anul ăsta!

Ființa înaltă se uită puțin curioasă la mine, dar îngaimă un *da*, de unde deduc că nu pare prea impresionat şi că există şi mai mari. Iar eu, în timp ce trecem pe lângă ei, mă gândesc că dintr-un astfel de fruct ar mânca cel puțin cincizeci de oameni. Dacă nu, mai mulți.

– Palmierii îți plac?

Îmi arată înspre ananași.

– ... păcat că au niște fructe atât de mici care se trec atât de repede. Eu cred că ar trebui scoși și puși cocotieri.

Și așa mi se spulberă visul despre ananasul gigantic.

O să încerc să tac cât mai mult, altfel cu siguranță voi spune o prostie și mai mare decât asta cu ananașii, cu care mă voi da de gol.

– Unde mergi, tinere... ?

– Amn.

– Amn? Straniu nume și greu de reținut! Eu sunt Khsmedsht. Unde te las?

– În Agora, Khs..., acolo am treabă. Dar nu aș vrea să intri în nebunia aia de aglomerație cu douăzeci și ceva de trăsuri pe oră... ar fi nedrept. Așa că te rog să mă lași la margine.

Oamenii din Capitala Lumii De La Mare sunt ca ai noștri, constat. Toți. Două mâini, două picioare, câte cinci degete, unii mai grași, alții mai slabi, unii cu ten galben, alții negru...

Diferă casele! Sunt și ca la noi, din piatră și lemn, stilul leprechaun, colorate, cu uși rotunde și pereți de toate formele, dar fiind aproape de mare, sunt și multe construite din paie și lemn de palmier, pictate cu mult mai multă imaginație decât la noi. Spre exemplu, cea roșie, pe lângă care trec acum, are o mare trompetă desenată pe ea, iar hornul este în formă de trombon. Cea de lângă are o formă de oală, iar pe acoperiș cresc nişte copăcei roşii. Şi în stânga, e una bleu în formă de băşică de Bal, cu flori căţărătoare desenate pe ea şi ferestre uriaşe. Cu siguranţă, sunt mult mai frumoase decât ce am văzut în lumea mea!

Mă apropii de un loc din care se aud aplauze şi deduc imediat că aici trebuie să fie.

— Nu staţi aici, pe aici trece lumea!

Un individ acru dă să mă ia de braţ, dar îl evit şi reuşesc să intru în Agora.

Ea e pe scenă. Normal, unde ar putea să fie? Iar alături îi sunt unu, doi... nouă hăndrălăi, dintre care doi au muşchi cum n-am mai văzut niciodată. Tricoul unuia s-a crăpat în dreptul bicepsului. Cred că dacă se chinuie puţin, amândoi pot ridica o casă, cu tot cu oameni.

— ... l-am ales pentru că este omul cel mai plăcut pe care îl ştiu! zice Kay. Toată lumea pe care am cunoscut-o îl place. Să vă spună şi prietena mea...

Sunt pe ultimul rând şi trebuie să fac ceva efort să o aud. Dar deja mă enervează şi mă întreb dacă nu e mai bine să plec. Blondul ăla înalt cu păr lung este *omul cel mai plăcut pe care îl ştiu bla bla...* Păi să rămână cu ăla plăcut, nu? Ce îi mai trebuie alţi pretendenţi?

— Arma lui: FELUL ÎN CARE SE FACE PLĂCUT! În special de prietenele mele!

Prea îl laudă! Aşa i-o fi lăudat pe toţi? Iar ăştia tropăie toţi de zici că-s cai!

Mă ascund după individul din faţa mea şi îmi pun mâna la nas, aşa cum făceam când mă jucam cu copiii şi voiam să îmi schimb vocea.

— Şi al Zecelea? strig.

E puţin încurcată, dar o merită din plin. Aş vrea să o fierb mult, muuuuuult de tot.

— Şi al Zecelea... strigă şi Kay la rândul ei.

Dacă o fi ales pe altcineva după ce m-a lăsat ca prostul? Nu cred, ar fi păşit pe scenă până acum.

— Numărul Zece, dragi oameni din Paul, va fi...

Cobor. Fie ce-o fi!

Dacă l-a ales pe altul, o să mă întorc înainte de a ajunge pe scenă. Apoi ea le va spune că sunt un om de pe dealuri, ăştia doi musculoşi mă vor prinde şi îmi vor sfărâma capul între palme, apoi mă vor trimite bucăţele la Baba.

— Ăsta aş fi eu! ridic mâna.

O văd cum se linişteşte, ajung la câţiva paşi de ea. Arată cu mâna înspre mine.

— Numărul Zece este... este EL. Uitaţi, ştiu că nu este cel mai puternic, adică vedeţi şi voi...

Îi arată pe cei doi uriaşi.

— ... probabil că nu este nici cel mai înalt dintre toţi. Nici cel mai curajos sau mai isteţ, sau mai lipsit de vicii. Nu cred că este cel mai pur. De fapt, dacă mă gândesc, nu ştiu foarte bine pentru ce calităţi l-am ales. Ştiu doar că mă face să zâmbesc şi să mă doară stomacul. A, şi îmi place să vorbesc cu el, chiar şi când ne certăm, să... Ar trebui să fie destul, nu? L-am ales să lupte în Probele Dragostei pentru că ÎMI PLACE SĂ MĂ CERT CU EL!

Fac o plecăciune scurtă, pe modelul celor doi pretendenţi fardaţi din dreapta mea, care aproape că se ţin de mână.

Am intrat în joc!

De pe scenă se vede altfel, e puţin mai înspăimântător. Mii se oameni mă privesc şi, dacă mă gândesc bine, sunt mii de inamici. Mai bine nu mă gândesc. Judele lor, un împopoţonat ca al nostru, intervine pentru prima dată:

— Vor fi patru Probe ale Dragostei, ca de obicei! începe el să urle uitându-se către păsări. Şi pentru că pericolul e aproape, iar ea este urmaşa lui Hoor, va fi şi a cincea Probă: una îngrozitoare, pe care o vom da toți. Învingătorul va conduce alături de Kayana, în calitate de soț, lupta noastră împotriva necredincioşilor de pe dealuri!

Hai că ziua decurge bine!

— Tatăl Kayanei se va ocupa de pregătirea fizică a tuturor, iar învingătorul din Probe va stabili tactica de luptă. Toți urmaşii lui Hoor, împreună, îi vor învinge pe cei de pe dealuri!

Oamenii nu prea reacționează în niciun fel, ceea ce înțeleg că nu e nici de bine, nici de rău. A, stai! Tropăie câțiva.

— Prima dintre cele patru Probe este o una extrem de grea, continuă Judele lor. Câştigătorul va lua zece floricele, iar cel de pe ultimul loc una singură.

Pentru floricele jucăm aici? Eu credeam că pentru ea.

— Cel care va avea la finalul întrecerii mai multe floricele va fi declarat soțul Kayanei. Acum... sunteți pregătiți să auziți care este Prima Probă?

Oamenii din Amfiteatru încep să tropăie ca nebunii, apoi niște băieți chinuie câteva trompete. Intră şi tobele. O, John, tobele! Un vacarm îngrozitor, îmi vine să îmi astup urechile şi să o iau la goană.

– *All you neeed is looove! Loooove, loooove, loove...*

Deci în halul ăsta îşi cântă imnul! În numele lui John, şi eu care ziceam că al nostru e cel mai rău! Aceleaşi cuvinte, desigur, dar parcă ăştia îşi bat joc şi mai tare de ele.

La finalul melodiei, după ce simt că îmi țâșnește sângele pe urechi, Judele spune serios:

— Prima Probă, una foarte grea, este....

E tensiune mare. Parcă văd că trebuie să tragem cu arcul la țintă de pe un delfin! Îmi doresc să văd unul. Sau să ridicăm un cal şi să fugim cu el în spate. Sau luptă! Parcă simt că trebuie să îmi las oasele rupte de uriaşii ăştia. Orice, dar nu luptă!

— Prima Probă esteeeeee... GHERGHEF!

Tropăieli şi urlete de veselie printre oameni, de unde deduc că le place la nebunie Proba asta. Câțiva dintre pretendenți, în special cei doi care se țin de mână, țopăie şi agită palmele prin aer.

— Cine va reuşi să facă, de când iese Soarele până apune, mai multe floricele ia zece floricele! Proba va avea loc MÂINE, la malul apei, în Golful Hoor.

Capitolul 39

Kayana

Lumea De La Mare. Anul 3615 (1303 după Paul).

O amintire:

Când am crescut, mi s-a părut că o văd într-o noapte pe sora mamei. Visam. I-am pus o întrebare care mă frământa.

— Unde ai plecat?

— Sunt în public, te aştept.

Am crezut că ea, cea din vis, s-a lovit la cap şi vorbeşte prostii. Chiar mă temeam să nu fie bolnavă, ţin minte că am vrut să îi aduc o cârpă cu apă rece şi să i-o pun la frunte, dar am adormit.

Am dat mâna cu fiecare pretendent, i-am urat succes, apoi am plecat din Agora. Unii aveau strângeri mai moi decât ale mele, dar musculoşii aproape că mi-au mutat un deget de pe poziţie. Dacă prin absurd ar câştiga un uriaş de-ăsta şi ar trebui să locuiesc cu el, ar sparge cănile în mâini de fiecare dată când ar vrea să bea apă. Când am dat mâna cu Amn, i-am pus în podul palmei hârtia pe care o pregătisem. S-a cam strâmbat la mine, semn că nu m-a iertat de tot, dar a luat-o.

Acum am ajuns la marginea grotei şi aştept. Soarele stă să cadă sub Pământ.

Vine. E furios.

— În primul rând... îi zic imediat ce îl văd.

— În primul rând, m-ai lăsat acolo să...

Mă reped la el în brațe şi îi astup gura. Pentru că nu am nimic mai bun la îndemână, aleg să o fac cu gura mea.

— În primul rând, om iubit de pe dealuri, îți cer iertare că te-am lăsat acolo, îmi schimb puțin vocea.

— Am primit bilețelul şi am venit, spune rece Amn. Eram curios ce explicații dai.

Am învățat să mă prostesc de la Afrika, după ce am văzut cum vorbeşte mai pițigăiat, mişcă din pleoape ca libelula din aripi şi obține lucruri de la tatăl său. Merge la fiecare bărbat.

— Trebuia să fiu sigură că mă vrei, bineînțeles.

— Cum? De ce?

— Sunt femeie, normal! De aia. Nu ştiu foarte bine.

Îl mai sărut o dată, nu cred că avem foarte mult timp şi vreau să fiu sigură că nu rămân datoare.

— Ai oprit războiul? întreb.

— Deocamdată. Le-am dat jucăria Plimbă-Sunet.

— Plimbă ce?

— Aşa i-am zis.

— Iar i-ai dat nume fără mine? mă bosumflu.

— I-aş fi dat cu tine, Kay, dacă nu m-ai fi lăsat la...

Îi astup din nou gura, se pare că e nevoie. Tot cu gura mea. Şi o fac până mă ia uşor amețeala.

Mă desprind, înghit în sec, îmi aranjez puțin părul şi tuşesc ca o fată cuminte ce sunt.

— Amn, nu avem prea mult timp. Ştii să faci gherghef?

— Sigur! În lumea mea, dimineața fac gherghef, noaptea fac gherghef, iar când merg la şcoală să predau, mai fac un gherghef, în ore! Iar în timpul ăsta port rochii peste pantaloni mulați, ca soldații voştri! Gherghefull e Proba mea preferată, Kay!

— Îmi pare rău, Probe cu decojit animale şi făcut haine din pielea lor n-avem.

— Jupuit animale.

— Bleah, sună maaai rău!

Scot din sac cartea şi i-o bag sub nas.

— Ți-am adus-o! Căutăm în următorul capitol, poate găsim ceva, orice, care să te ajute la gherghef. Nu am vrut să caut singură, am promis că o facem împreună.

Fac o pauză lungă, vreau să simtă că nu l-am trădat şi că mi-am ținut promisiunea. Nu prea îl mişcă treaba asta.

— Crezi că primii oameni, Poe şi David, care probabil că ştiau atâtea lucruri, ne-au scris despre gherghef? Crezi, Kay, că asta au vrut ei să ne învețe peste ani?

— Cine ştie? zic fără speranță.

Deschid cartea şi încep să citesc:

Felicitări pentru experimentul cu sfoara şi paharele! Am fi vrut să vă lăsăm din Lumea Veche şi plasticul, drept invenție, să vă faceți pahare, dar era mult prea complicat, iar David nu a putut să îmi descrie exact procesul de fabricație. Mai mult: ați fi sufocat mările şi oceanele cu el, cum am făcut noi, până ce două japoneze au inventat nişte bacterii mâncătoare de plastic.

Să trecem peste asta, nu e important! Important e că noi v-am lăsat hârtia, sticla, roata, fierul.

Fierul... dacă nu vă lăsam asta, şi acum v-ați fi ras barba cu dinți de rechin, obsidian sau cu cochilii de scoici, ca în vechime!

V-am lăsat şi altele, textilele şi diverse leacuri din plante. Acum, dacă mă gândesc bine, nu ați început de la zero, ca noi. Gândiți-vă că noi a trebuit să inventăm roata, da? Acum vreo şapte milenii, prin Mesopotamia, s-a întâmplat.

Mai târziu, Arhimede, care era un om, un grec, a inventat chiar şi roțile dințate. Cele din interiorul cutiei muzicale, da? Care se întrepătrund şi se ajută una pe alta...

— Roți dințate, repetă Amn.

— Roți dințate, spun şi eu.

Ce frumos sună, romantic. Mă face să mă gândesc la dinții lui şi să îl sărut iar.

— Roți dințate, Kay! zice, privindu-mă în ochi. Sper că nu mă adormi iar.

— Nu, azi nu, băiete.

— Ai nevoie să fie zece fraieri la Probele Dragostei?

— Şşşt! Îi pun mâna pe buze. Să citim din Poe: *Ne bucurăm că ați trecut mai departe! Ceea ce urmează nu este un experiment în sine, ci mai mult ceva care să vă ajute să înțelegeți planeta pe care stați.*

— Grozav, Kay, o să mă ajute mult la gherghef! Nu vrei să îmi arăți mai bine cum se țes floricelele sau măcar să îmi explici ce Hoor e ăla un gherghef?!

— Îl foloseşti pe străbunicul în înjurături? Tare! N-ai nicio şansă! Aici bărbații învață de mici să facă asta. De la 8 anotimpuri, din primul an de şcoală. Iar când cresc, se întâlnesc seara la malul mării sau în taverne şi fac diverse modele. E modul lor preferat de a-şi petrece timpul, în afară de frecat fetişoarele cu diverse creme din plante şi de vopsit cu henna sprâncenele. Nu am cum să te învăț să lucrezi la gherghef într-un timp atât de scurt.

— Bine! Voi fi ultimul.

Aprob din cap. Fără nicio urmă de îndoială, e cel mai slab la aşa ceva. Abia dacă va reuşi să facă jumătate de floricică într-o zi, în timp ce câştigătorul va fi la a o suta.

— Hai să citim despre Pământ! zic. Tu vei începe să intri în joc la a Doua Probă.

Mă cuibăresc în brațele lui şi continui:

După ce veți parcurge aceste rânduri, veți înțelege că voi nu sunteți centrul Universului.

Nu sunteți miezul, nu sunteți buricul!

Nici măcar nu sunteți cei mai evoluați din câți au fost sau vor fi vreodată. Sunteți doar neînsemnați şi, da, voi vă supuneți unor legi ale Universului şi atât. Nici măcar nu ştim dacă tot ce vedem, toate stelele, planetele nu sunt nişte bobițe de praf în interiorul unei biluțe a unui copil uriaş, iar tot timpul scurs - miliarde de ani - nu este doar o fracțiune de secundă din timpul copilului. Cât se rostogoleşte bila pe măsuță.

Pricepeți? Sunteți nimic, acum ați înțeles asta? Bun, în condițiile astea, faceți ce puteți mai bine!

Când o să vă scuipe Universul, când o să se scuture Pământul de voi aşa cum se scutură un câine de purici, veți muri, adică vă veți transforma în altceva. În bălegar şi flori, spre exemplu. Asta dacă nu vă ucideți între voi până atunci, aşa cum credem că s-a întâmplat de mai multe ori.

Pământul este ca o băşică, e ca un rotund, ca o bilă, ca un măr. Are forma unui măr ceva mai rotunjit, da? Acum imaginați-vă că toate stelele, Luna, Soarele, sunt ca nişte mere. Puteți face asta, da? Mă iertați dacă vi se pare că vă iau peste picior, dar știu că v-am lăsat tâmpiți după Era Digitală, apoi nimeni nu a mai avut voie să predea aceste învățături copiilor. Deci... toate planetele și stelele sunt ca merele, aproape sferice!

– Suntem nimic, dar... Era Digitală? se miră el.

– Asta e simplu, putem trece peste. Se referă la degete, nimic care ești.

Amn se încruntă puțin, de zici că el chiar crede lucrurile astea despre Lună și Pământ ca niște mere uriașe. Apa începe să intre ușor, ușor în grotă, iar Soarele să coboare repede după marginea farfuriei. Sau a mărului, dacă ar fi să credem toți nebunii din trecut.

– Nu mai avem mult timp, Amn, se va umple de apă.

– Nu putem ieși pe plajă? mă întreabă.

– Nu, grota e singurul loc. Regulile spun că nu avem voie să ne vedem cât durează Probele, iar aici nu riscăm să ne observe cineva. Știi unde trebuie să dormi acum, da?

– Aaa, undeva... la o gazdă?

– În tabără, pe plajă. De mai mult de o mie de ani, de când există Probele, toți concurenții dorm acolo.

– Cum o găsesc?

– N-o poți rata, e înconjurată cu torțe și scrie mare la intrare: Tabăra Pretendenților. Nu ți-au spus, pentru că au presupus că știi. Toți din lumea noastră știu unde e.

Îi arunc o pătură cusută de mine. Prima mea păturică, făcută când eram destul de mică. O mai luam cu mine la plajă, seara, și mă înveleam când se făcea frig după ce apunea Soarele.

Acum urmează partea şi mai grea. Toate planetele astea se învârt, aşa cum s-ar învârti mărul dacă l-ai ține de codiță şi i-ai da una cu palma.

— Nebunie curată! strigă.

— Prostie curată, Amn! Dacă Pământul s-ar învârti, noi nu am cădea acum în nas?

Mă ridic în picioare să îi demonstrez cât de aberantă e propoziția pe care tocmai am citit-o.

Ridic mâinile în aer şi stau într-un picior:

— Uite, uite, Amn! Mă vezi? Cad eu acum în nas? Nu cad! Dacă s-ar învârti, aş lovi cu capul de pământ. Cum să mă pot ține eu într-un picior, dacă Pământul se învârte sub mine?

E mai mult de atât! Pământul pe care sunteți voi se învârte în jurul Soarelui! citeşte.

Un hohot de râs incontrolabil începe în vârful degetului mic de la piciorul drept şi îşi face loc afară prin gura mea. Tremur toată, n-am mai râs atât de când eram mică. De când săpam o groapă adâncă, iar Afrika îmi vorbea despre partea cealaltă a farfuriei pe care suntem. Mi-a zis odată, țin minte şi acum, că *în partea cealaltă a Pământului, e ca în partea noastră şi trăiesc oameni şi acolo. Numai că ei merg cu capul în jos, normal!* La fel am râs, aproape ca acum, când citim gogomăniile din carte.

Mai multe planete, nu numai Pământul, se învârt în jurul Soarelui. Care Soare se învârte în jurul axei sale. Pentru că Soarele este un măr mai mare, da? Ca o portocală gigantică!

David zice să nu vă scriu şi că Luna se învârte în jurul Pământului, că vă bulversez total, dar consider că trebuie să vi le dau pe toate.

Uitați, nu suntem perfecți! Cel puțin, nu eu. Cam atâta îmi amintesc din Astronomie. V-aş mai spune şi că sunt găuri negre, dar nu prea înțeleg bine ce sunt, că există meteoriți, adică ăia care au foc pe ei și fac poc pe planeta voastră. Dar cred că, în mare, e destul.

A, și să nu credeți că puteți să citiți niște zodii uitându-vă pe cer, iar viața voastră e decisă de ziua și anul în care v-ați născut. Astea sunt rahaturi!

Rumegați puțin, adică gândiți-vă puțin la treaba asta cu planetele: luați niște mere, niște ouă de prepeliță, imaginați-vă că portocala rotundă e Soarele și încercați să înțelegeți cum se rotesc merele în jurul portocalei, apoi cum ouăle de prepeliță se rotesc în jurul merelor. Ăla e Universul, o mică parte din el! O firimitură! Nouă ne-a luat mii de ani până să pricepem asta, omenirii adică. Suntem siguri că va dura și la voi.

Gândiți-vă la ce v-am zis și lăsați generațiile următoare să demonstreze lucrurile astea. Va fi greu, va dura sute sau mii de ani. Poate zeci de mii, că v-am lăsat tare proști! Unii vor fi condamnați la moarte când vor spune că Pământul se învârte. Unul, Galileo, a pățit-o urât de tot! Dar ideile vor triumfa pentru că sunt adevărate.

Înțelegeți, apoi treceți la experimentul al treilea.

Pentru o persoană învățată din trecut, nu prea vorbește frumos. Pe de altă parte, e chiar genul meu de om, direct, fără prea multe ocolișuri. Aș fi vrut să o cunosc pe Poe, pare o femeie sinceră. Așa cum trebuie să fiu și eu acum:

— Amn, trebuie să o ștergi, în curând va fi apă în grotă! Ai înțeles ceva?

— Absolut nimic.

vPerfect! O să înțelegem peste sute sau mii de ani, nu auzi? Fugi, trebuie să plecăm separat! Până mâine...

Îl sărut iar. Ar putea deveni o obişnuinţă.

— Înainte să pleci, om drag din populaţia inamică, aş vrea să îţi spun ceva.

Închid ochii şi îi mângâi faţa, părul, apoi îl strâng puţin în braţe, uitându-mă în ochii lui negri.

— Băiete de pe dealuri: roţi dinţate!

— Roţi dinţate şi ţie, Kay de la mare!

Capitolul 40

Amn

Lumea De Pe Dealuri. Anul 3615 (1303 după John).

În Tabăra Pretendenților, atmosfera e cât se poate de prietenoasă. Adică nimeni nu vorbește cu nimeni. Nici faptul că nu ne știm numele, pentru că nu avem voie să ni-l știm, nu ajută prea mult.

O plajă de nisip alb și fin, împrejmuită cu sute de torțe, în apropierea lizierei de palmieri și a mării. Dacă n-ar fi fost toată lumea asta atât de încordată, aș fi putut sta absolut relaxat, cu picioarele în apă și un suc de mango într-o mână. În lumea lor, mango este absolut spectaculos! Cred că l-ar face și pe Baba să îl mănânce și să se mânjească tot pe față, ca un copil. Asta chiar dacă urăște fructele, din principiu, pentru că le asociază cu ei.

— Numărul Doi, ești amabil să fumezi mai încolo, nesimțitule? strigă un musculos. Lua-te-ar chapman să te ia!

Înjurătura cu chapman e pe buzele tuturor celor de la mare. Chapman, răul din *Cartea Sfântă,* cel care l-a ucis pe John, e aici mult mai des pomenit decât în lumea mea. La noi, Hoor i-a luat locul în înjurături. E mai rău decât el.

Oamenii, din orice lume ar fi, simt nevoia să existe cineva îngrozitor, care îi pedepsește dacă nu sunt cuminți sau drepți. Au nevoie de această sperietoare să își educe copii, să își pună la respect soții sau să le oprească sughițul: *dacă nu mergi la școală, te dau la Hoor!*, *Chapman să te ia dacă te uiți la altă femeie!*

Îmi aleg ultimul cort. De fapt sunt nevoit să mă mut în el, fiind singurul lăsat liber de vajnicii pretendenți. A, ar mai fi unul, având în vedere că doi dintre concurenți dorm împreună, îmbrățișați. Dar asta e secret, sunt singurul care i-a văzut, când am venit târziu în tabără. Îmi căutam un locșor în unul dintre corturi. Te-ai fi gândit că sunt în stare să le numeroteze, dar nu. Așa că, pe scurt, am intrat din greșeală peste ei. Și peste ei, mai exact, după ce am intrat și peste ceilalți.

– Scuze, nu mi-am dat seama că... zic, stânjenit. Nu înțeleg de ce nu se numerotează corturile astea. Adică sunt toate turcoaz, nici măcar nu au ales culori diferite, înțelegeți? Așa ar trebui, nu?

Se uită unul la altul destul de mirați. Simt că am spus o prostie.

– Ahooooi, dar sunt numerotate!

– Floricelele! completează celălalt.

Ca și cum chestia asta ar trebui să îmi spună ceva! După privirile lor, clar ar trebui.

– Aaa, floricelele! Cum de am uitat? zic ușurat.

– N-ai nicio idee despre ce vorbim, nu?

– Ba daa, flooricelele! le răspund.

– Nici măcar una! zic amândoi în cor.

– Hei, Numărul Zece, trebuie să îți spunem ceva! Floricelele reprezintă numărătoarea. În floricele numărăm de când mergem la școală, în floricele ținem scorul la Bal și la Probe!

– Dacă ai uitat asta, Numărul Zece, te-ai lovit rău de tot la cap...

Eu sunt ăsta. De când am devenit pretendent nu mă mai cheamă Amn. Am devenit un număr.

— Noi îi suntem datori Kayanei, să ştii.

— Poftim?

— Atât.

Nu înţeleg, dar le zâmbesc frumos şi părăsesc cortul înainte de a-mi cere să îi masez pe spate. Pentru că tocmai au început să-şi facă asta.

Prima Probă

Este dimineaţă, iar Probele Dragostei stau să înceapă. Ai fi zis că, dat fiind faptul că Prima Probă se numeşte *floricele la gherghef*, vor pluti floricele peste tot şi vor răsuna lirele. Apoi vor apărea nişte fete îmbrăcate doar în chiloţi, cu lănţişoare cu melci în jurul gâtului, care vor arunca prin aer inimioare roşii decupate din hârtie. Se întâmplă asta la noi, de Sărbătoarea Iubirii.

Dar nu, atmosfera pare ca de război. La marginea mării, sunt înşirate zece scaune, cu spatele la apă, iar fiecare are în faţa lui un cadru din lemn sculptat, cu orhidee turcoaz pe margine şi alte câteva beţe şi sforicele. O să presupun că asta e ceea ce se numeşte un gherghef. Ce altceva ar putea fi? Lângă noi, aşezat direct pe nisip, este un munte de ghemuri colorate.

— Sunt sforile oficiale! confirmă un bărbat în negru după ce merge lângă ele.

Alţi bărbaţi în negru îl însoţesc.

— Pariu pe zece free că niciunul nu face cincizeci de flori! strigă un mucalit din mulţime.

Însuşi Judele din Capitala Paul a venit să dea startul. S-a îmbrăcat ca al nostru: în haine aurii, cu pantaloni care se freacă între picioare de la mers. Singurul lucru diferit față de al Judelui nostru pare a fi pălăria turcoaz, absolut ridicolă. Un Ajutor, dar eu i-aş zice servitor, îl şterge pe frunte cu un prosop auriu.

— Oameni buni ai Lumii De La Mare! strigă Ajutorul. De câte ori una dintre fetele noastre devine femeie, e un eveniment important, iar noi sărbătorim! Asta se întâmplă mereu. Dar azi vorbim de unica, frumoasa, faimoasaaa: urmaşa marelui Hoor!

Nu mi-am dat seama până acum că e chiar faimoasă, dar judecând după aplauzele oamenilor buni, e mai populară decât Judele din lumea mea. L-am auzit mai devreme, când am fost invitați pe rând să salutăm publicul, pe un om bun din ăsta, spunându-i altuia:

— Niciunul nu are mâinile formate pentru gherghef! Doar aia doi, matahaloşii ăia, par antrenați fizic şi au destui muşchi la brațe, dar ceilalți opt sunt prea plăpânzi pentru asta!

— Mai bine s-ar ocupa de altceva, să bea rachiu sau să fumeze! Ăştia nu-s capabili, ca noi! îi răspunde celălalt, dându-şi cu un pămătuf pe față.

Multe mii de oameni, fiecare dintre ei venit pentru noi, pentru a ne vedea luptându-ne pe viață şi pe moarte în floricele. S-au întins pe nisip, pe păturele, unii mănâncă, alții beau şi fac pariuri. În spatele lor, stă în picioare o mulțime de soldați cu steaguri turcoaz, care flutură în bătaia vântului. Şi steagurile flutură, dar şi soldații. Mai precis rochiile lor.

— Nici psihic nu sunt antrenați! spune alt bărbat extrem de supărat. Gherghef ul e un sport îngrozitor de greu, care se răzbună pe tine dacă nu eşti pregătit!

Un bătrân cu un tricou în dungi, purtând apărătoare la coturi și la genunchi, se apropie de el. Pe piept, are scris mare: *Gherghefarii Campioni*. E destul de aproape de mine, chiar în primul rând. Îi spune celuilalt:

– Tactica e tot aici! Trebuie să începi încet, cu floricelele de pe margine, să tatonezi o vreme, să tragi cu ochiul la adversar, apoi când îl vezi mai slab, să ataci! Va învinge cine își va dori cel mai mult victoria!

Cele două trompete răzlețe, la care cântă niște fete aproape goale, fac ce trebuie să facă. Adică liniște. Doar păsările nemuritoare și câțiva pescăruși amețiți se mai aud.

Judele ridică mâinile spre cer și strigă:

– Și 3, 2, 1... Prima Probă a Dragostei: înfiorătoare, devastatoare, crudă, numai pentru bărbații adevărați ÎNCEPE ACUM!

Spectatorii urlă, țopăie și dansează, așa cum se întâmplă la noi, la cel mai mare meci de Bal. Ba chiar mai mult: unii s-au ridicat în picioare și își agită pumnii prin aer, alții bagă degetele în gură și fluieră, ca să nu mai spun de femeile care strigă ca niște posedate de Hoor. De Chapman, în cazul lor.

Numărul Cinci, prima matahală musculoasă, se ridică în picioare, spulberă scaunul cu un șut și începe să zbiere la cadrul de lemn din fața sa:

– Daaaa, haaai! Acum! Cine te face pe tine, gherghefule, ai? Aud? Cine te face pe tine, mă?

Cred că obiectul numit *gherghef* e total intimidat și o să-și înșire singur ațele, de frică.

Al doilea musculos s-a ridicat și el în picioare și stă aplecat asupra gherghefului. E crăcănat, cu picioarele bine înfipte în nisip și geme satisfăcut de câte ori reușește să introducă o ațișoară printre sforicele.

— Iiiiih! Daaaa!

Mă uit la el fascinat şi am impresia că răpune un taur de fiecare dată când geme. Sau că face ceva extrem de greu şi care necesită mult mai mult efort decât o aţişoară. Mulţimea îl place, tropăie, agită mici steguleţe turcoaz şi aplaudă la fiecare mişcare de mânuţă. Oamenii simt că e concentrat şi dăruit, îl iubesc.

— Cinci! Cinci! Cinci! Luptă pentru noi, ahoi! Cine e cel mai buuun: Ciiiinci eeee, Ciiiinci eee!

Îmi dau seama că oamenii ăştia din Lumea De La Mare iau gherghefful foarte în serios. Până şi cel cu codiţe împletite şi cu miros de hoit, Numărul Doi, a lăsat-o mai moale cu fumatul şi încearcă să lucreze ceva.

Ajutorul este singurul care are voie să se apropie de noi, pentru a transmite mulţimii ce se întâmplă.

— Până acum conduce detaşat Numărul Unu, spune spectatorilor. Este incredibil cum aproape a reuşit să termine o floricică, a ales să fie roşie! Numărul Nouă este pe poziţia a doua, a ajuns la frunzuliţa de pe tulpină, iar pe ultimul loc, la mare distanţă, este Numărul Zece, care practic nu a reuşit să înceapă şi se uită ca tolomacul în jur de când a început Priiima Probă a Dragostei!

— Huuuuu! mă huiduie mulţimea.

Nu-s prea iubit şi pare oarecum normal. De câte ori încerc să introduc o aţişoară printre celelalte sfori, mă rănesc. Poţi, Amn! Sigur poţi! Tot ce trebuie să faci e să observi cum atacă ceilalţi sforicelele şi să îi imiţi. Eşti făcut pentru asta, Amn! Eşti cel mai bun!

Mă uit la Numărul Nouă. Scuturându-şi pletele aurii, atât de concentrat şi încrezător, încordându-se tot la fiecare mişcare şi privind în tribună la prietena

Kayanei. Nu pare atât de greu ce face. Încerc să îl imit. Îmi iese faza cu scuturatul pletelor, dar doar în mintea mea. N-am plete. Ce nu îmi iese deloc e faza cu sfoara: imediat ce o introduc printre celelalte sforicele se face ghemotoc. Apoi trag de ea şi se rupe la capăt. Trag încă o dată, rup jumătate de gherghef. Sunt o catastrofă!

– Oooooou! se aude mulțimea dezamăgită.

Unii şi-au dat pantalonii jos şi îmi arată ce au ei mai frumos. Fundul. Femeile pun copiilor mâna la ochi, dar nu pentru a nu vedea fundurile acelea de bărbați nebuni, ci pentru a nu mă vedea pe mine cum mă chinui. Sângele îmi țâşneşte din degetul mare, cred că am reuşit să înfig chestia asta ascuțită în mine. O, uite, şi din degetul mijlociu! Poate că totuşi nu-s făcut pentru asta.

– Sângeeee? strigă o mămică oripilată.

Iar eu îi arăt degetul mijlociu. Asta faci de câte ori recunoşti superioritatea adversarului, iar acum eu asta fac. Recunosc superioritatea tuturor adversarilor.

– Nesimțitule! urlă mămica, punând repede mâna la ochii băiețelului ei.

Ciudată femeie!

– Uitați-vă la Numărul Zeceeee! se bucură Ajutorul. Cum o fi trecut acest om prin şcoală?

– Huoooo!

– Ce o fi făcut la orele de gherghef?! Învățătorii lui ar trebui să nu mai predea niciodată numai pentru că l-au lăsat în acest hal. Este neîndemânatic ca o femeie!

Femeile din public îl fluieră scurt pentru remarcă, dar până şi ele trebuie să recunoască faptul că bărbații, alții în afară de mine, sunt mult mai buni decât ele la gherghef.

— De ceilalți suntem mândri! Frumoși eroi și luptători ai Lumii De La Mare! Uitați-vă cu câtă bărbăție luptă pentru...

În momentul ăsta, două chiuituri puternice și râsete ca de fetițe de 10 ani se aud de la Numărul Opt, care tocmai a terminat prima floricică. Când îl vede, Numărul Șapte zbiară ca un copil care a primit o rindea colorată pe 25 decembrie, îl ia în brațe și îl rotește fericit prin aer.

— Îngerul meu, ești atât de bun! strigă Numărul Șapte.

— Ei, lasă, că și tu ești bun... la altele! spune Numărul Opt printre chicoteli.

— Extraordinar, cum au intrat în luptă acești minunați băieți! urlă și Ajutorul pentru a fi auzit de mulțime. Luuuupta continuă! Între tiiiiimp, nu uitați de minunatele băuturi făcute de cea mai nouă casă a Lumii De La Mare, Casa Băutorilor: rachiu de ananas, lichior de durian cu bucățele de rambutan și extraordinara tărie de cherymoia, atât de dulce încât o pot bea liniștiți și copiii! Revenim imediat la....

Toți bărbații îmbrăcați în negru strigă:

— Probele Dragostei!

Asta a fost ciudat!

Acum Ajutorul pleacă să bea un pahar de lichior din apă magică, apoi se șterge pe față cu un prosop. Unui bărbat din public, dintre cei în costume negre, nu îi convine pauza asta și îi face semn Ajutorului să reînceapă să vorbească.

— Hai, 3, 2, 1...

— Am reveniiiiit! Trebuie să vă spun, oamenii mei buni, că sucul de rodii, pe care fetele cu haine galbene sunt drăguțe să vi-l dea gratis, vă este oferit de... (nu-și amintește, face o pauză lungă, apoi scoate o foaie de hârtie şi citeşte): Casa Agricultorilor! În special de agricultorul Petros, care vă aşteaptă începând de mâine la prăvăliile sale de lângă Agora!

Cred că sunt cel puțin trei pretendenți care au terminat câte cinci floricele, iar ceilalți au ajuns la a treia sau la a patra. Asta e vestea rea, să zicem. Vestea şi mai rea e că sunt tot la prima sfoară, iar sângele-mi curge şiroaie peste tot, iar eu sunt convins că nisipul de sub mine va rămâne roşu pentru multe mii de ani.

Ajutorul face ghemotoc hârtia pe care o avea în mâini şi o aruncă.

— Mai era ceva scris acolo! strigă un bărbat în costum negru, ciupindu-se de ureche.

Ajutorul Judelui ia scârbit hârtia de jos.

— *Numai la noi găsiți delicioasele sucuri de rodii la ulcică, de zmeură şi de căpşuni, stoarse când fructele e mai coapte şi mai dulce. Cele care se vinde în prabăliile Casei Negustorilor zice că are zmeura în ele dar nu are, ci bagă în ele diverse alte fructe culese din păduri. Nu uitați: căutați pe ulcică să fie scrisă litera P, de la Petros. E singurele bune! Facem suc de rodii de 14 ani!*

Eu, dacă tot n-am nicio şansă să fac nimic bun la Proba asta, mă opresc din a-mi face răni. Doar stau. Stau şi sângerez. Adică ultimele o sută de încercări de a manevra sforicelele au stârnit huiduielile tuturor. Sau râsul, în cel mai bun caz. În momentele astea mă bucur că ea nu are voie să asiste la Prima Probă. Ar fi plâns, văzându-mă cât sunt de incapabil. Femeile plâng uşor.

Pe de altă parte, aş fi vrut să fi fost aici pentru că mi-e dor de ea. Şi pentru că trebuie să ştie adevărul şi ar fi fost bine să îl afle de pe acum: tatăl copiilor ei nu le va face niciodată floricele celor mici, la gherghef!

Niciodată! Ridic mâinile în aer, îmi dau eu seama că îmi țâșnește mai puțin sânge din buricele degetelor.

— Numărul Zece cred că se roagă la Paul să îi facă o floricică! se hăhăie Ajutorul.

Râsete prelungite.

— Credeți că e cel mai slab concurent pe care l-am avut vreodată la Proba asta?

— Ahooooi!

— Îi arătăm înapoi un degețel?

Fiecare om ridică degetele mijlocii și arată în direcția mea, ceea ce e ciudat. De ce mi-ar recunoaște toți superioritatea, când eu sunt atât de slab?

— Ba voi! urlu cât pot de tare.

Apoi, cu efort, strâng pumnii, las numai degetele mijlocii ridicate și le agit în aer.

— Ba voi! Eu nu merit! Nu pentru Proba asta! Voi meritați!

Și chiar e adevărat! Toți îmi sunt superiori, evident. După sunetele dezaprobatoare, deduc că e rău. Probabil s-au supărat că i-am contrazis.

Mă uit la copiii ăștia de pe plajă, aleargă toți în jurul păturilor pe care stau părinții. Judele e singurul care stă pe scaun. Auriu, orbitor, incapabil să se miște, iar Ajutorul, când nu vine lângă concurenți, se învârte în jurul lui. Sunt și familii care se tot mută, merg la alte familii să vorbească, mai aruncă un ochi la noi. E haos și dezordine. Dar...

Dacă tatăl acela, spre exemplu, ar fi Pământul? Fata lui, cea care aleargă neastâmpărată în jurul său, ar fi Luna? Și fiecare părinte ar fi un Pământ, în jurul căruia se învârt Luna 2, Luna 3 și celelalte - copiii? Judele ar fi Soarele.

— Nouă concurenți fac floricică după floricică, sunt dedicați, puternici şi uimitori! Iar unul dintre ei... incredibil acest concurent ratat, Numărul Zece! Ne-a pătat plaja de sânge şi, la cum se prezintă, nu are nicio şansă la mâna Kayanei! Nici măcar una! Ce caută aici? Iar acum nu face nimic, nici măcar nu luptă!

Huiduieli repetate şi adresate pe bună dreptate mie, care continui să rămân cu mâinile ridicate. Totuşi, îi iubesc pe oamenii ăştia-planete! Acum mi-i imaginez pe toți, toate familiile, rotindu-se în jurul Judelui-Soare. Iar Ajutorul, ăsta care ia foc la urechea mea, e meteoritul, aşa cum ne-a scris Poe. Ăsta nu ține cont de nicio rotație şi a luat-o razna pe cer.

Mă ridic în picioare şi țip:

— Am înțeles! O mică bucată, dar am înțeles.

Toți concurenții se uită mirați la mine, dar niciunul nu se opreşte din gherghefat. Aşa s-o zice?

— Ce ai înțeles? țipă Judele.

— Că Pământul ăsta pe care stăm noi e posibil să nu fie ca o farfurie, ci rotund!

Măcar s-au oprit toți din râs. Acum sunt în centrul atenției. Nu că nu eram şi când râdeau de mine.

— Ca un măr, rotund! continui. Şi se învârte în jurul codiței!

Câteva secunde de linişte oribilă, apoi râsete isterice. Toată lumea e în delir.

— Sunteți toți atenți, da? Chemați-vă prietenii să ne vadă, nu ratați acest moment sen-za-ți-o-nal! intervine Ajutorul. Acum am văzut şi care e talentul acestui băiat, acestui Număr Zece: el ne face să râdem!

Urmează încă o repriză de hohote prelungite. Până şi cei mai mici copii, sugarii, sunt încurajați de un domn în costum negru să râdă.

– Poate de asta şi vorbeşte Pământul cu noi! strig ca să îi opresc. Poate că asta încearcă să ne spună Pământul când ne vorbeşte: oameni buni, sunt rotund! Trebuie doar să credeţi asta, nu să cercetaţi! *All you need is love!*

Acum încep să le spun că Judele e Soarele, iar ei sunt doar nişte planete, ca Pământul, şi primesc lumină de la el. Ajutorul se încruntă îngrozitor când îl fac meteorit, iar pe măsură ce vorbesc, îmi dau seama că o fac doar pentru mine, doar pentru a auzi teoria aceasta nebunească şi incredibilă. Pentru ei oricum nu contează, râd cu gurile până la urechi. Unii aproape că leşină, alţii chiar se sufocă, dar îşi mai revin când sunt serviţi cu sucul miraculos de rodii al lui Petros. Râsetele se estompează, până mai aud doar un zgomot amestecat şi egal.

Totuşi, în mulţimea aia amuzată şi dementă, un singur om a rămas serios. Un singur om se uită la mine din ce în ce mai ciudat, fix în ochii mei, şi simt cum îşi doreşte să tac. Între noi doi se întâmplă ceva pe care nu mi-l pot defini acum. Nici el nu mai aude mulţimea, e captivat doar de mine. Nici măcar nu zâmbeşte, iar privirea lui, dacă ar putea, m-ar tăia acum în două. Nu mă slăbeşte nici măcar când apare Kay, care dă mâna cu cei de pe primele trei locuri, aşa cum se pare că este obiceiul.

În Tabăra Pretendenţilor

Seara, pe plajă, lucrurile sunt foarte tensionate. Musculoşii, ieşiţi pe locurile opt şi nouă la Prima Probă, au început să se certe între ei şi să urle silabe de la unul la altul.

— De ce?

— Nu chtim!

— Ştim?

— Da! Să gher rghe făm?

— Forță, noi av em for ță!

Se pare că forța nu i-a ajutat să facă mai mult de o floricică de fiecare. Ceea ce tot e mai bine decât nimicul reuşit de mine.

Iar ceilalți dorm. Unii îmbrățişați, doi dintre ei, câştigătorii detaşați de azi. În rest, fiecare pe la cortul lui. Am intrat şi eu de puțin timp în al meu şi încerc să ațipesc, ba chiar, de ceva vreme, stau cu ochii închişi şi număr meduze. Obişnuiam să număr cai, dar presupun că aşa e obiceiul pe aici. Mă aşteaptă o Probă grea mâine şi chiar cred că la asta am o şansă. Mică, dar şansă.

— Nu scoate un cuvânt!

Cineva mi-a pus o pernă pe ochi, iar un cuțit mă împunge în stomac. Sau o suliță? Asta în cazul în care degetul celui care a vorbit nu este ascuțit şi metalic.

— Dacă strigi, te omor!

Mă gândesc că poate fi unul dintre pretendenți, normal. Dar care? Doi se ceartă afară, doi se țin în brațe, iar ceilalți... Pe Numărul Unu, cel timid, nu l-am auzit niciodată vorbind, cred că n-are glas. Altul fumează încontinuu şi miroase mereu ca un foc pe care ard gunoaie. L-aş fi simțit. Poate un musculos? Ar omorî un alt pretendent pentru a-l scoate din joc? Poate, dar de ce pe mine? Sunt ultimul, în numele lui John! Dacă ar vrea să scoată pe cineva din luptă, l-ar scoate pe Numărul Şapte, învingătorul de azi, nu pe mine!

— Nu strig, spun când gura îmi este lăsată puțin liberă.

Îmi împinge cuțitul şi mai tare în burtă, apoi continuă cu o voce foarte groasă:

— De unde ştii?

— Că n-o să strig? horcăi cu greu nişte cuvinte. Ţii un cuțit în burta mea, nu-s idiot.

— Nu asta! se enervează cel cu voce groasă. De unde ştii ce ai zis pe plajă, în fața mulțimii? Ce ți-a venit cu Pământul care vorbeşte?

E cel mai ciudat lucru care mi se întâmplă, nu? Arătarea asta violentă, oricine ar fi ea, nu vrea să mă elimine din Probe! El doar îmi împărtăşeşte pasiunea pentru ştiințe şi vrea să afle despre teoria nebunească din carte. Ce drăguț! Este acum, aici, în cortul meu, un om din Casa Ştiințelor! Cu un cuțit în mână.

Ridică puțin de tot perna de pe gura mea, lăsându-mă să respir.

— Dacă vrei să vorbim despre planete, despre ce încearcă Pământul să ne spună, de ce nu îmi iei perna de pe față şi cuțitul din burtă? Apoi stăm până dimineața. Aş fi bucuros să schimb păreri cu un om care poate înțelege lucrurile astea şi...

— Lasă porcăriile! L-ai auzit tu?

Ultimul lucru pe care l-aş face ar fi să îi zic adevărul. Ce să îi mărturisesc? *Ştii, nu mi-a zis Pământul, dar am citit asta într-o carte venită din Lumea Veche. E una dintre Relicvele pe care n-ați pus mâna nici voi, nici noi. A, şi să nu uit: sunt cinci.*

Îmi dau seama că dacă îi dau acest răspuns mai puțin inteligent, primul lucru pe care o să îl vrea va fi cartea. Nu e bun.

— Eu mi-am imaginat asta.

— Nu te cred! țipă la mine.

— Va trebui, pentru că aşa e.

— Cine l-a mai auzit?

— Nimeni. Oricum, dacă le-aş spune să îl asculte ore în şir, poate le vorbeşte, m-ar crede toți nebun.

— Eşti! Nu e adevărat.

Tocmai faptul că e aici mă face să cred că e. Ciudată treabă!

— Da, cred că nu e, îi zic. Am şi stat mult în soare azi, era căldură, nu băusem apă. Când au venit cu sucul ăla de rodii salivam şi aveam viziuni... Eu sunt dintr-o zonă mai umbroasă, nu prea sunt obişnuit cu statul la plajă.

— De unde eşti?

— Asta ştii că nu am voie să spun, oricât de frumos m-ai ruga, doar sunt pretendent.

Cel cu voce groasă pare a se enerva pentru că împinge cuțitul în stomacul meu.

— Încă două întrebări, pentru o margaretă fiecare: ce amestec de plante se foloseşte în cazul unei muşcături de căpuşă?

— Eşti nebun? zic confuz.

Răspuns greşit! Şi a doua: cum se numeşte mat — erialul fabricat prin măcinarea clincherului, care se întăreşte în contact cu apa?

— Chiar eşti nebun!

— Greşit! țipă iar.

— Acum eşti drăguț să mă laşi să dorm? Am o Probă mâine dimineață şi chiar cred că sunt şanse să...

În timp ce spun lucrurile astea, realizez că nimic nu mă mai împunge în burtă. Dar încă îmi apasă perna pe față, ceea ce nu e prea plăcut.

— Poți să iei perna? zic şi o dau încet la o parte.

Un bolovan destul de greu cade de pe ea, se rostogoleşte şi mă loveşte în brațul stâng.

Ies în fugă în fața cortului, mă uit în stânga, în dreapta, înspre mare. Alerg câțiva pași, până la primul cort din tabără. Nimic. Parcă a intrat în nisip. Alerg înapoi la cortul meu şi mă uit bine în spatele lui, poate găsesc ceva, vreo gaură în care s-a ascuns. Nimic.

Obosit, mă prăvălesc în fund şi îmi dau două palme. Ştiu că dacă fac asta voi fi sigur că n-am visat. Poate că acum sunt în cort, dorm, extenuat de proba criminală a gherghefului, şi visez.

Dar nu! Palmele îmi spun că sunt treaz. La propriu! Ele îmi vorbesc. Palma stângă are desenată pe ea o gură roz care scoate limba la mine, în timp ce gura mov de pe palma dreaptă urlă:

— Visezi, Amn! Eşti prost?! Normal că visezi!

Nu ştiu peste cât timp

Deschid ochii şi văd deasupra capului siluetele a doi bărbați, aplecați asupra mea.

— Dieffenbachia, iub, uită-te bine! Durere groaznică în gură, umflarea gâtului şi senzație de sufocare.

— Nu zic nu, iub, dar poate fi şi Ciumăfaia!

— Aho hoi, le zic, şi constat că nu prea pot să vorbesc.

Dar ei continuă să mă ignore.

— După cum făcea cu gura, ca peştele, aş spune Dieffenbachia. Mai şi horcăie ca prostul, nu vezi, iub?

Le fac cu mâna şi îmi dau seama că mi-e foarte greu să mişc celelalte părți ale corpului. Şi mai realizez că habar nu am cum de am ajuns în cortul lor.

— Ahoi, băieți?

— Da, ce este? se enervează Numărul Opt că i-am întrerupt din dezbatere.

— Ce caut aici? Asta pentru început...

— Şi pierderi de memorie! îi strigă Numărul Şapte celuilalt. S-ar putea să nu fi nimerit niciunul adevărul, ci e posibil să fie chiar...

Amândoi în acelaşi timp:

— Cireşele Morții!

— Cireşele Morții!

— Belladona era, desigur!

Numărul Opt îmi pune mâna pe inimă.

— Bătăi accelerate, horcăieli... Desigur!

Celălalt se apleacă spre gura mea, iar mie îmi e teamă să nu îşi lipească buzele de ale mele. Prostească teamă, evident.

— Ochii mari, da. Cum ne-am putut înşela?

— Băieți?...

Ridic ambele mâini prin fața ochilor lor. Atât cât pot să le ridic.

— Ce înseamnă toate lucrurile pe care tocmai le-ați spus?

— A, mai nimic, Numărul Zece. Doar că cineva a încercat să te omoare şi credeam că este vorba despre alte plante. Nu era.

— Asta ştiu, zic. Mi-a pus un cuțit în burtă şi m-a întrebat de planete.

— Nu! Ți-a băgat în gură o Cireaşă a Morții! Seamănă cu cireaşa, doar că este mai mică şi mai... te-ai prins? Otrăvitoare.

Asta e nouă. De ce m-ar fi otrăvit cineva, dacă mă avea la mână? Adică avea cuțitul gata pregătit să îmi pătrundă în burtă, în numele lui John! Ce ucigaş ar fi stat să mă îndoape cu cireşe?!

— Îți aminteşti să îți fi băgat ceva în gură?

— Nu putea, zic, era o pernă pe fața mea.

— Asta e! strigă Numărul Opt.

Nimic nu îl face mai fericit decât faptul că am avut o pernă pe față şi puteam oricând să mor sufocat.

— E de bine, Numărul Opt? întreb, fără speranță că o să îmi răspundă cineva.

— Pierre! Poți să-mi zici Pierre.

— Dar nu avem voie să ne spunem numele.

— A, mă doare în fund de regula asta stupidă!

Râd amândoi. Chiar e o regulă stupidă.

— În cazul asta, zic, eu sunt Amn. Şi cineva a încercat să mă înjunghie, apoi m-a otrăvit.

— Ah, Amn, eu sunt Marcos! Ştii, partea cu înjunghiatul e posibil să fie doar o halucinație. Nu prea cred în ea, ai fi avut urme. Dar te-am controlat, frumuşelule şi...

Acum îmi dau seama că sunt descheiat la pantaloni şi nu am tricou. O să încerc să nu mă gândesc la asta o vreme.

— Nu a fost adevărată, Pierre?

— Probabil că nu, cum a zis şi iub. Probabil că nu. E posibil să fi luat tu azi, de la masă, o bobiță roşie care seamănă cu cireaşa? Gândeşte-te, ai băgat-o în săculeț şi ai mâncat-o puțin mai devreme, pe plajă, sub stele? Că tot îți plac ție stelele.

— Erau cireşe azi, când ne-au adus suc de rodii, în pauză, zic... Erau pe tăviță, lângă bucățile de ananas. Crezi că asta a morții, cireaşa, era amestecată între ele?

– Imposibil! Pff!

– Pff! pufneşte şi celălalt.

– Astea îşi fac efectul imediat. În mai puțin de o oră eşti în *Submarinul Galben*! Dacă nu l-aş fi condus pe iub în cortul lui, acum ai fi fost acolo.

Cei doi se uită la mine ca la un tâmpit. E clar că sunt o mare dezamăgire, pentru simplul fapt că nu ştiu absolut toate plantele otrăvitoare din lume.

– Voi doi sunteți Tămăduitori sau... Cum de ştiți atât de bine plantele?

– Vezi, Amn, la noi în kijiji lumea nu e atât de...

. – .. deschisă la minte, îl completează Numărul Opt.

D– a, deschisă la minte. Noi suntem din Julia, iar la noi e permis să ai patru soți sau patru soții, dar să fii cu un singur iubit, chiar dacă e tot băiat, e aproape interzis. De aceea, noi petrecem mult, mult timp, în pădure, departe de ochii...

– Şi iub, îi preia cuvântul Numărul Opt, are această pasiune: ştie fiecare floare, fiecare plantă, fiecare fruct. De la el am luat-o şi eu.

În semn de mulțumire, Numărul Şapte îl ia pe celălalt de mână, iar eu nu prea mai contez. Este un moment bun să îmi iau tălpăşița încetişor, spre cortul meu.

– Hei, Amn! Poate vrei şi hârtiuța asta.

Capitolul 41

Kayana

Lumea De La Mare. Anul 3615 (1303 după Paul).

Dacă va continua aşa, antitalentatul-la-gherghef, viitorul meu soţ, va rămâne ultimul. Şi, în felul ăsta, nu va ajunge viitorul meu soţ. Aşa cum mă aşteptam, a fost catastrofal la Prima Probă, şi singura la care viitoarea soţie nu are voie să asiste de la început. Asta din cauză că este considerată mult, mult prea dură pentru o femeie şi nu ne-ar ţine inima.

De-a lungul timpului, în Proba gherghefului, au căzut mulţi bărbaţi. Unii s-au luat pur şi simplu la bătaie, alţii şi-au dat cu lucrările în cap. A fost şi un caz urât de tot, acum vreo douăzeci de anotimpuri, când un pretendent, pur şi simplu a înnebunit, după ce a realizat numai două floricele, şi i-a luat pe toţi ceilalţi la bătaie, cărându-le pumni şi picioare în cap. Doi au crăpat, iar nebunul a fost scos imediat din Probe. S-a vorbit despre el prin Paul, mult timp după aceea. Chiar au propus atunci să pună garduri despărţitoare între pretendenţi, la această Probă îngrozitoare, dar s-au mai liniştit după ce au văzut că în anii următori nu a mai murit nimeni.

— Afrika!

— Mmm!

— A fri ka!

Oblonul rotund este dat la o parte, iar în faţa ochilor mei apare o fiinţă ciufulită, ciufută şi pe jumătate adormită.

— Kay?! Eşti nebună, culcă-te!

— Afrika, trebuie să mă ajuți!

— Bine... mâine! N-ai somn?

— Acum! Este despre... Numărul Nouă, o păcălesc.

Iese din casă, îmbrăcată într-o bluză cu plasă care nu îi acoperă nimic. Şi când spun nimic, spun chiar nimic.

— Trebuie să te îmbraci şi să mergem împreună undeva. Îți povestesc pe drum.

După ce îşi trage o bluză pe ea, facem câțiva paşi în cerc să îi spun ce am pe suflet. E greu! Dar ştiu că toate lucrurile trebuie spuse direct şi dintr-odată, cu multă cruzime. N-am de ales!

— Afrika, te-am mințit! Nu este despre Numărul Nouă.

— Bine, acum pot să mă culc la loc?

— Şi am mai mințit o dată... Prin omisiune, adică.

— Despre tontălăul şi neîndemânaticul ăla de Numărul Zece e vorba? Pe care l-ai ales fără mine?

Acum e momentul să îi spun tot! Nu chiar acum, aştept mai întâi să trecem de ultimele case şi să ajungem la marginea pădurii de palmieri.

— Când dormeai, la Marele Râu, am stat cu picioarele în apă şi m-am jucat cu peştişorii. Apoi, ce să vezi? A apărut şi el, care era pe acolo.

— Ceeee? Cine?!

— Afrika, eu făceam cipa-cipa, iar deodată a apărut un bărbat, lângă râu.

— Adică nu suntem singurii oameni de la mare care am încălcat Armistițiul?

— Ce să vezi... asta e chestia şi mai ciudată!

— Care?

— Urmează!

Fac o pauză destul de lungă, deoarece cred că aici mi s-a terminat curajul.

— Mai ciudată de atât, Kay?

— El nu e om de la mare! zic dintr-o suflare.

Afrika se opreşte brusc şi mă ia de mână. Strigă ceva neinteligibil şi mă văd nevoită să îi astup gura. Ce chestie, sunetele se pot opri şi cu mâna, nu trebuie să fie neapărat gura! Îi fac semn să nu mai ţipe, roteşte din cap de două ori, ceea ce la noi înseamnă *da*. Am observat că Amn, când vrea să spună *da* din cap, mişcă de el în jos şi în sus, ceea ce e ciudat.

— Afrika, şşşşt, în şoaptă!

— Tu, Kay, spune încetişor, ai un pretendent de pe dealuri?!

Icneşte. Sau necheazā, nu îmi dau seama. Dar o face înfundat.

— Neeey, serios! Fată rea care eşti tu, Kay! Tu, e adevărat?! Neeey, râzi de mine!

Face doi paşi în spate, doi în faţă, apoi se opreşte brusc şi mai scoate câte un:

— Tu?! Urmaşa Marelui Hoor, cel care voia să îi căsăpească pe ăia de dincolo, vrei un soţ de pe... dealuri?!

Râde ca nebuna, a uitat că trebuie să nu ne audă nimeni, dar o las puţin să se descarce. Sper numai să nu ţină până mâine, când va începe Proba.

— Şi ce altceva mai ai să îmi spui, Kay?

Mna, acum e acum!

— În primul rând, Afrika, Pământul are formă de măr!

— Ce măr? Şi pe tine, şi pe ăla de la mare v-a lovit Soarele în cap? Vorbeşti la fel ca el, azi, pe plajă.

— Știu. Am citit amândoi într-o carte scrisă de cineva din Lumea Veche.

— Ce? Kayana, ești bolnavă?

— Ascultă-mă, nu avem timp acum de mere, pentru că trebuie să îi duci ceva lui Amn!

— Cine e Amn?

— Numărul Zece. El e Amn.

Afrika se așază pe iarbă și își reazemă spatele de un palmier. În depărtare, se vede tabăra pretendenților, înconjurată cu făclii.

— Ce altceva ai mai... citit... într-o... carte?

— Nu prea mult, Afrika. Doar că tot ce a spus el azi e adevărat, se pare că Pământul e ca un măr, nici eu nu înțeleg exact cum. Și că se învârte repede de tot. Oricum, nu e ca o farfurie... așa că nu are rost să mai săpăm până în partea cealaltă, ca atunci...

Zâmbește. Simt că i-a trecut supărarea.

— Toată lumea ți-ar putea spune că asta e o prostie, Kay! Dacă Pământul s-ar învârti, cum spui tu, s-ar întâmpla asta?

Sare cât poate, cu picioarele crăcănate, de câteva ori. Mă sperie.

— Dacă ar fi rotund, aș cădea în alt loc, nu? Cu cât se învârte mai repede, cu atât eu cad mai departe. Imaginează-ți un purice care sare pe un măr care se rotește. Hoooop, sus! Iar când puricele cade, ajunge în cu totul altă parte, nu?

— Da, nu înțeleg nici eu cum e posibil. Dar mai știi când eram în groapa de pe plajă și ascultam, ne imaginam că Pământul ne spune ceva?

— Așa...

— Poate chiar vorbea și asta încerca să ne spună, Afrika!

— E o prostie, cine a scris cartea aia își bate joc de voi. Așa ai citit în carte?

— Nu, asta am auzit la Amn.

— Aha, și în carte ce mai scria, Kay?

— Spre exemplu, că sunetul călătorește de la o oală la alta.

Cred că pe asta i-am spus-o prea repede, n-am lăsat-o s-o rumege pe cealaltă, cu mărul. Îmi aduc aminte că Poe ne-a spus că va dura mii sau sute de mii de ani până vom înțelege, iar eu am pretenția să priceapă pe loc...

— Haaa?! Ești lovită în cap de Soare?! Merg să dorm și ne vedem mâine la Proba de forță. În numele lui Paul, poate că ți-ai pierdut capul de la nebunia asta cu pretendenții! Poate ți-a luat mințile starea de agitație... Sunetul călătorește între oale, auzi, ha!

Se ridică, o ia la pas grăbit înspre coliba ei și simt că nu o pot opri. Categoric mă crede nebună, dar mai mult ca sigur că și eu aș face la fel în locul ei.

— Stai! O să îți demonstrez acum!

— Să demonstrezi ce?

— Afrika, ai încredere în mine?

— Am! De obicei am... Dar azi, fată, ori îți frige capul, ori... ce chapman faci? Ce e cu tine?!

Dau două lovituri de picior într-un palmier și aștept să cadă nuca de cocos. Apoi o lovesc puternic cu piatra, după modelul de la tata, și îi scobesc conținutul. Fac la fel și cu a doua nucă. Sfoară, de unde iau sfoară?

— Dezbracă-te! îi poruncesc.

— Ha?

— Dă-mi plasa de pe tine, Afrika! Poți să păstrezi bluza de deasupra.

— Kay, ai înne...

Iar vrea să plece. Îi trag bluza, aproape cu forța, și i-o deșir până obțin o sfoară. Apoi fac magia găurelelor și trec ața prin nucile de cocos. După care îi pun neîncrezătoarei o nucă în mână și mă îndepărtez de ea.

— Trebuie să fie întinsă ața! strig.

— Aha, Kay! Acum are mai mult sens tot ce faci. Nu ești doar nebună, ești o nebună cu nuci de cocos și ață!

— Pune nuca la ureche! strig.

Îi și arăt cum să facă, ducând nuca mea la ureche, pentru că e nehotărâtă. În cele din urmă, o văd că se conformează, nu înainte de a spune o grămadă de vorbe, nu tocmai frumoase, despre rudele mele. Mai puțin despre Hoor, pe el toți îl iubesc. Apropii buzele de nuca mea și zic:

— Acum mă crezi, necredincioasă mică?

Pauză.

Se clatină.

Ce au toți de leșină la faza asta?

Puțin mai târziu

După douăzeci de palme și stropit cu zeamă de lime pe ochi, în sfârșit, s-a trezit. Are fața unui copil speriat. Mă aplec asupra ei și îi spun:

— Acum putem trece la partea în care tu mă crezi, orice aș spune, și mă ajuți?

— Să trecee... la par... Tu îți dai seama că sunetul călătorește, Kay? Tu ești nebună? Îți dai seama de astaaaaaa?

Îi pun mâna la gură, de teamă de a nu fi auziți de careva, dar ea continuă să strige:

– Cuuuuuum, chapman, cum?! În numele lui Paul, cum s-a întâmplat o asemenea minune? Ştii că e o minune, Kay?!

– Ştiu, şşşt! îi spun calmă. Am avut şocul ăsta în urmă cu ceva zile...

– Am putea lega o sfoară între casa mea şi a ta, îți dai seama, Kay? Şi am vorbi dimineața, la nuci de cocos!

– Am putea...

– Neeeey, nu e real! Dorm, nu? Visez?

Îşi dă o palmă puternică peste față, ceea ce mă face pe mine să închid ochii de durere.

– Kaaay, cum ai făcut această magie?!

– Din carte, ți-am spus! Poe m-a învățat.

– Cine?

– Poe, din Lumea Veche! Soția lui David.

Acum se uită la mine exact ca broasca țestoasă la vacă. Cu ochii ficşi, fără să mişte.

– Aha... Cine e David?

– Uite, Afrika, noaptea e scurtă, iar iubitul meu...

– Stai, ce?

– Noaptea e scurtă, repet....

– Ai un iubit? Seriooos?

Țopăie în jurul meu şi pare că a luat-o complet razna. A trecut pe loc de la o stare la alta, de la somn la palme, de la palme la momentul în care ar fi vrut să mă bată, iar acum... Ființa asta mă numea pe mine nebună, da?

– Te-a sărutat? Sărută bine? Cum e? Să nu zici că... şi-a adăpostit şarpele în cuibul tău?

— Yaaaak, Afrika!

— Cine e? Îl cunosc?

— Da! Tontălăul.

Cade brusc din picioare.

— Şi neîndemânaticul...

— Ăla de dincolo, Kay, eşti nebună? Deja sunteți iubiți? Eu credeam că l-ai chemat doar aşa, să râzi de el.

— Nu! Îl iubesc. Şi trebuie să îi duci un bilet.

Pauză lungă.

Se uită la mine destul de mirată. Bine, foarte mirată. Luna îi luminează fața, iar dinții ei strălucesc ca nişte perle, conturând un zâmbet larg, forțat.

— Prostălăul ăla care nu a ştiut să facă o floricică şi era să moară de la cât sânge s-a scurs din el e iubitul tău?

— În lumea lor, bărbații nu fac gherghef.

— Aha, asta e bine. Ce ai mai aflat şi ce bilet vrei să îi duc?

— Am aflat că în Lumea Veche se făceau cutiuțe muzicale şi că sunt cinci Relicve, îngropate sub trei chiparoşi.

— Ce zici acolo, Kay?! Încă două Relicve?!

— Cele trei, pe care le ştim toți, plus o cutiuță muzicală, plus o carte. Asta.

O scot din sac şi i-o arăt.

— În numele lui Paul, serios?! exclamă uimită. Lumea De La Mare are CINCI RELICVE?!

— De fapt, ambele lumi au.

Îi tremură puțin degetele când le plimbă peste copertă, dar în cele din urmă reuşeşte să dea o pagină.

— Nu acum, te rog! zic, închizându-i cartea.

— Cartea asta e din Lumea Veche? Ca şi *Cartea Sfântă?*

— Este.

— Wooooo!

— Ți-o dau să o citeşti, ai încredere! Dar nu acum. I-am promis lui Amn că o citesc numai împreună cu el, dar am trecut singură la alt experiment, sperând că voi găsi ceva care să îl ajute.

— Ec... pe... riment?... Şi ai găsit?

— Da, am citit ceva care cred că o să îl ajute. Îți promit că o să îți spun mai multe, Afrika, după ce oprim războiul.

— Voi doi opriți războiul?

— Noi, trei, Afrika! Eşti prietena mea, nu?

Tace, apoi mă ia în brațe şi mă ține aşa mult timp. Parcă simt ceva ud pe braț, dar ar putea să fie urina unui papagal din palmier. Sau lacrima ei. Având în vedere că o picătură tocmai îmi intră în gură, prefer să cred că e lacrimă.

— Plângi?

— Nu!

N-am avut noroc. Scot biletul, îl împăturesc, i-l pun în palmă, apoi îi strâng pumnul în jurul lui.

— Afrika, e foarte important! Trebuie să duci ăsta acum lui Pierre şi Marcos.

— Pierre şi... cum îi recunosc?

— O să îi recunoşti, sunt cei care îşi dau mult ochii peste cap.

Ei sunt prietenii mei, oamenii de legătură. Aş intra eu în Tabăra Pretendenților, dar... ştii regulile. Şi m-am gândit că, dacă tot eşti pe acolo, poate schimbi şi câteva vorbe cu Numărul Nouă.

— De acord, Kay! spune dintr-o suflare.

— A, şi spune-i tontălăului meu să îşi bage degetele în apa sărată a mării. O să îl usture, dar o să-i treacă mult mai repede.

Capitolul 42

Amn

Lumea De La Mare. Anul 3615 (1303 după John).

Proba a Doua

Pe hârtia primită de la Pierre, schema pare extrem de simplă: sunt două lemne lungi, imense, unite la vârf. Ceea ce înseamnă că trebuie să tai doi copaci. Apoi voi avea nevoie de sfori, dar din astea ne-au dat la discreție.

Sunt singur, în mijlocul pădurii de palmieri, iar lângă mine cred că am pe puțin cincizeci de blocuri de piatră.

— Probele Dragostei continuă azi cu Proba a Doua! ne-a zis Ajutorul. Scuzați repetiția, se mai întâmplă, am emoții. Astăzi, dragi concurenți, trebuie să mergeți în pădure, unde veți găsi nişte blocuri de piatră. Misiunea voastră este să le puneți unul peste altul şi să realizați un bloc de piatră cât mai înalt!

Asta e Proba pentru a vedea care bărbat e mai bun pentru Kay? Adică nu înțeleg cu ce aş fi eu mai demn de mâna ei dacă aş fi în stare, să zicem, să pun cinzeci de pietroaie unul peste altul? Mă face asta un soț mai bun, mai iubitor? Sunt în stare să fac mai mulți copii dacă mă pricep să suprapun bolovani?

— Clasamentul se prezintă după cum vedeți, dar este prea devreme să spunem cine va fi câştigător după cele patru Probe. Vă reamintesc, miza este şi mai mare: soțul urmaşei lui Hoor va conduce Lumea De La Mare în războiul împotriva necredincioşilor!

Arată înspre un uriaş dreptunghi de lemn, pe care frumoşii artişti l-au colorat în turcoaz. Pe primele poziții sunt Numărul Şapte - cu 10 floricele, şi Numărul Opt - cu 9. Eu sunt pe ultimul, iar în dreptul meu nici măcar nu s-au obosit să scrie un mare ZERO, ci au pictat literele: HA, HA! Iar în paranteze au scris: *cel mai prost din istorie*, ca să fie clară treaba.

— Vă reamintesc, recordul absolut este deținut de cine altul decât Hoor, cel care a reuşit să facă prin puterea minții şi a trupului, un turn uriaş din nu mai puțin de ŞAPTESPREZECE blocuri, în cinci ceasuri!

După scurta introducere, Ajutorul s-a uitat la musculoşi şi a zis mulțimii:

— După cum văd, băieții ăştia doi au toate şansele să se apropie de el!

Apoi a scufundat vasul mic al ceasului în vasul mare şi a pus câte un om în negru să ne conducă pe fiecare în părticica lui de pădure. Ne-au lăsat la discreție sfori şi unelte, şi aia a fost. Miile de oameni au rămas la marginea pădurii, la un fel de sărbătoare. Şi luptătorii, cu rochițele lor, de la care nu îmi pot desprinde niciodată privirea, şi ceilalți s-au încins la muzică şi la dans. Tocmai de aici, de la distanța la care sunt acum, aud din când în când, câte o melodie care se cere urlată.

Bărbatul în negru s-a cărat, după ce a vorbit o vreme, mai precis, cu cineva invizibil din cer, spunându-i:

— Abia aşteptăm să vedem cum se vor descurca la această Probă concurenții!

Bun, ăştia în negru oricum par mereu nebuni, nicio surpriză! Citesc bilețelul de la Kay, după ce mai întâi îl miros. Speram să aibă ceva din aroma ei de nucă de cocos, dar se pare că parfumul lui Pierre l-a acoperit de tot.

Luați cele două bețe lungi şi zdravene şi le ancorați în pământ cu ajutorul unor sfori.

Ăsta e primul pas, aşa că mă apuc de tăiat copacii. Nu am ceas, dar apreciez că asta o să îmi ia cel puțin două ore, dacă nu, mai mult.

– Ce neisprăviiiit!

Antipatic om! Ajutorul Judelui a ajuns lângă mine, a văzut că nu am reuşit să urnesc niciun bolovan, apoi a început să se strâmbe. Dacă ar fi să aleg cel mai antipatic om din lumea ăstora, aş sta mult să mă gândesc dacă el e sau Judele. Par la fel de infatuați.

– Îl avem aici pe cel mai prost concurent! Nu ştiu ce a găsit fata asta la tine, mi se adresează cu scârbă, dar uitându-se cumva în altă parte.

Cum ar veni, nu-s demn nici măcar să se uite în ochii mei. Am mai văzut atitudinea asta la Judele din lumea mea, care uneori, când îmi punea întrebări, părea că se uită pe lângă mine. Enervant!

Ajutorul face ture de la unul la altul, ne controlează, cum ar veni, pentru ca apoi să meargă la oamenii ăia care petrec şi să le spună ce minunați sunt musculoşii şi că Numărul Zece e prost, prost de tot.

– Nu înțeleg... Erau atâția bărbați capabili să lupte pentru mâna urmaşei marelui Hoor! Până şi fii mei, dacă ar fi fost solicitați...

Întoarce spatele şi se cară şi ăsta, nu înainte de a-mi spune:

– Unul dintre frați a ridicat deja opt blocuri, iar celălalt are șapte. Au trecut două ore, e posibil să doboare recordul. Neisprăvitule!

Încerc cu greu să mă abțin să nu arunc după el cu un ciocan. De fapt, arunc, dar la mult timp după ce a plecat, iar treaba asta are rolul de a mă calma. De tot. În sensul în care l-am aruncat în sus, iar el a căzut lângă mine, dar coada m-a atins în cap.

– *Amn?*

Delirez. O femeie brunetă și frumoasă stă aplecată deasupra mea și îmi șterge fruntea cu o cârpă udă. Mă zgârie ușor, din greșeală, cu brățara ei dură, cu sticlă în ea. Hainele nu se potrivesc deloc cu ce am văzut vreodată în lumea mea, nici în Lumea De La Mare. Ca printr-o perdea de fum, văd pete roșii pe mâneca ei albă. Sânge, sângele meu! E și pe batistă.

– Amn, ești cu mine? Trebuie să îți revii, ai o misiune...

Iar mi-au dat ăștia să mănânc cireșe din alea sau cine știe ce altceva? O să fie o minune dacă reușesc să trec de cele patru Probe neotrăvit.

– Ai tot ce îți trebuie în tine să îți revii și să învingi! Aici și aici.

Îmi ia mâna și mi-o duce la inimă, apoi la cap. Mă gândesc că ar fi bine să nu mai mănânc nimic în lumea ăstora și, dacă se poate, să nu mai beau nici măcar apă. A, și ar fi bine și să nici nu mai arunc înspre cer cu ciocanul.

Mă frec de câteva ori la ochi, apoi îi deschid și constat că sunt singur, așa cum era și normal. Petele de sânge de pe haină îmi dau un aer de bătăuș, de băiat rău, pe care nu l-am avut niciodată. După Probă, aș putea spune mulțimii că m-am luptat în pădure cu vreo doi lupi sau cu un urs uriaș. Cine m-ar crede? Ăștia măcar au urși și lupi?

Nu ştiu cât am zăcut lovit, probabil că nu mai am nicio şansă nici la Proba asta. Încerc să ridic de jos un bloc de piatră. Mă aplec, dar îmi dau seama că dacă m-aş ridica cu el în braţe, probabil că spatele meu s-ar rupe în bucăţele. Şi aş mai avea nevoie de el, din când în când. Nu îmi dau seama cum un om ar putea vreodată să ridice un astfel de cataroi doar cu puterea braţelor! Nicio şansă, niciodată!

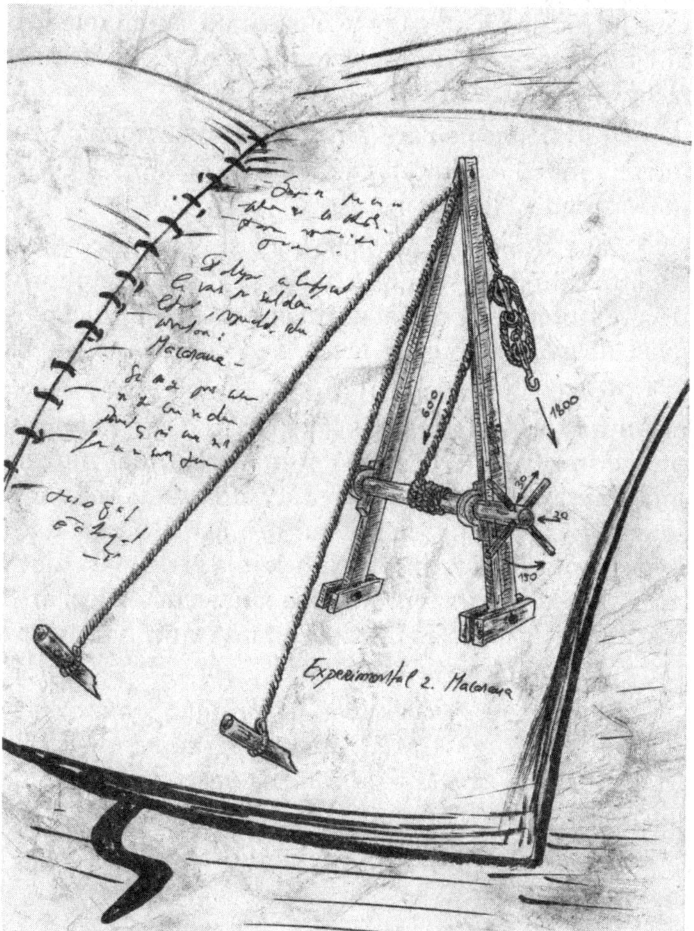

– Nici nu știu de ce mă mai obosesc să vin la tine! îmi zice Ajutorul cu o scârbă maximă. Mai ai puțin mai mult de o oră până la apus!

Mai bine citesc: *După ce le-ați unit la vârf și le-ați ancorat, respectați schema următoare:*

Pe fiecare trunchi tăiat trebuie să prind câte o roată, un fel de roată de fapt, goală la mijloc, în care vine introdus un alt trunchi. Asta cred că îmi mai ia o oră, după care mă declar aproape frânt. Acum sunt și frânt, și amețit.

Ciudățenia pe care am realizat-o seamănă cu o imensă literă A, numai că stă să cadă în nas. Un A mai șubred.

Caut două lemne mai mici și le bat în X, la capătul celui care se rotește, apoi agăț sforile conform desenului. Ideea e că habar nu am ce fac, dar nici n-aș avea altceva mai bun de făcut.

Ai tot ce îți trebuie în tine să îți revii și să învingi, nu? mi-a zis. *Aici și aici!* Aș fi preferat să am mai puțin din ce îmi trebuie la inimă și în cap, și mai mult la mușchii spatelui și la bicepși. Poate așa aș fi avut o șansă să ridic câțiva bolovani din ăștia. Sigur, dacă m-aș fi antrenat tot timpul, din prima zi de viață, dacă aș fi ales să mă înscriu în Casa Constructorilor, ar fi fost altceva! Acum aș fi fost și eu puternic. Nu, Amn? Dar nu, tu ai ales să fii Învățător!

Dacă ați respectat schița, acum puteți ridica orice, agățând în cârlig. Această invenție se numește simplu: MACARA. Iar ea a fost realizată de niște oameni care se numeau greci antici.

Urmează întocmai instrucțiunile și vezi pe spate...

Roți dințate!

Zâmbesc şi îi transmit *roţi dinţate* în gând Kayanei. Dacă m-ar auzi cineva spunând asta, cu siguranţă ar zice că am luat-o razna de tot.

Din copac, un papagal albastru se uită la mine foarte mirat, cu ai săi ochi galbeni. Aşa cum mă uit şi eu, foarte mirat, la uriaşa literă A din faţa mea. Numai că eu n-am ochi galbeni.

— Ai legat-o cu sfori, conform desenului, Amn?

— Da, Amn!

— Ai ancorat-o?

— Da!

Totul a funcţionat perfect. Totul, mai puţin un amănunt: n-am cârlig! Şi nici un atelier de fierărie în jur. Aşadar: cârligul agaţă sfoara cu care este legat blocul, apoi eu ar trebui să învârt de X-ul ăsta, care în desen e numit manivelă, şi să ridic pietroiul. Ar putea merge şi fără cârlig, cred.

Capul, trebuie să îmi folosesc capul! Cu inima nu fac prea multe, în situaţia asta.

Nu mă ajută să te uiţi aşa, nu mă pot concentra! îi zic noului meu prieten albastru de pe creangă.

Înfăşor o sfoară în jurul primului bloc de piatră, o leg zdravăn, apoi o prind de sfoara care cade din vârful literei A. Având în vedere că mai am mai puţin de o oră, trebuie să mă mişc repede. Învârt manivela, iar lucrul ăsta se dovedeşte mai uşor decât am crezut! De unde blocul ăla mi se părea imposibil de ridicat, acum îl urc încetul cu încetul.

— Cred că până şi tu ai reuşi să învârţi de asta! Sau poate nu tu, dar o pasăre mai mare.

Destul de repede, reuşesc să pun un număr impresionant de blocuri de piatră unul peste altul. Nu ştiu câte, nu am timp să le număr, dar treaba merge unsă: trebuie doar să înfăşor sfoara şi să rotesc manivela.

Sunt tare mândru de mine, iar acum chiar că regret că nu e aici şi Kay. Aş vrea să suprapun toate pietrele, să dobor recordul lui Hoor! Aş vrea să le văd fețele când ăla mic şi pricăjit de pe ultimul loc ia cele mai multe margarete! Zău că aş vrea, dar îmi dau seama de un lucru: macaraua, sau cum îi zic ei literei A din lemn şi sfori, nu trebuie să fie găsită aici de Ajutor! O să creadă că am trişat dacă o găseşte. I-aş da un motiv să mai scrie o dată în dreptul meu: *HA, HA!* - şi la Proba *a Doua*.

Aşa că mă mulțumesc cu câte am. Nici nu apuc să le număr, şi mă pun pe stricat, pe desfăcut sfori şi tăiat lemne, până nu mai rămâne nimic din ea. Nu e corect, am muncit atâtea ore!

Se aude goarna, aşa că o iau la fugă înspre marginea pădurii.

— Din momentul în care auziți sunetul ăsta, nimeni nu mai atinge o piatră, da?

Am fost instruiți încă de la început. Dacă până la a doua goarnă nu ajungem înapoi, la marginea pădurii, suntem notați cu zero.

În goană, rup bilețelul de la Kay în sute de bucățele mici şi foarte mici, nu înainte de a-l duce la buze - un gest pe care nici măcar nu îl înțeleg foarte bine, de ce să pupi un bilețel?! - şi de a citi din nou ce scrie pe spatele lui: *Roți dințate*. Pare un lucru total greşit să îl rup, adică mă încearcă o imensă părere de rău că îi fac bucăți scrisul ei cu *Roți dințate*, dar nu pot risca să îl găsească cineva.

La marginea pădurii, mulțimea e chiar mai încinsă decât la Proba gherghefului. Un băiețaş fuge cu un steag turcoaz, de două ori cât el, printre oamenii mari. Au oprit şi cântările, iar acum aplaudă şi strigă de câte ori din pădure mai apare câte unul. Nu sunt chiar ultimul, iar asta e prima dată când mi se întâmplă de când am venit aici. După mine, apar Pierre şi Marcos, iar fuga spectaculoasă a celui din urmă, aruncând picioarele în stânga şi în dreapta şi mişcând din şolduri ca în cel mai nebun dans, face mulţimea să se oprească din aplauze şi să rămână mută.

— Şi acum, dragi oameni din Paul şi din împrejurimi, iată-i pe cei nouă vajnici pretendenţi! În fine, zece, dacă îl socotim şi pe el.

Arată spre mine, iar oamenii râd. Măcar îi distrez, deşi nu prea e plăcut să râdă de tine câteva mii de oameni. Te face cumva să îţi pierzi încrederea. Până şi Judele lor, deplasat la întrecere într-un scaun mare, cărat pe braţe de patru tineri, face efortul de a zâmbi. Iar pentru el, ca şi pentru al nostru, zâmbetul înseamnă transpiraţie. Multă transpiraţie.

Bărbaţii în negru, ajutoarele Ajutorului - ştiu că sună rău, dar asta sunt - în număr de zece, pesemne singurii care ştiu să numere, sunt trimişi acum în pădure.

— Plecaţi şi veniţi cu veşti! ţipă Ajutorul.

Iar până se întorc ei, oamenii cântă din nou îngrozitorul imn. Din fericire, sunt întrerupţi destul de repede:

— Au venit şi rezultatele, oameni buni! Sau cum spunem noi de fiecare dată, la Proba a Doua: PIETRELE AU FOST ARUNCATE! Dar câte au aruncat una peste alta? Aceasta e întrebarea!

Sună groaznic, dar presupun că n-au găsit ceva mai bun.

— Într-adevăr, pietrele au fost aruncate! spune Ajutorul mulțimii. Numărul Unu, acest băiat mai plăpând care s-a descurcat bine şi a luat şapte floricele la Proba gherghefului, a avut şi acum un rezultat bun, zic eu: TREI PIETRE!

Mulțimea tropăie fericită. Pentru mine este şi va rămâne un mister cum omul ăla micuț şi timid a reuşit să ridice măcar un bloc şi să îl pună peste altul. Probabil că îşi doreşte atât de mult să câştige, încât a găsit în el o forță cât a unui urs. Judecând după halul în care arată, zgâriat pe mâini, pe față, cu hainele făcute ferfeliță, cred că a ridicat bolovanii ăia cu fiecare centimetru al corpului, mai puțin cu ochii. Ăia par neatinşi.

— Număruuuuul Doi, anunță Ajutorul, cu un aspect exotic de insular, deşi nu ştim de unde e...

Cel care fumează încontinuu face un pas în față, în aplauzele mulțimii, iar bărbatul în costum negru sosit din partea lui de pădure îi şopteşte ceva Ajutorului.

— Se pare a intrat serios în luptă pentru mâna urmaşei lui Hoor: PATRU PIETRE!

— Ahoooooi!

Inutil să mai spun că tropăie toți. O doamnă cu părul creț şi ochii înfundați în orbite, probabil fumătoare înrăită şi ea, strigă că îl iubeşte, iar ceilalți aplaudă.

— Număruuuuul Trei...

— Un ajutor de Ajutor îi arată patru degete.

— Numărul Trei - tot PATRU PIETRE!

Nici ăsta nu pare prea puternic. N-aş fi zis.

— Număruuuuuul Patru - ŞASE PIETRE! Felicitări! Număruuuuul Cinci...

Primul musculos face un pas în față, apoi rupe și maioul ăsta. Cred că omul consumă vreo cincizeci-șaizeci de maiouri pe lună, cel puțin. Începe să își care pumni în pectorali, urlând. Am mai văzut asta odată, la o maimuță, pe drum, când am intrat în Lumea De La Mare. Dar parcă era mai potolită.

— Maaaare atenție, continuă să strige Ajutorul: Numărul Cinci - ȘAISPREZECE PIETRE!

— Ahoooooooooi! urlă toți, în delir.

Femeile țopăie și aruncă cu flori în el. Aproape toate par îndrăgostite de matahală, ceea ce nu îi face prea fericiți pe bărbați, care trimit înspre el o ploaie de pietre. Până și Judele pare a mișca ușor din cap, ceea ce însemnă că e mulțumit.

— Nu vă grăbiți, nu vă grăbiți, oameni buni! îi întrerupe Ajutorul. Ați face o maaaare greșeală. Păstrați-vă pietrele și florile pentru câștigător!

Tobele intră în forță, lumea tace, tensiunea e maximă:

— Sunteți pregătiiiiiți, oameni de la mare?

— Daaaaa!

— Sunteți pregătiiiiiți, oameni turcoaz?

— Daaaa!

— Atunci vom afla imediat cine este, după o scurtă pauză!

— Ooooo!

În pauza inutilă, Ajutorul ia în mână două felii de pâine, între care cineva a înghesuit niște plante și un sos galben. Apoi mușcă din chestia aia grețoasă și o arată mulțimii: *De ce să stai singur să îți faci de mâncare, când ai putea să îți folosești timpul mai bine? Fie că ai tu poftă de ceva bun, fie că vrei să îi dai copilului la școală, cumpără cu încredere noua invenție a Prăvăliei Subuei:*

SENDVIŞUL. Acest cuvânt nou va fi pe buzele tuturor: sendviş Subuei! Două minunate felii de pâine, umplute cu varză, castraveți, câteva felioare de roşii şi două bucățele de ananas, toate învelite într-un sos cremos şi secret.

Aruncă departe cartonaşul de pe care a citit şi continuă, după ce un bărbat în negru îi spune ceva la ureche:

– Iar acuuuuum, câştiiiiigătoruuuul Probei a Doua, cel care urcă pe primul loc, este Număruuuuuuuul Şase - cu nici mai mult, nici mai puțin de ŞAPTESPREZECE BLOCURI!

Uriaşul face un pas în față, iar mulțimea e în delir. Unii îşi sărută femeile, copiii aruncă în toate direcțiile cu nuci de cocos, bărbații scot țipete războinice, soldații flutură cu mândrie steagurile turcoaz, iar bătrânii îşi agită cârjele. Cei care nu cad doborâți de nucile de cocos.

– Lumea noastră n-a mai cunoscut o fericire atât de mare de la Hoor încoace, oameni buni! Azi, acum, ştim că vom fi apărați cum trebuie în război. Ştim că avem şanse mari să învingem, pentru căăăăăă RECORDUL LUI HOOR A FOST EGALAAAAAT de Numărul Şase! urlă Ajutorul.

Însuşi Judele s-a ridicat singur-singurel în două picioare, iar acum a ajuns chiar şi cu mâinile deasupra capului. Va avea nevoie de multe zile de odihnă după asta.

– Avem printre noi un nou EROU, oameni buni! Mesaj către cei de pe dealuri, dacă ne-ar auzi: temeți-vă! Numărul Şase este la fel de puternic ca Hoor şi va purta steagul turcoaz în lupta cea mare! O să vă faaacă bucăți!

– AHOOOOOOOI!

– Urmează: Numărul Nouă - OPT BLOCURI!

Prietena Kayanei străpunge văzduhul cu strigătul său ascuțit, făcându-i pe ceilalți să se întoarcă mirați către ea. Plăvanul blond, Numărul Nouă, îi face cu mâna timid.

Ajutorul îi anunță, fără pic de entuziasm, pe Numărul Şapte - DOUĂ BLOCURI, Numărul Opt - TOT DOUĂ.

Mulțimea se bucură în continuare, dar e destul de trist pentru ultimii doi. În mod evident, toți sunt în delir după noul Hoor şi nimic nu mai contează în afară de el. Şi Ajutorul țopăie de fericire:

— Înainte de a vă vorbi despre o invenție extraordinară - cremele care vă prelungesc viața, pe bază de extras de păpădie - vă anunț că următoarea Probă va avea loc peste trei zile, oameni buni! spune ceremonios Ajutorul.

Al zecelea ajutor al Ajutorului, bărbatul în negru care a verificat bolovanii mei, îl trage de mânecă pe şeful lui.

— A, desigur, uitasem de ăsta!

Bărbatul în negru vrea să îi spună ceva la ureche, dar Ajutorul îi face semn să tacă.

— Oameni buni, încă puțin! Uitasem de ruşinea Probelor Dragostei, şi pe bune dreptate.

— Hahahaa!

Încă îi amuz pe oameni, deşi nu fac nimic, absolut nimic. E şi ăsta un talent, să recunoaştem!

— Dar legea ne cere să citim toate rezultatele, spune trist. Aşa că, Numărul Zece, cel mai prost din istorie la gherghef, ruşinea Primei Probe, a reuşit să suprapună...

Râde din ce în ce mai tare, se îneacă cu propriul râs, îi curge saliva şi este nevoit să apeleze la un prosop adus de o fată. Practic, bucuria de a anunța că sunt cel mai prost e atât de mare, încât nu se poate abține.

— Număruuuul Zece a realizaaaaat, ahaha...

Se şterge la ochi.

— Mă scuzați! A realizaaaaat:

Cel în costum negru îi şopteşte la ureche, iar de data asta este lăsat.

— DOUĂZECI ŞI OPT DE BLOCURI!

Apoi îşi dă seama de ce a spus şi se întoarce spre ajutorul lui.

— Ceeee?!

Bărbatul în negru roteşte din cap oarecum speriat. Sigur asta înseamnă *da*.

— Eşti sigur? E o glumă, nu?

Acum roteşte din cap în sens invers.

Mulțimea a tăcut, nu se mai aud nici măcar copiii. Femeile care continuau să arunce cu flori în Numărul Şase au înghețat cu ele în aer. O lacrimă i se prelinge pe obraz lui Marcos, aflat lângă mine. E emoționat. Mai respiră cineva? Ajutorul se strâmbă ciudat, exact cum se strâmba un ceasornicar pe care l-am văzut când eram mic. M-am dus cu Baba la el, în turn, ne-a oferit un ceai, apoi dintr-odată a zâmbit şi a rămas aşa, cu gura încleştată. S-a zbătut de câteva ori, apoi a căzut pe spate şi dus a fost.

Din fericire, Ajutorul lor nu poate păți acelaşi lucru. Cei de la mare nu mor, ci doar se ofilesc. Iar asta presupun că durează măcar câteva zile, ca la flori.

În cele din urmă, Ajutorul îşi revine puțin, coboară din locul pe care se cocoțase şi le zice împietriților, adică tuturor:

— Mă duc să verific şi revin.

Un alai întreg, format din Ajutor, cele zece ajutoare şi patru voinici, plus Judele, pe care îl cară cu tot cu scaun, dispare în pădure.

Peste puțin timp

Ajutorul revine, livid la față, sprijinit de doi flăcăi. Se opreşte în fața mulțimii şi spune, cu jumătate de glas, şi ăla tremurat:

— Era o greşeală!

Mulțimea răsuflă uşurată. Era culmea să fiu eu noul Hoor! Li s-ar fi dat peste cap tot ce cred ei despre lumea asta! Ei au nevoie de o maimuță puternică, musculoasă, care poate ridica cinci duşmani pe un braț. Apoi să îi arunce în Marele Râu, unde să se înece! Ca şi cum s-ar putea îneca cineva într-un râu până la glezne.

— Erau DOUĂZECI ŞI NOUĂ, anunță sec Ajutorul. Nu a putut număra bine, fiind un turn de blocuri foarte, foarte... înalt. Nici măcar nu le vedea pe toate de jos!

Nici nu termină bine ce are de spus, că izbucneşte în plâns.

Dacă aş putea surprinde acum, pentru eternitate, acest tablou din fața mea, mi-ar plăcea mult să o fac: mii de femei şi de bărbați cu gura întredeschisă mă privesc drept în ochi, iar alții au privirea aia tâmpă, din momentul în care le-am spus că Pământul e ca un măr. Bătrânii se susțin unii pe alții, dar chiar şi aşa mai cad dintre ei, ca fructele prea coapte, iar copiii s-au potolit, ceea ce e bine.

Trag aer în piept şi mă bucur de privelişte, dar orice are un sfârşit, aşa că le zic:

– Ce stați? Mergeți să vedeți cum arată cel mai înalt turn de piatră făcut de cel mai puternic om care a existat vreodată în lume!

Bine, recunosc, am exagerat puțin. Cel mai înalt e turnul cu cele patru ceasuri din lumea mea. Dar ei nu ştiu asta.

Capitolul 43

David

Lumea De Pe Dealuri. Anul Opt.

— Ce-ar fi dacă am face un ceas uriaş, pus undeva sus de tot, am întrebat-o pe Poe.

— Într-un turn, ar fi frumos, David! mi-a răspuns ea. Exista pe vremuri un turn cu ceas, în Londra. În Lumea Veche de până prin 2200, când oamenii se mai plimbau prin lume, era chiar o clădire importantă. Apoi...

— Apoi, Poe?

— Apoi au devenit toate neimportante.

M-am îndrăgostit de o femeie cu suflet pur şi o minte sclipitoare. O femeie care poate sta jumătate de zi să admire frumuseţea unui tablou făcut de un copil de prin vecini. A făcut asta ieri.

M-am îndrăgostit de o femeie delicios de nebună, care îţi poate vorbi ore în şir despre cărţi pe care tu nu le-ai citit, făcându-te să le trăieşti. În Poe, sunt mii de lumi. De câte ori îmi spune o poveste - *Cinci săptămâni în balon*, de Jules Gabriel Verne, de exemplu - firul principal devine brusc mai puţin important decât povestea unui personaj banal. Cum ar fi servitorul Joe, de exemplu, care n-a avut prea mult noroc în calitatea de personaj de carte pentru că Gabriel Verne acela nu i-a dat prea multă importanţă.

La câteva luni după ce ne-am cunoscut, am avut o discuție despre cărți. Se întâmpla acasă la Poe și la Vocea, acolo unde ne mai adunam la povești, după ce adormeau toți:

— Cum ai putut să trăiești fără să citești, David? Cum să nu respiri toate viețile astea din cărți?

Nu am înțeles nimic.

— Ai citit măcar o carte în viața ta? *Anna Karenina*?

Am auzit de ea, a fost o reclamă. Sau era un docu— mentar despre trenuri?

S-a uitat la mine ca la un bostan găurit sau ca la un pepene sec, apoi a închis ochii și a oftat.

— Era un docu...

A strâns pumnul, am simțit-o că e nervoasă, dar cred că atunci a fost prima dată când nu m-a făcut idiot. Cumva, ăla a fost momentul în care a considerat că, în loc să mă jignească, e mai bine să mă cheme în lumea ei.

— Ce documentar? m-a întrebat.

— Documentar vechi, cred că de prin 2200 și puțin... zic. Da, de atunci era! Au făcut campania aceea mare de interzicere totală a mașinilor care mergeau pe jos, pe asfalt, și a trenurilor. Și prezentau în documentar cazuri multe de accidente de tren, cu morți, cu răniți. Printre care și cazul acestei Anna. De obicei, nu rețin prea multe nume, dar ăsta mi-a rămas în cap, fiind deosebit: Karenina.

I-a dat ceaiul pe nas. Părul ei roșcat s-a umplut imediat de frunzele din cană, iar bărbia a început să îi tremure de la un râs cu plâns pe care nu l-am priceput.

— Deci așa crezi tu că era? Un caz? Un fel de *fata care s-a aruncat în fața trenului?*

— Da... Nu așa a fost?

Apoi mi-a povestit cartea, până dimineața. A fost prima poveste spusă numai mie, exclusiv, fără să fie auzită şi de urechile altora. La final, mi-au dat lacrimile şi am încercat să mi le şterg pe ascuns, ruşinat că am asociat aşa o dramă cu o campanie stupidă.

— Dar nu mi-ai răspuns, David, a continuat: ai citit vreodată o carte veche? Tu, cu ochii tăi adică.

— Una, da, i-am spus sincer.

— Bun şi atât! Cei mai mulți oameni nici nu au văzut una în realitate. Ce carte era? Trebuie să fi fost deosebită!

— Căutam... o să râzi!

— Încearcă! a zis serioasă.

— Jucam ceva, împuşcam zombie, iar aceştia intrau în case de leprechauni şi încercau să atace. Era nivelul şase.

— Aha...

Habar nu are despre ce vorbesc.

— Şi un leprechaun avea în casă tot felul de obiecte, adunate de la un castel vechi. Printre care şi un... ceva... destul de ciudat, care mi-a atras atenția. Atunci, după ce am omorât toți zombie, am interacționat cu leprechaunul din casă şi l-am întrebat ce reprezintă chestia aia pătrățoasă şi ciudată. Am atins obiectul cu mâna, avea un fel de butoane vechi. L-am învârtit, l-am desfăcut, am schimbat melodiile care curgeau din el, fără să înțeleg ce reprezintă. Într-un final, leprechaunul mi-a spus atât: *Acesta este un casetofon, model 1980. Nu am mai multe date despre el.* Şi am căutat pe holosite-uri, pe Marea Rețea, peste tot. Erau informații prea vechi şi nu le-am putut găsi.

— Căutai să cumperi o carte despre un casetofon?

— Da! I-am spus imediat secretarei de la birou că nu găsesc online informații despre invenții mai vechi. A simțit imediat că mă frământă ceva, că sunt agitat, din scanarea rapidă și din analiza sângelui meu. A doua zi, mi-a pregătit o surpriză. Avea această dotare în standard, de a face surprize. Pe birou, era o carte veche. Știi tu, din aceea cu hârtie.

— Am lucrat la bibliotecă, David...

— A, din acelea, da! În prima seară nu am deschis-o pentru că mi-am dat seama că am uitat să îi cer parola. Abia a doua zi am aflat că se deschide așa, pur și simplu, fără protecție, și am citit-o. Nu avea nimic despre casetofoane, în schimb erau acolo înșirate marile invenții ale omului, de la cele mai banale...

— Vechi?

— De la începuturile Lumii Vechi, da. Macaraua spre exemplu... Nici nu am știut, înainte de cartea aia, că macaraua nu a fost inventată de roboți, ci de oameni, acum mii de ani. Tu știai, Poe?

— Da...

— Sau roțile, roțile dințate, altă mare invenție! A, și un obiect tare neobișnuit: telefonul.

— Apare în multe cărți și în filme vechi, da.

— Nu am știut. Și oamenii chiar roteau de un disc din acela și vorbeau apoi într-un fel de pâlnie?

— De primele telefoane zici? Da, David, roteau, sunau undeva, apoi vorbeau. Puneau o pâlnie la ureche și una la gură.

— Și mai târziu, după 2000, chiar erau nevoiți să atingă un ecran cu degetul și să acționeze diverse aplicații? Nu aveau comandă mintală?

Acum, după aproape opt ani, pot spune că ştiu sute de poveşti, că am auzit, fredonate de ea, zeci de melodii vechi. Şi am un singur regret: că nu a reținut mai multe să fi putut să mi le cânte pe toate. Lumea din capul meu s-a îmbogățit atât de mult, încât nu îmi mai pot imagina cum am trăit înainte, în atâta ignoranță. Dacă ar fi să mă întâlnesc acum, David din anul 8, cu cel din anul Zero, nu aş avea ce să îi spun. Nu cred că am găsi niciun subiect comun de discuție. Ba da, unul singur: amândoi o iubim pe Poe.

Sunt alt om.

Era un teren fertil în mintea mea, lăsat să se usuce. Dar Poe a venit cu poveştile sale şi l-a irigat. Am avut noroc.

Micuța Ma a împlinit astăzi şase ani şi drept cadou i-am sculptat o mică bucătărie de lemn. Se va bucura foarte mult să o picteze aşa cum vrea şi să ne mâzgălească toată casa de culori.

Spre deosebire de Lumea Veche, acum sărbătorim zilele de naştere. Nu facem mare caz de ele, dar aniversăm în familie, iar Poe coace de fiecare dată o tartă de fructe din care Ma mănâncă cu ambele mâini. Şi cu nasul, şi cu ambii ochi.

Îmi pare rău că nu am fost foarte isteț în Lumea Veche şi nu am învățat destule. În schimbul miilor de ore în care am frecat menta apreciind holograme cu pisici pe Marea Rețea de Socializare, aş fi putut citi mai multe despre istoria oamenilor. Despre unelte, construcții, invenții... aş fi avut milioane de lucruri de învățat! Din cauza mea şi a altora ca mine, mare parte dintre acestea s-au pierdut.

Spre exemplu, săptămâna trecută, Vocea, care de când a devenit bunic e mai mult Vo, a întrebat dacă își amintește cineva cum arată un odometru, cel care măsura distanțele parcurse de care în Grecia Antică. Nimeni nu auzise de așa ceva. Nici despre Grecia Antică nu auziseră, până să le spună Vo acum o vreme. Dacă înainte nu aș fi fost o legumă digitală, acum aș fi știut cum arăta un odometru și aș fi fost capabil să construiesc unul. Aș fi ajuns chiar și la bibliotecă, în Lumea Veche, unde probabil că aș fi întâlnit-o pe Poe.

– Și trebuie să golești vasul de douăsprezece ori pe zi? m-a întrebat Poe acum doi ani.

– Da, ăsta ar fi inconvenientul, i-am răspuns. Nu prea poți să te cari de lângă el.

Ceasul pe care îl folosesc acum nu are nicio legătură cu ceasul meu din Lumea Veche. Nu îmi spune cum mă simt, nu mă împunge când nu fac sport sau atunci când nu mă dau jos din pat, nu îmi provoacă orgasme, nu îmi afișează holograme cu glume când mă simte mai trist, nu îmi trimite impulsuri magnetice și nu vorbește cu mine. Culmea, sita asta mică băgată într-o sită mare îmi arată cât e ora! Ceasul pe care îl am acum e chiar un ceas, nimic mai mult.

– Hmm, atunci chiar trebuie să faci Big Ben-ul nostru! mi-a zis Poe.

Deși oamenii nu par foarte preocupați de timp, am vrut de câteva ori să îmi stabilesc întâlnire cu Paco, în pădure, să aducem lemne.

– Ne vedem la amiază! a fost tot ce am putut stabili ultima dată.

Dar fiind destul de relativă treaba asta, l-am așteptat mai bine de o oră. La fel se întâmplă și seara, când mai ieșim să bem un pahar de cidru, la taverne, cu prietenii din kijiji. *Ne vedem diseară!* a devenit enervant, mai ales că pentru unii *diseară* înseamnă după apus, iar pentru alții - înainte.

A apărut şi meseria de Trezitor, iar cei care o practică sunt în general tinerii, care nu s-au hotărât încă ce altă meserie ar vrea să urmeze. Ei merg în fiecare dimineaţă pe la casele oamenilor, le bat în geam cu un băţ lung, pentru a-i trezi şi nu pleacă până ce gazdele nu aruncă după ei cu ceva, semn că-s în picioare. Da, e o meserie periculoasă, şi de aceea e practicată de tineri, pentru că sunt mai ageri şi se pot feri la timp.

Am încercat şi eu de câteva ori să las la poartă beţele în formă de X, care spun Trezitorului că gazda vrea să fie deşteptată dimineaţa. Era vară, voiam să mă trezesc devreme pentru a pleca la râu după pietre şi nu aveam de gând să mă prindă căldura. Am renunţat după ce am rănit doi Trezitori, cu oalele de lângă pat aruncate înspre ei.

— Crezi că lumea va dori să aibă un ceas?

Întrebarea lui Poe m-a frământat vreo două săptămâni, timp în care am muncit zi şi noapte la un plan cu care m-am prezentat la Vocea la birou.

— Îţi dai seama că e o lucrare uriaşă, nu? m-a întrebat după ce s-a uitat pe desene.

— De aceea am venit la tine.

— Hmm! Ştii ce voi face? Voi supune în Agora planul tău, să vedem dacă se oferă voluntari.

A doua zi, în Agora, cu 2048 de voturi pentru, 806 împotrivă şi 35 de abţineri, cei activi şi pe care îi interesează kijijiul nostru au decis să construiască *un turn uriaş, cu patru ceasuri, unu pe fiecare parte, având limbile de trei ori mai mari decât statura unui om. Orologiul urmează a fi realizat în doi ani de zile prin participarea fără remuneraţie a Constructorilor, iar apoi trei oameni, care vor avea meseria de Ceasornicari, vor muta pe rând limbile ceasului, din jumătate în jumătate de oră. Ei vor fi plătiţi de toți oamenii din kijiji și angajați prin concurs: trebuie să aibă mâinile lungi.*

În interiorul turnului va fi amplasat cel mai bun ceas cu apă pe care îl putem face acum, cu două diviziuni pe oră, ca să știe Ceasornicarii când să miște limbile.

Azi este ziua inaugurării.

Uriaşul turn de lângă Agora este într-adevăr vizibil din orice colţişor al kijijiului. Ba chiar ieri am făcut o probă şi m-am dus departe, la margine, la poalele dealului pe care am plantat chiparosul. Chiar şi de acolo se poate vedea!

Vocea este în faţa uşii de la intrarea în turn, cocoţat pe o masă, aşa cum îi place:

— Acesta este, după cum unii dintre voi ştiţi, un ceas adevărat. Au trecut aproape opt ani de când suntem în Lumea Nouă şi simţim nevoia să ne reglăm ora. Să vorbim toţi despre aceeaşi oră, mai precis, şi să nu ne mai dăm întâlnire cu Fierarii dimineaţa, iar ei să vină la prânz!

Se uită înspre Fierari, iar ei încep să-şi dea coate, simţindu-se cu lăcusta pe căciulă.

— Îi datorăm acest proiect lui David, ginerele meu, aici de faţă.

Micuţa Ma mă strânge de o mână, iar Poe de cealaltă. Dacă nu ar avea în burtică un viitor membru al familiei, mi-aş lua iubita soţie în braţe şi aş învârti-o de trei ori prin aer, aşa cum sărbătorim de fiecare dată un eveniment fericit.

— ... iar munca de doi ani de zile o datorăm celor treizeci de muncitori, aici de faţă.

Vocea îi aplaudă, apoi face câteva plecăciuni în faţa lor. E o minune că poate face toate astea la vârsta lui.

— Acum să vă explic: ceasul are două limbi, aşa cum era pe vremuri. LIMBA MARE indică ora, iar cea MICĂ - minutele. Pentru că nu putem măsura timpul atât de precis, la minut, limba mică va indica numai ora fixă şi jumătatea de oră. Sunt 12 diviziuni, normal, corespunzătoare celor 12 ore de zi şi de noapte.

— Ce indică limba mare? Strigă un neajutorat.

— ORA! răspunde Vocea.

Face semn celor patru muncitori să tragă de sfori. Panourile de lemn care acoperă ecranele ceasului cad pe rând, iar în fața noastră ni se arată o superbă operă de artă. Limbi de fier atent meșteșugite, cu săgețele la capete, cifre pictate impecabil cu negru și auriu pe piatra albă. Deasupra și dedesubtul celor patru ceasuri, turnul este placat cu o combinație superbă de lemn și piatră, vopsite în bleu, verde și roșu. Mulțimea este pur și simplu fără glas. Combinația de culori excepțională a fost aleasă de Poe, normal. Tot ea, împreună cu două fete din kijiji au pictat niște liane cu flori uriașe, care urcă de la bază și par că împresoară cadranele.

— E mai frumos decât în jocuri! Dar cum citim?

După ce îi lasă să admire în liniște uriașul ceas, Vocea îi face semn Ceasornicarului din turn să miște limbile. Acestuia îi ia ceva timp, având în vedere că face asta cu un băț lung, de pe balconul de deasupra.

— Așa, acum învățăm să îl folosim! li se adresează celor prezenți. Dacă limba mică este la 3, iar limba mare la 6, cât e ceasul?

— Adică nu e nici măcar cu cifre?

— Adică asta e tot? Nu apar cifrele? întreabă o nemulțumită.

— Limba mare e linia aceea cu săgeată în capăt?

— Care alta, Măcelarule? Care ar mai putea fi?

— Mda, zice nemulțumit Măcelarul. Mă așteptam măcar să afișeze cifre, zic...

— Nu ești singurul! se rățoiește nemulțumita.

Vocea își dă o palmă peste frunte. L-am mai văzut făcând asta de câteva ori, când a fost pus în situații asemănătoare. Atunci când simte că nu mai poate, iar prostia celor din jur îl doare tare, îşi dă chiar două sau trei palme. Cu mine şi-a dat o palmă o singură dată, într-o seară, când l-am întrebat dacă a face dragoste e acelaşi lucru cu a copula şi dacă e suficient să o sărut pe Poe pe sâni de 200 de ori, iar pe coapse de 150.

— Măcelarule, cât e ora acum? îi strigă Vo.

Limba mică e la 3, limba mare e la 6, iar limba Măcelarului e în afara gurii.

— Trei şi şase minute.

Începe o întreagă dezbatere:

— Şase şi trei!

— Şase jumătate, nu vedeţi?!

— Trei şi jumătate, sunteţi proşti?

— Cuuum să fie ora trei? E dimineaţă acum, trei e la prânz!

Vocea bagă degetele în gură şi fluieră. În câteva clipe se face un fel de linişte, deşi unii încă mai socotesc printre buze.

— Este trei şi jumătate, oameni buni! Limba mică e la 3, adică ORA! Limba mare indică jumătate din 12, de aceea este la 6, da?

— Cum să fie trei şi jumătate, dacă abia ne-am trezit? Trei şi jumătate era în Lumea Veche după prânz! Aproape terminam munca la trei şi jumătate.

— Este ipotetic, da? Adică e un exemplu, insistă Vocea.

— Da, da! Mă confuzează exemplul.

— De ce nu putem să avem ceas cu cifre? protestează altă femeie grea de cap.

— Să luăm alt exemplu, cu ora de acum! Ăsta nu e bun, spune altul, cu emfază.

Privindu-i, mă gândesc că aşa eram şi eu acum câțiva ani. Un homo digitalis imbecil, care nu era în stare să facă analogii simple. Dacă n-o întâlneam pe Poe, probabil că rămâneam la fel. Ceea ce îmi aduce aminte să îi strâng din nou mâna şi să i-o sărut. Nu se aştepta, dar a zâmbit.

Țin minte când am întrebat, la o adunare din Agora, de la începuturi:

– De ce avem nevoie să pavăm străzi?

Apoi am realizat că, nemaiavând magnetomobile, va trebui să atingem pământul de câte ori ne vom deplasa. Atât pe jos, cât şi cu trăsurile. Eu mi-am dat seama imediat de prostia pe care am scăpat-o pe gură, dar ceilalți au continuat timp de jumătate de adunare să se întrebe acelaşi lucru.

– De unde ştim că e trei ziua sau trei noaptea? se supără un bărbat cu trei fire de păr ciufulite în vârful capului.

– Chiar aşa!

– Bună întrebare!

O armată de bebeluşi, care parcă aşteaptă să fie hrăniți, şterşi la fund, plimbați şi alintați de maşini. Oameni care nu au cunoscut muzica lui Beatles, pe care mi-o cântă iubita mea, Poe, seara, oameni care nu au citit o poezie la viața lor şi care nu au admirat un tablou. Ăştia toți sunt eu de acum opt ani. Ba îndrăznesc să spun că eram mai rău! De aceea ştiu că în capul fiecărui om de aici e un creier care trebuie irigat, trebuie udat zilnic ca să îşi revină. Cu răbdare! A avut dreptate Poe, întotdeauna a avut: nu trebuia să ardem cărțile cu poveşti. Sigur, omenirea va scrie altele, dar cât de goale de substanță şi de proaste vor fi ele, născute din capetele acestea seci?

— Oameni buni! strig. Treaba e simplă: dacă vreți să știți cât e ora, va trebui să învățați să o citiți. Ori poate sunteți prea proști pentru asta?

Tăcere.

— E atât de simplu, zic, că până și un copil poate citi acest ceas. Chiar ați uitat de tot să gândiți? Ați făcut case, străzi, prăvălii, dar chiar nu puteți mai mult? Mă, cât e ceasul dacă limba mare e la 7, iar cea mică e la 6?

— Să dăm orele la 7 și la 6, să vedem și noi!

— Cum să știe un copil asta, dacă noi nu am înțeles? se enervează din nou ciufulitul.

Ma îmi dă drumul de la mână, merge lângă bunicul său și strigă către nerozi:

— Șapte și jumătate!

Mulțimea se uită la Vocea, așteptând confirmarea. Iar aceasta vine.

— Ahoi, omule! Cum e posibil așa ceva? se miră ciufulitul, iar ceilalți râd de cuvântul amuzant pe care el l-a inventat.

Capitolul 44

Amn

Lumea De La Mare. Anul 3615 (1303 după John).

— Ahoi, omule! Cum e posibil aşa ceva? mă întreabă Numărul Nouă.

— Munca, omule! Munca! îi răspund.

Şi nu l-am minţit cu nimic.

Ceilalţi pretendenţi, aproape toţi, mă ocolesc ca pe chapman. Faptul că am luat zece floricele la Proba cu bolovanii nu mă face prea popular.

Băiatul cel timid mă urăşte, m-a anunţat asta în mod cât se poate de direct, în timp ce a intrat cu umărul în umărul meu, iar musculoşii şi câţiva dintre ceilalţi sunt convinşi că am trişat. Ba chiar unul dintre ei mi-a spus că nu ştie cum, dar cu siguranţă au fost ascunşi cu mine în pădure mai mult de zece oameni care m-au ajutat să fac turnul din pietre. Încă se gândesc cum de a fost posibil şi unde au dispărut ăia.

— La următoarea Probă, n-ai de ales, Pietricică!

Eu sunt Pietricică. M-am ales cu porecla asta pentru că ei sunt convinşi că nu pot ridica cu mâinile mele o pietricică, darămite un bloc.

— Nu vei putea chema pe nimeni în ajutor la următoarea, şi atunci să îţi văd eu moaca, trişorule! urlă la mine Numărul Unu.

S-au enervat rău, dacă până şi limbutul ăsta timid a început să ţipe la mine. Multă vreme am fost convins că e mut. În afară de Pierre şi de Marcos, singurul care se poartă cu mine ca şi cum aş fi cât de cât un om este Numărul Nouă, care mai caută când şi când un prilej de a se apropia de mine şi a mă întreba:

— Spune, ți s-a părut că se uita la mine la final? Sau părea indiferentă?

— Cine?

— Afrika, cine? Eram prea transpirat după a Doua Probă sau păream obosit, sau ceva? Ți s-a părut şi ție că a întors capul în altă parte când i-am făcut cu mâna? Ca şi cum ar fi vrut să îmi evite privirea… Ai văzut şi tu asta?

Omul e picat total, îndrăgostit fără aer, iar tot ce îmi trece prin cap e că îmi doresc ca eu, văzut din afară, să nu fiu la fel de penibil ca el. Probabil că sunt.

— Sperăm ca mâine să se țină Proba. E posibil să plecăm direct la război! zice Numărul Trei.

Oricât aş întreba despre asta, nimeni nu îmi răspunde. De la *Ce îți pasă ție? Crezi că faci față la un război cu ăia de pe dealuri? Haha!*, la râsete batjocoritoare în față. Dacă n-ar fi Pierre şi Marcos, aş înnebuni printre ăştia.

Trag la o parte materialul care serveşte pe post de uşă şi dau buzna peste ei. Intru cu mâna la ochi, ce e drept, pentru că Baba mi-a dat educație bună, am cei trei ani de acasă.

Cortul lui Marcos e gol, la fel şi al lui Pierre. Îmi trece prin cap că sunt împreună în mare, îmbrățişați (s-a mai întâmplat), dar nu se vede nimic. Aşa că merg, încercând să fac pe nepăsătorul, până la marginea taberei, la pădurea de palmieri. Cu cât par mai netulburat şi dau impresia că pierd vremea, cu atât sunt şi cei ce ne păzesc mai relaxați.

Problema cea mai mare e că noaptea, după ce se sună în goarnă, concurenții care nu vor fi în tabără, vor fi excluşi.

— Nu ne putem întoarce în Julia! mi-a spus aseară Marcos. Oamenii de acolo ne-ar privi ca pe nişte ciudați.

— În Paul, putem fi noi înşine. Ne gândim să ne mutăm aici, să ne facem o colibă pe plajă sau, şi mai bine, să ne mutăm pe Insulă. Uită-te la ei...

Mi l-a arătat pe Numărul Doi. Întins pe nisip, cu capul în afara cortului şi picioarele înăuntru, scoțând un mare nor de fum pe nas, plutind într-o mare nesimțire. Habar nu am cum de a găsit ceva de fumat aici.

— Ăstora de pe Insulă nu le-ar păsa dacă eu şi Pierre am fi... noi înşine. De aceea trebuie să rezistăm până la finalul Probelor, e cel mai important pentru noi să nu abandonăm! Dacă nu ar fi fost legea, am fi plecat deja...

— Ce lege?

— Legea Probelor, normal. Tu din ce lume vii, Numărul Zece?

Asta a fost o întrebare bună.

— Legea care spune clar că dacă abandonezi înainte de ultima Probă, eşti nedemn să rămâi în Paul. Heeey!

Acum, nebunii ăştia doi au dispărut cine ştie pe unde, iar până dimineață nu mai sunt multe ore. Desigur, dacă aş fi în kijijiul meu şi aş vedea ceasul, aş putea spune şi câte ore mai sunt. Dacă aş putea vorbi cu păsările alea nemuritoare din înălțimi, le-aş ruga să îmi spună dacă îi zăresc pe undeva. Sau măcar să îşi mişte cele două perechi de aripi şi să îi găsească!

— Amn! strigă cineva afară.

— Numărul Șapte? Aaa... Pierre?

Intră val-vârtej peste mine în cort și trage cârpa ce servește drept ușă în urma lui.

C— e faceți, unde ați dispărut? Sunteți nebuni, vreți să vă trimită acasă?

— Am fost la Kay... De fapt, Marcos e încă la ea acasă, așteaptă un moment să vină încoace fără să fie văzut. E război, Amn!

— Știu asta de când am plecat din...

— ... din lumea ta.

Îngheț.

Și mi se taie puțin și respirația.

Știe?

Habar nu am ce să îi spun, așa că e mai bine să tac. Poate mă testează, poate a aruncat o momeală și așteaptă să o mușc. Pierre rotește capul în mod ciudat, iar acum deja am învățat că asta înseamnă *da*. Da? Ca și cum ar fi în regulă și perfect normal că îmi știe secretul! Dar tot nu mă simt în elementul meu.

— Ne-a spus Kay, ea are încredere în noi.

Dau și eu din cap, rotindu-l în toate direcțiile, astfel încât el să poată înțelege orice. Încerc să trag de timp, dar nu mă ajută prea tare.

— Numai dacă dai în sensul ăsta înseamnă *da*, invers e *nu*, Amn. Iar cum dai acum nu înseamnă nimic.

Mi-e greu să confirm, mă face să mă simt vulnerabil, așa că fac ce face orice bărbat normal la cap când este într-o situație dificilă: se ia după femeie.

— Și ce v-a mai spus Kay?

— Să avem încredere în tine, în Poe și în David.

Da, de la Kay vine omul ăsta! Acum sunt sigur pentru că i-a spus despre Poe şi David. Răsuflu uşurat.

Cei din lumea mea se pregăteau de război când am plecat. Mercenarii sunt problema, unul singur poate omorî o sută de ameţiţi din lumea asta fără nicio problemă. Nu aveţi nici cea mai mică şansă! De aceea am vrut să îi fac să se răzgândească pe ai mei... credeam că am şi reuşit, măcar pe moment.

Pierre bagă mâna în pantaloni, la spate, şi scoate o hârtie.

— Asta înseamnă că s-au răzgândit, Amn? Citeşte!

Roţi Dinţate, ştiu că oamenii din lumea ta nu prea se pricep să ţeasă şi să ridice pietre fără ajutorul iubitelor lor (două buze zâmbitoare, desenate de mâna ei, pentru mine).

De fapt, mă întreb ce ştiu cei din lumea ta şi de ce te vreau de soţ. În fine, vei avea restul vieţii să îmi dovedeşti, în fiecare zi, că nu m-am înşelat. O să te chinuiesc mult, să ştii. Abia aştept!

Ai mai jos o copie după alt experiment. Am căutat în carte şi cred că ăsta se potriveşte pentru Proba de mâine.

Urmează un desen cu un om suspendat în aer şi nişte explicaţii. Multe explicaţii.

— Unde scrie că e război, Pierre?

Omuleţul din faţa mea îşi dă o pălmuţă peste frunte. O face cu atâta graţie, încât dacă pe fruntea lui ar fi fost o lăcustă, aceasta ar fi scăpat practic neatinsă. Dacă ar fi fost un ţânţar, s-ar fi întrebat cine l-a gâdilat. Aţi prins ideea.

Bagă din nou mâna în pantaloni, tot la spate, şi scoate altă hârtie. Mă strâmb fără să vreau când o ating, totuşi vine dintr-un loc destul de intim.

— Pe asta mi-a dat-o la plecare, Amn. Nu puteam

risca să o găsească cineva, îți dai seama...

— Îmi dau seama...

Imediat după ce ți-am scris despre experiment, am aflat că ai tăi sunt adunați în apropierea Zonei Neutre şi se pregătesc să ne invadeze. Sunt foarte mulți, în bluze verzi.

Spionii noştri din lumea ta ne-au scris că Judele vostru nu mai aşteaptă mult până să atace şi că războiul este mai aproape decât credeau toți. Decât credeai tu.

Amn, cum îi oprim?

Păstrez schema cu piramida, dar rup scrisoarea, o fac bucățele mici, mici de tot. În condiții normale, aş fi înghițit-o. În condițiile anormale, gândindu-mă că a ieşit din pantalonii lui Pierre, nu o dau pe gât. Mă mulțumesc să merg afară şi să scutur bucățelele deasupra flăcării unei torțe.

— Pierre, ştii ce Probă va fi mâine?

— Îndemânare - a fost prima, Forță - a doua, ar trebui să urmeze - Viteză şi Rezistență.

— Ce anume?

— Putem alerga până leşinăm în jurul kijiului, putem merge în mâini până în kijijiul alăturat sau putem înota cu rechinii. Sunt multe variante, câteva sute.

Mă uit la moaca lui sperând să îi văd zâmbetul tâmp. Care nu vine. Nu, nu pare că glumeşte! Probabil că mâine, un om de pe dealuri va înota cu rechinii! Iar asta ar fi chiar o performanță, având în vedere că omul ăsta de pe dealuri a înotat o singură dată în viața lui, când avea 4 ani, într-o vană.

— Cine ştie? spune resemnat. Poate avem noroc şi sunt doar rechinii, vedem mâine! Important e să nu abandonăm.

Kijijiul Yesterday

După un drum de aproape o zi, cu caii, în convoi, am ajuns în alt kijiji, acolo unde cei doi musculoşi au început imediat să se bată cu pumnii în piept:

— Eşti în kijiji...

— ... la noi!

— Pie tri ci că!

— Aici ai noştri ve de...

— ... cum te batem!

— ... Cum te umi...

— ... lim!

— Cum te ru pem în bă ta ie...

— ... la Probă!

Am dedus că sunt în kijijiul lor natal şi că mă vor umili. Termenul corect e: *rupem*. Deşi nu-s convins că asta au spus.

Locul arată ca şi cum cineva, un uriaş - dacă ar exista aşa ceva - a hotărât într-o zi să arunce în mijlocul unui teren plat o mulțime de bolovani albi. Aşa, de plictiseală. Doi la intrarea în kijiji, câțiva mai încolo, iar în centru, a aşezat o stâncă imensă, căreia abia dacă îi văd vârful. Mii de oameni ne aşteaptă la poalele acestei stânci izvorâte aici din senin, cu pereți abrubți şi înspăimântători, cea mai mare pe care am văzut-o eu până acum. Iar eu vin din Lumea De Pe Dealuri, da? Adică mi se pare ironic ca Lumea De La Mare să aibă stânci mai mari decât cea de pe dealuri. Ce urmează? Să avem în râurile de o palmă de pe dealuri rechini mai mari decât la mare?

Oamenii locuiesc în nişte guguloaie, case-bilă, care ai impresia că o vor lua la vale în orice clipă. Mari, peste tot, sunt bucăți de pânză pe care oamenii din Yesterday au scris: *URMAŞA LUI HOOR ÎŞI CAUTĂ SOȚ. AVEM ONOAREA SĂ GĂZDUIM LA NOI ÎN KIJIJI A TREIA PROBĂ. SUNTEM REPREZENTAȚI CU CINSTE DE DOI BĂIEȚI DE-AI NOŞTRI. HAIDEȚI SĂ ÎI SUSȚINEM PE NUMĂRUL CINCI ŞI NUMĂRUL ŞASE!*

— Acolo! strigă Judele şi ne arată cu mâna.

Mii de trepte vopsite cu verde deschis duc spre vârful stâncii uriaşe, iar eu nu înțeleg de ce ar vrea cineva, vreodată, să ajungă tocmai acolo. Aşa, într-o plimbărică?

— Acolo e Agora Yesterday, cea mai înaltă din lume!

O spune cu atâta mândrie, încât parcă le aud imnul oribil cum îmi răsună în ureche. Un localnic ce stă chiar în fața noastră bate de câteva ori din picioare, apoi o femeie face acelaşi lucru, iar toți îi urmează. Sunt mândri de Agora lor. Ar fi un moment aproape frumos, dacă măcar aş înțelege şi eu ce caut aici.

— Rechini zici?

— Nu am nici cea mai vagă idee, şopteşte Pierre. E pentru prima dată Proba asta. Din istoria Probelor Dragostei, adică...

Mii de tropăieli şi de strigăte venite din toate piepturile. Oamenii ăştia chiar iau în serios bătutul ăsta din picioare!

Este atât de mare contrastul dintre hainele lor vesele, colorate, pline de turcoaz, şi atitudinea războinică, încât nu mă pot abține să nu zâmbesc. Mulți copii, femei şi bărbați de toate vârstele. Pe unul, cu glugă roşie, chiar mi se pare că l-am mai văzut la Probele celelalte. Ajutorul le opreşte elanul şi spune, dând din mâini inutil, cu gesturi largi.

— Nu uitați: *dacă vă gândiți să mergeți mult pe jos și vreți cei mai rezistenți pantofi, luați încălțări pentru sport produse de familia Nai ki!*

Un bărbat micuț, cu ochii alungiți, face un pas în față și ridică mâna, dar mulțimea nu se prea înghesuie să aplaude.

— Domnul Nai Ki, dintr-o familie cu tradiție în confecționarea de pantofi, este cu noi aici și va dărui zece perechi către zece oameni, aleși la întâmplare!

Aplauze. Așa, da!

— Revenind la Proba a Treia. Pentru pretendenți: aveți voie să vă luați ce vreți de la atelierele din kijiji, spune Ajutorul. Unelte, frânghii, ciocane, ceva cu care să vă agățați, piroane, orice! Apoi, atenție maaaaare, misiunea pretendenților este: TREBUIE SĂ COBORÂȚI DE PE STÂNCA CEA ÎNALTĂ, DAAAR FĂRĂ A FOLOSI TREPTELE!

La faza asta, Marcos se clatină binișor pe picioare, dar Pierre se repede să îl țină și îmi spune:

— Are rău de înălțime, Amn!

— Așa groaznic e?

— Odată, când era mai mic, s-a urcat pe acoperiș să își ia pisica. A rămas acolo toată ziua, sărăcuțul, au fost nevoiți să îl adoarmă și să îl ia în brațe. Treaz nu l-au putut da jos.

Judele își trece fericit mâna peste haina aurie, care încearcă fără succes să acopere cele trei rânduri de burți. Apoi se ridică și se obosește să ne spună câteva cuvinte din preaplinul minții sale:

Ajutorul meu vă va însoți până în vârful stâncii, apoi, la îndemnul său, veți începe coborârea. Primul care va ajunge aici va câștiga Proba, bineînțeles, și va primi zece floricele!

Lungul drum către vârf se dovedeşte mult prea mult pentru bietul Marcos, căruia i se face rău aproape după fiecare treaptă.

— Nu te uita în jos!

Sfaturile mele sunt complet inutile. Când eram mic, iar Baba îmi zicea să nu mă joc lângă cuptor pentru că mă pot frige, tot ce îmi doream era să scap băşica de Bal în apropierea lui. În momentele alea, ceva te cheamă, te ademeneşte. E peste puterile tale să te abții din a face exact ce nu ai voie să faci. Poate de asta mă atrage atât Kayana? Pentru că ultimul lucru pe care aş avea voie să îl fac ar fi să îmi iau o soție din cealaltă lume?

— Iar te-ai uitat!

În cele din urmă, îi leg ochii cu un tricou şi îl cărăm până sus, ținându-l. Eu de un braț, Pierre de altul. Din nefericire, pe porțiunile în care încape un singur om, suntem nevoiți să îl lăsăm singur, să îl ghidăm prin vorbe şi să ne rugăm la John sau la Paul, după caz, să nu cadă.

— Jumătate de pas stânga. Încă puțin. Doi paşi în faaaaață... ai scăpat!

Am ajuns în Agora aproape la amiază, iar locul este absolut superb. Treptele Amfiteatrului sunt săpate direct în stâncă şi vopsite în acelaşi verde deschis, iar totul este de o simplitate absolută. Scena este albă şi privirea îți este imediat atrasă de cercul turcoaz din centrul ei, singurul atins de razele soarelui de amiază.

— La ori ce!

— Oră! strigă al doilea musculos.

— Lumina vine doar...

— ... pe bu li nă!

— Ce?

— Bulină sau Pietricică! Aşa îi zi cem noi...

— ... la pata aia!

— .... Că e rotun dă!

Dau să îl dezleg la ochi pe Marcos, să vadă şi el această minunăție de bulină atinsă de raze, dar Pierre mă opreşte.

— Dacă se uită în jos, leşină şi rămâne aşa un anotimp...

De unde suntem, din locul în care păsările nemuritoare nu mai par aşa îndepărtate, oamenii de jos se văd ca nişte firicele de nisip colorat. Dacă în cer ar fi cineva, să zicem Paul sau John, aşa ne-ar vedea: mici, meschini, lipsiți de importanță. Şi atunci cum le-am putea cere să ne asculte rugămințile, să ne ajute, când ei nici măcar nu ne pot deosebi? De aceea se spune că au ales să trăiască în lumea de sub ape, şi nu în cer. Mai ales că ar fi fost ridicol ca în cer să fie un kijiji pe nume *Submarinul Galben*.

Ne îndepărtăm unul de altul, aşa cum ne cere Ajutorul, apoi aşteptăm semnalul său. Cei mai mulți dintre pretendenți s-au pus deja pe buza stâncii şi aşteaptă nerăbdători să o ia la vale. La cât par de disperați, sunt ceva şanse ca mulți să se facă praf până jos.

— Şi tu vei coborî legat la ochi? îi zice cu scârbă Ajutorul lui Marcos.

Acesta roteşte din cap, iar fiecare muşchi îi zvâcneşte necontrolat, de frică. N-am văzut în viața mea un om mai galben la față decât el!

Ajutorul se scarpină la ureche, apoi începe să urle din senin:

— Bine ne-am regăsit la Proba a Treia! Iată-ne sus pe deal, unde imediat va începe coborârea! Cine o va lua pe trepte va fi scos din Probe. Cine va muri, de asemenea. Cine va împinge alt pretendent sau îl va răni, la fel. Coborârea începe în 3, 2, 1... ACUM! PROBA A TREIAAAA!

Fiecare se repede să îşi scoată din sac ce şi-a luat de la tarabe. Toţi sunt agitaţi, ca şi cum viaţa lor ar depinde de asta. Îşi scot rând pe rând frânghii, târnăcoape, ciocane, nişte cârlige de fier, ba chiar şi ceva care seamănă cu un lasou cu care prindem noi caii sălbatici. Oricât m-aş gândi, îmi dau seama că ar fi sinucidere curată ca un om să coboare cu un lasou de pe o stâncă imensă, agăţându-se de nişte plante cât palma de mari... A, pentru asta era!

Timidul, Numărul Unu, a bătut un cui imens într-o crăpătură a stâncii, şi-a agăţat lasoul, iar acum coboară încetişor. Pare că ştie exact ce face, e atât de sigur pe el, încât mă gândesc dacă nu cumva face asta în fiecare zi. Probabil că în lungile lui ore de singurătate simte nevoia să se caţăre pe chestii şi să coboare, ca acum. E bun!

Toţi, cu excepţia lui Marcos şi a lui Pierre, au început deja să o ia la vale. Până şi Ajutorul, care se scarpină în ureche şi vorbeşte singur, coboară acum treptele, fără prea mult elan. Grimasele lui de om supărat îmi spun că ar fi dat orice ca el să fi rămas jos, iar grăsanul ăla de Jude să facă efortul de a urca.

— Du-te! îi spun lui Pierre.

— Nu îl las singur pe Marcos... Dacă abandonăm, abandonăm amândoi.

— E frumos, dar nu ţi-a zis Kayana să ai încredere în mine? Am eu grijă.

După o îmbrăţişare, două, trei, adresate lui Marcos, şi una adresată mie, Pierre începe coborârea cu lacrimi în ochi şi suspine. Mai exact, la fiecare piron înfipt în stâncă, un suspin.

– Sigur nu stau cu voi?

– Sigur!

Am rămas singur. De fapt, cu Marcos, căruia cuvintele nu reuşesc să îi mai iasă din gură de frică, legat la ochi. Ca şi singur.

Se numeşte paraşuta lui Da Vinci, iar David crede că Da Vinci era un fel de TU, cel care citeşti acum.

Pierd timp prețios încercând să înțeleg ce scrie în biletelul de la Kay, în dreptul desenului cu piramida. Ia să vedem:

Mulți din Lumea Veche în care am trăit noi, Poe şi David, cred că înaintea Lumii Vechi a mai existat o lume, şi încă una, încă una şi tot aşa.

Asta e sigur o informație care mă ajută aici, în vârful ăsta, cu un aproape leşinat lângă mine!

Se pare că ne autodistrugem ciclic, o dată prin bombardamente, altă dată prin maşini, cine ştie cum… Oamenii sunt tâmpiți, e clar, nu pot rezista prea mult pe Pământul ăsta şi trebuie să se distrugă. Dar cumva lasă o sămânță (sau o maimuță, dacă vreți) pentru ca omenirea să o ia de la capăt.

O sămânță, înțeleg, doar aşa se nasc oamenii de la mare. Dar o maimuță? Doar nu îşi imaginau cei din Lumea Veche că oamenii s-au născut cumva din maimuțe?

Înainte de Lumea Veche a fost Lumea Şi Mai Veche. De la ei, noi aveam craniile de cristal, nişte desene uriaşe la Nazca, reprezentând animale ale căror schelete le-am găsit prin 2200, şi multe altele… Mă pierd în detalii, dar ideea e că Da Vinci a găsit o carte din această Lume Şi Mai Veche.

Şi se pare că invenţiile lui deştepte, mult înaintea epocii în care trăia, printre care şi această paraşută, erau din acea carte.

De aceea voi, cei care citiţi acum, sunteţi nişte Da Vinci. Sau TU, dacă eşti un singuratic, ca el.

Acum, că mă simt noul Dabincius, categoric că voi reuşi să fac o magie şi să ajung jos înaintea celorlalți.

Aveți nevoie de patru bucăți de pânză triunghiulară de înălțimea a cel puțin cinci oameni pe fiecare latură. Încă o bucată de plasă şi un cadru de nuiele. Plus multe sfori, bineînțeles. Schema:...

Pe spatele bilețelului scrie doar atât: *... grotă, la orice apus. Roți Dințate!*

Cu ajutorul lui Marcos, în continuare legat la ochi, reuşesc să prind între ele cele patru laturi uriaşe şi sforile. Acum mă bucur că am calculat bine numărul de bețe mici, din care am făcut patru bețe mari.

– Şi acum? mă întreabă Marcos tremurând.

– Şi acum... *All you need is love!*

– Ne rugăm, Amn?

– Multă nevoie vom avea.

Paraşuta lui Dabincius, orice o însemna *paraşută* şi oricine ar fi Dabincius ăsta, e gata! Mai rămâne doar să îl leg bine pe Marcos de mine şi să ne apropiem de margine. Cea mai nefericită idee este să mă uit în jos, dar nu mă pot abține să o fac. Pretendenții au devenit şi ei puncticele roşiatice, luminate de soarele la apus. Au reuşit să coboare mai mult de jumătate din stâncă. Vântul este din ce în ce mai puternic aici în vârf, ceea ce înseamnă că dacă nu coborâm acum de bunăvoie s-ar putea să ne azvârle el, în curând.

Închid ochii şi încerc să găsesc în mine un strop de tărie. Este clar că în Marcos, care mă ține de umeri scuturându-mă în toate direcțiile, nu voi găsi ceva care să îmi dea putere. Sunt nebun! Eşti nebun, Amn! Şi partea cea mai proastă e că o să mori fără să o mai vezi vreodată.

— Dacă ne pierdem acolo, în aer, vii să ne ajuți? strig către o pasăre nemuritoare.

Dar aceasta, speriată, ca de obicei, se îndepărtează de noi.

Trag puternic aer în piept, apoi îi zic lui Marcos să își pună brațele în jurul mijlocului meu şi îl leg bine de mine. Îmi dau seama, într-o clipă, că nu numai că urmează să mă sinucid, dar îl iau cu mine şi pe nefericitul ăsta.

— Sigur vrei să vii cu mine? Poți rămâne aici.

— Nu aba aba abandonez! îmi răspunde Marcos printre clănțănituri de dinți.

Mai privesc o dată înspre picioarele mele care stau pe marginea stâncii, înspre omuleții cei punctiformi şi iar îmi pierd curajul. M-ar lăsa John să mor acum, când abia am găsit-o pe Kay? Sau poate tocmai el îşi doreşte să mor pentru că vreau să iau o soție de la mare? Tremur tot şi nici măcar nu îmi dau seama dacă este tremuratul lui Marcos transmis mie sau tremuratul meu. Sau amândouă.

— Amn, şi tu vei putea zbura într-o zi! E misiunea ta! Mi-a spus atunci.

Ochii negri şi umezi ai ei m-au făcut să cred că nu mințea. De ce mi-a venit asta în cap acum şi mai ales de unde ştia că voi încerca vreodată să zbor? Mi-a luat mânuța în mâna ei şi mi-a dus-o în dreptul inimii, apoi la cap.

— Amn, ce facem? Te-ai răzgândit cumva?

— Nu... Putem face asta! Am tot ce îmi trebuie, aici şi aici.

Duc mâna la piept, iar apoi la cap, aşa cum a făcut odinioară cu mine.

– Marcos, ești gata? La trei, alergi cinci pași odată cu mine și sari! Unu…

Dacă mi-ar fi zis cineva că o să fiu în stare să fac asta pentru o fată…

– Doi…

S-a agățat de gâtul meu, o să îmi fie destul de greu să respir în condițiile astea.

– Trei…

Urlă în urechea mea, ca și cum cineva l-ar omorî chiar acum.

– Patru…

Sărim în gol, ca doi inconștienți, gata să ne facem praf în numele dragostei.

– O, John, de ce m-ai lăsat? Ce a fost în capul meu?

– Ai uitat cinci! zbiară Marcos, după care nu îl mai aud deloc.

Nici măcar nu mai tremură.

Jumătate de zi mai târziu. Lumea De Pe Dealuri

La marginea Lumii De Pe Dealuri, unde se termină Trecerea De Pietoni, s-au strâns deja zeci de mii de luptători. Nu ştiu câți, nu îi pot cuprinde cu privirea, dar arată ca mii de furnicare puse la un loc, formate din furnici uriaşe cu bluze şi steaguri verzi, cu cai şi căruțe, probabil pline cu arme şi alimente. Şi bărbați în costume negre, nelipsiți.

Singura problemă pe care o văd în momentul ăsta, când stau ascuns între tufele de la marginea Zonei Neutre, e că orice pas aş face, ar însemna probabil o săgeată înfiptă în pieptul meu. Omorât de ai mei, ciudat mod de a crăpa, nu?

— Cine eşti? se răsteşte un bărbat răguşit.

— Amn! Învățătorul Amn!

În clipa următoare, un altul sună dintr-un corn, doi mercenari cu coifuri pe cap se reped către mine, iar caii o iau razna. Imediat sunt înconjurat de zeci de luptători şi de mercenari fioroşi, mânjiți cu noroi pe față, cu săbii şi sulițe gata de atac. Acum cu siguranță tremuratul nu este al lui Marcos, ci al meu, propriu şi personal.

— Câți sunteți? grohăie primul mercenar.

— Aveți tupeul să ne atacați? rage şi al doilea.

— E din Lumea De La Mare, nenorocitul ăsta! De ce mai stăm pe gânduri? Să îl omorâm!

— Moarte! strigă toți.

— Să îl ucidem!

— De când stăm noi de vorbă cu duşmanii?

Înainte să apuc a mai spune încă o dată că sunt Amn şi sunt de-ai lor, toți transpirații ăştia fioroşi se reped spre mine urlând şi zbierând, gata să mă tranşeze în bucăţele mărunte. Mă lipesc de pământ şi îmi acopăr cu mâinile faţa şi urechile, conştient pe deplin că ăsta îmi e sfârşitul. Draga mea Kay, să ştii că aici s-a terminat. Aceasta a fost povestea bravului Amn, care a încercat să oprească un război. *All you need is love!* îmi spun încontinuu în gând, în timp ce primul şut animalic al brutelor mercenare îmi loveşte stomacul, iar al doilea nimereşte drept în cap. *All you need is…*

— Staţi!

În condiţii normale, nu m-aş bucura să îl văd pe omul ăsta, ba chiar mi-ar fi silă. Dar acum, simt că m-a mângâiat John pe creştet.

— Spune-le! îi zic, încercând să mă ridic de la pământ. Spune-le că sunt Învăţătorul fiicei tale! Bine că ai apărut, că altfel…

Tatăl lui Midori se apleacă la mine, mă studiază din cap până-n picioare, apoi mimează mirarea.

— Îl cunoşti? întreabă mercenarul care n-are o treabă mai bună de făcut decât să stea cu piciorul pe gâtul meu.

— Aaaa…

— Spune-le! urlu speriat. Spune-le că eşti tatăl lui Midori, care e eleva mea în John.

— Aşa e?

— Aşa e! aud o voce.

Judele din kijijiul meu înaintează înspre mine, iar doi mercenari îi fac loc printre ceilalţi, îmbrâncindu-i şi dându-i la o parte ca pe nişte vaci neascultătoare. A doua persoană pe care în mod normal nu m-aş bucura să o văd, dar când eşti salvat de la moarte, nu prea mai faci nazuri.

— Învăţătorule, ai fost dincolo?

— De acolo vin, Jude, îi spun ridicându-mă de jos.

— Te-ai întâlnit cu Ajutorul în Lumea De La Mare?

Trebuia să îmi dau seama că vor trimite pe cineva! Că doar nu era să aibă încredere în mine...

— Nu am putut vorbi cu nimeni, să nu ne dăm de gol.

În acelaşi moment, dinspre Zona Neutră vine în fugă un bărbat, acoperit din cap până-n picioare. Când ajunge lângă noi, îşi scoate gluga roşie şi se aruncă la pământ, extenuat. Ajutorul. Un mercenar sare să îi aducă apă, iar alți doi îi dau o buturugă pe care să stea jos. După ce este lăsat puțin să îşi tragă sufletul, Judele nu mai are răbdare:

— Povesteşte, Ajutorule!

Nu putem începe războiul, Jude! Cel puțin, nu acum, până nu aflăm mai multe despre ei! Sunt oameni normali, ca şi noi, două mâini, două picioare, ba chiar picioarele femeilor lor sunt frumoase şi bronzate. Unele au câte patru bărbați şi...

— Scuteşte-mă acum de obiceiurile lor de căsătorie! Spune-mi de ce nu putem începe atacul? De ce nu pot lua Cufărul care mă face nemuritor? Care ne face... adică.

Ajutorul mai bea o gură de apă, apoi se şterge cu mâneca la gură.

— Fructe, carne, orice... sunt nemâncat, alerg de atâtea ore...

I se aduce ce a cerut, iar acesta mănâncă cu multă poftă. Mâinile îi sunt pline de unsoare, de la carne, iar pe haine curge într-o veselie zeama de la pere şi de la celelalte fructe, pe care le înghite cu multă calicie.

— Ajutorule, ne termini proviziile de război! zice Judele nervos.

Se întoarce brusc cu privirea către cer şi completează zâmbind:

— ... oferite desigur de cei de la Casa Agricultorilor! (din nou cu privirea la Ajutor) Stăm aici atâția oameni pentru ca tu să bagi în tine?

— Jude, începe el, mai devreme eram în Yesterday, un kijiji cu nişte stânci mari, foarte frumos, ce e drept. Casele au formă de bile, iar oamenii par ca noi, nu ai zice că s-au născut în copaci. Pe stânca cea mai mare e Agora lor, iar eu am nimerit acolo când avea loc un fel de Probă pentru mâna urmaşei lui Hoor.

La auzul numelui Hoor, câțiva imbecili, dar o să le zic mercenari, scot săbiile din teacă.

— Urmaşa trişorului Hoor? Există?

— Da, Jude... şi îşi caută soț.

— Atunci ea şi acest viitor soț al ei sunt primii care trebuie omorâți!

— Moarte! Moarte! rag toți.

— De ei trebuie să scăpăm pentru că vor fi căpeteniile lor!

Gândul ăsta îmi dă fiori. Ambele gânduri, de fapt. Şi acela că aş putea fi conducătorul luptătorilor de la mare, şi acela că voi fi primul omorât de către ai mei.

— Dacă pot să intervin...

— Nu acum, Învățătorule! mă opreşte Judele. Şi ce ai mai văzut?

— Proba pe care o aveau de trecut cei care aspirau la mâna urmaşei lui Hoor era să coboare de pe stânca cea mare, zice Ajutorul. E a treia Probă, mai urmează una singură şi se stabileşte cine câştigă.

— Cum se stabileşte? Se omoară între ei, ca bărbații?

— A, nu... Câştigă nişte floricele, se numără, şi cine are mai multe...

Toți, dar absolut toți, izbucnesc în râs. Până şi mercenarii, iar despre ghiolbanii ăştia se spune că nu râd niciodată. Încă o legendă falsă. Ajutorul mai bea o jumătate de carafă de apă şi continuă, cu puțin mai mult suflu decât până acum:

— Aşa cum am zis, era o stâncă uriaşă, pe care urcau minunate trepte colorate. O astfel de stâncă nu am văzut pe aici, deşi ştiam că noi avem munții, iar ei doar marea. Probabil că la pas ai coborî-o în, nu ştiu... jumătate de zi. La un moment dat, am început să îi zărim pe cei care coborau pe frânghii.

— De ce nu veneau pe scările alea colorate?

— Aşa le cerea Proba. Pretendenții ajunseseră pe la jumătatea stâncii, iar lumea de jos îi aplauda şi bătea din picioare. Atmosfera era cam ca la noi, la turneele de Bal, dacă îmi permiteți. Copii, bătrâni, femei, steaguri şi lume fericită. Şi dintr-odată s-a întâmplat miracolul!

Judele e uşor descumpănit, dar şi foarte, foarte nerăbdător. Îmi dau seama de asta din felul în care a început să mişte fără oprire din picior.

— Aşaaaa... continuă!

— Nici nu ştiu dacă o să mă credeți, ezită Ajutorul. La început, când am văzut, am crezut că am mâncat din greşeală ciuperci din acelea de care mai luați şi...

Judele îi face semn să tacă.

— ... dar nu era de la ciuperci! În jurul meu, oamenii au început să leşine pe capete când au văzut minunea! Ca să zic aşa, din câteva mii de oameni, jumătate a căzut la pământ imediat ce i-a văzut, iar celorlalți li s-au înmuiat picioarele şi s-au lăsat în fund, tot pe pământ, de unde au privit continuarea.

Mărturisirea Ajutorului e ca un spectacol bun de teatru! Mai sunt şi din astea, în special când se spun pe ocolite glume despre Jude. Tensiunea e uriaşă, iar bravii luptători, ăştia care erau gata să mă facă bucăţi, s-au transformat în spectatori.

— Până şi Judele lor căzuse în genunchi, şi Ajutorul la fel! Soarele nu coborâse sub marginea Pământului şi se vedea mare, pe cer, la apus. Atunci, dintr-odată, în dreptul Soarelui a apărut un miracol, că nu ştiu cum să îi spun.

Face o pauză lungă, scuturând necontrolat capul în stânga şi în dreapta, ca un nebun.

— Nu, nu, pur şi simplu nu îmi vine să cred ce a apărut... momentul ăla...

— CE, AJUTORULE? CE A APĂRUT?!

— O PASĂRE URIAŞĂ ÎN FORMĂ DE PIRAMIDĂ! Na, că am zis-o!

Rumoare.

— Când s-a apropiat puţin, Judele meu iubit, şi am văzut că nu era o pasăre, toţi, cei care nu apucaseră să leşine, au ridicat mâinile înspre cer!

— Dar ce... ce... era? îi tremură glasul.

OAMENI! ERAU OAMENI! DOI! Cei din mulţime abia mai puteau deschide gura. Repetau încontinuu un cuvânt: ZBU RĂ TO RII, ZBU RĂ TO RII, ZBU RĂ TO RII!

Un mercenar este atât de nervos încât şi-a îndoit coiful în palme, iar acum muşcă din fier. Mulţi bravi luptători se clatină pe picioare, îi simt. Încă nu cad, dar nici bine nu stau.

— Erau oameni ca mine şi ca tine, Jude! strigă plângând. Bine, nu chiar ca noi, că noi avem ranguri. Dar oameni normali, coborând cu piramida din cer! Oameni ca ei!

Arată spre mine şi spre un arcaş, iar toți se uită la noi. Ridică mâna.

– Oameni ZBU RĂ TORI, Jude! Zburau prin aer ca şi cum era ceva absolut normal. Au venit înspre noi, apoi au căzut undeva pe o casă din kijiji.

– Oameni?

– Zburau?

– Cum se poate, e o glumă?! râde forțat tatăl lui Midori.

Apoi vede că nu râde nimeni şi se opreşte.

Judele îi dă o palmă zdravănă Ajutorului.

– Eşti cu noi?

– Da, Jude! se scutură Ajutorul.

– Sigur nu visezi?

– Sigur, Jude!

– Ciuperci?

– Nu, Jude!

– Oameni care zburau cu o piramidă?

– Da, Judele meu! Au ajuns pe acoperişul unei case. S-au aruncat din vârf, de pe stânca aia uriaşă, au fost până la Soare şi au venit jos. I-am văzut eu când erau la Soare, probabil că s-au oprit şi pe acolo puțin.

– Nu i-a ars?!

– Se pare că nu! Şi au stat destul de mult pe Soare. Nici că le-a păsat!

Judele simte nevoia să se aşeze, la rândul său. Se vede după privire că e pierdut, dar încearcă totuşi să pară stăpân pe situație.

– Nu am mâncat ciuperci şi nu am fumat nimic! Nici nu am pus gura pe mâncare cât am stat la ei! simte din nou nevoia să se disculpe Ajutorul.

— Extraordinară întorsătură de situație, nu? Priviți câtă tensiune la aceste Probe ale Dragostei, oftează Judele.

Ultimul lucru la care s-ar fi gândit pramatia asta burtoasă de Jude e că duşmanii lui zboară, merg pe Soare, apoi se distrează căzând pe case. Chiar, de la căzătura aia încă mă doare laba piciorului drept, pe care a călcat Marcos. Ca să nu mai zic de brațe, pe care am adânci urme de unghii, dacă nu cumva chiar o unghie întreagă rămasă înfiptă pe acolo. A aceluiaşi Marcos.

Judelui îi vine o idee. Greu, dar îi vine:

— Tu, Învățătorule, ce ai văzut?

Dau din cap, cât pot eu de serios, şi spun pe un ton extrem de grav:

— Aceleaşi lucruri: oamenii ăia au mers la Soare! Au stat acolo ceva vreme, probabil că au făcut un grătar, s-au distrat puțin sau poate au făcut o baie caldă, cine ştie... Apoi au mers la stele.

Toți se uită în gura mea ca în gura unui om picat de pe Soare. Ceea ce nici nu e departe de adevăr, nu?

— Iar la stele, ce să vezi? Bine, acum eu povestesc ce am văzut de unde eram eu, Ajutorul poate era în altă parte şi a văzut puțin altfel. Dar unul dintre ei a băgat două în buzunar, pot să jur că l-am văzut făcând asta! Probabil avea nevoie de ceva strălucitor şi omul în curte sau în camera lui...

Pentru că nimeni nu zice nimic şi simt că vor sta aşa tăcuți multă vreme, mă văd nevoit să vorbesc tot eu:

— Magic, extraordinar! Au mers şi pe Lună, dar nu au stat mult. Probabil că acolo merg mai des şi au vrut să ajungă mai repede pe Pământ.

– Adevărat? îl întreabă pe Ajutor, iar acesta îi confirmă din cap.

– Oamenii ăia au puteri pe care noi nici nu le putem înțelege, Jude! spun. Dovada aceea pe care am adus-o, cutiuța cu muzică, a fost nimic pe lângă asta.

Iau vocea mea groasă, cea mai groasă. Ca aceea pe care o capăt după ce beau multă apă rece, direct din râu. Ridic mâinile şi zic tare:

– OAMENII DE LA MARE STĂPÂNESC SOARELE, STELELE, CERUL, LUNA! ZBOARĂ CU PIRAMIDA ACEEA URIAŞĂ DEASUPRA CAPULUI! POATE CHIAR ACUM, ÎN ACEST MOMENT, CÂND NOI VORBIM AICI...

Ridic încetişor privirea în sus, iar instantaneu toți fac acelaşi lucru, speriați. Mercenarii duc mâna la arme. Iar mie îmi place!

Mulțumesc, Da Vinci! Acum, că m-ai salvat, ți-am învățat şi numele. În aceste momente frumoase, pe care n-o să le uit niciodată, când privim toți spre cer şi aşteptăm să apară oameni cu piramide pe cap, mă distrez mult mai bine decât în paraşuta care îți poartă numele. Acolo, Da Vinci, cel care primeai schițe din lumea de dinaintea ta, îți mărturisesc că mi s-au udat puțin pantalonii. Tot Marcos...

Capitolul 45

Kayana

Lumea De La Mare. Anul 3615 (1303 după Paul).

O amintire:

Mama mi-a dat cea mai frumoasă rochiță pe care o aveam, una albă cu dantelă, şi pantofii turcoaz de sărbătoare. Mi-a spus mândră:

– Kayana, ai deja zece ani, deci poți vedea A Doua Relicvă!

Cei mai mici nu aveau voie pentru că se spunea că Relicva e mult prea puternică, iar ei n-ar face față.

Într-o dimineață, am plecat spre Păstrător cu mulți colegi de la şcoală şi alți copii din kijiji. Am fost conduşi de Învățători, câțiva părinți şi de Jude, toți legați la ochi, normal. Judele era singurul care vedea pe unde merge, iar tot ce am auzit noi pe drumul în care am fost obligați să tăcem, au fost cuvintele lui către cei patru bărbați care îl cărau cu tot cu scaun.

– Hoo, stânga, dreapta, stai uşor, brrrrr!

Credem că drumul a fost prin pădure, pentru că ne mai loveam din când în când de câte un copac. A durat câteva ore bune, iar mie mi s-a părut interminabil.

Ne-au dezlegat la ochi când eram deja într-o peşteră luminată doar cu câteva torțe. Pe o masă de stâncă, era A Doua Relicvă, într-o cutie de sticlă. Am recunoscut-o, deşi în cărți şi în manuale nu este desenată prea bine. În realitate era mult, incomparabil mai frumoasă. Este. Atât de frumoasă încât mi-a venit să plâng de emoție.

Rând pe rând, toți copiii au ajuns să stea câteva clipe singuri cu Relicva. Țin minte că cei din spate se împingeau în mine şi era destul de greu să îmi țin echilibrul. Păstrătorul i-a mustrat şi le-a spus că dacă nu se potolesc, vor pleca acasă fără să fie lăsați să o vadă, apoi părinții lor vor afla despre acest comportament şi îi vor pedepsi.

— Wow, scrisul misterios din Lumea Veche! a strigat Afrika, imediat ce a ajuns în fața cutiei de sticlă.

Ea era cu doi copii înaintea mea, iar eu aş fi dat orice să fiu în locul ei, lângă Relicvă. Păstrătorul, care era îmbrăcat din cap până în picioare într-o haină albă - aproape la fel de albă ca şi barba sa lungă - i-a făcut semn să plece.

— Aş mai vrea să văd Relicva o dată, se poate? a spus Afrika, în timp ce îi făcea loc ascultătoare următorului copil.

Dar n-a fost lăsată. Un obiect care a fost descoperit acum mai mult de o mie două sute de ani e foarte fragil, iar dacă lumina torței l-ar lumina prea mult, pentru ca fiecare să îl vadă de două ori, probabil că s-ar deteriora mult mai repede.

În sfârşit, mi-a venit rândul!

Da, plâng! Poate e şi datorită faptului că am învățat atât de mult la şcoală despre Relicva aceasta fascinantă, despre semnele ei misterioase... Mulți au încercat să o copieze. La Sărbătoarea Celei De-A Doua Relicve, toți ne îmbrăcăm în haine de culoarea ei, mâncăm tradiționalele ciuperci umplute cu orez şi cântăm din Cartea Sfântă.

Apropii ochii de geamul care mă desparte de ea, iar inima dă să îmi iasă din piept. Îmi vine să strig că vreau să o ating, să o pipăi! Sunt foarte aproape de geam, atât de aproape încât văd scrisul vechi. Nu îmi vine să cred! Se spune că a fost realizat cu o cerneală care nu se va şterge niciodată, iar dovada clară e faptul că a rezistat peste o mie trei sute de ani şi încă se poate citi. Noi nu putem face aşa ceva în ziua de azi. În maximum douăsprezece anotimpuri se şterge orice am scrie, pe orice material.

Aproape că lipesc nasul de geam. Fac asta şi pentru că nu vreau să văd privirea Păstrătorului, care probabil că în momentul ăsta îmi face semn să îl las pe următorul. Îl ignor, vreau doar să stau mai mult lângă ea. Citesc scrisul magic:

A SE SPĂLA LA 60 CERCULEȚ.

Aşa cum ni se arată în desenele din manuale, scrisul e chiar sus, lângă guler, pe o bucată de material care probabil că a fost albă, dar acum era aproape gri. De mai bine de o mie două sute de ani, oamenii cei mai deştepți din lumea noastră, dar şi din Lumea De Pe Dealuri, încearcă să afle ce înseamnă cerculețul acela misterios. A SE SPĂLA LA 60 CERCULEȚ *- oare va rezolva cineva vreodată enigma asta?*

Aşa îmi amintesc eu prima şi ultima excursie la A Doua Relicvă: Tricoul cel albastru al lui Paul.

— Mi-a venit în minte A Doua Relicvă pentru că pur şi simplu nu pot să cred că nişte oameni sunt atât de nebuni să declanşeze un război pentru un tricou sfânt, cu un scris pe el, pe care nici măcar nu îl înţeleg.

Viitorul meu soţ şi Marcos au căpătat porecla de Zburătorii. Numai unul dintre ei, Amn, şi-a păstrat-o când oamenii l-au găsit pe Marcos leşinat pe acoperişul unei case şi l-au întrebat dacă e magic, iar răspunsul a fost:

— El m-a făcut să zbor! Nu mai fac asta în viaţa mea!

Mulţimii i-a fost mai întâi teamă să se apropie de Amn. Au aşteptat la o distanţă respectabilă ca acesta să iasă din căpiţa de fân în care picase. Dar mai apoi, când oamenii l-au auzit strigând bucuros că mai vrea să zboare o dată, s-au apropiat de el şi au început să îl atingă. Unii au plâns de emoţie, aşa cum am plâns eu când am văzut Tricoul.

De ieri, de când m-am întors în Paul, oamenii vin la coliba mea să mă întrebe dacă e adevărat ce au auzit că s-a întâmplat în Yesterday.

— Kayana, Zburătorul mă poate lua şi pe mine pe Soare? Fac orice, plătesc oricâţi free! mi-a spus o doamnă cu dare de mână.

— Cum de nu s-au ars?

— E atât de mic Soarele pe cât se vede? În o oră, dacă îl iei la picior, îl străbaţi pe tot?

— E vreo mare acolo? Apa e galbenă şi caldă tot timpul?

— Zburătorul poate merge pe orice stea vrea? Cât de mari sunt stelele? E adevărat că cele mai multe sunt chiar şi de câteva ori mai mari decât un om, cum se spune?

Sute de oameni, înțepeniți în fața casei mele, iar eu a trebuit să îi răspund fiecăruia în parte! Le-am dat cele mai proaste răspunsuri din lume, dar unele absolut necesare în momentul ăsta:

Unu: Zburătorul nu acceptă free!

Doi: E mic Soarele, da! La ce am văzut toți, într-o oră cred că îl poate străbate şi înainte şi înapoi. Poate Luna să fie ceva mai mare.

Trei: Sunt stele de diferite mărimi, în funcție de depărtare. O să îl întreb cât sunt de mari, nu am vorbit cu el.

— Zburătorul, Zburătorul, Zburătorul! e tot ce aud.

Iar cuvântul ăsta e rostit într-un fel cu respect, în alt fel cu teamă.

— Niciun om nu ar trebui să aibă puterea să facă asta, Kayana! Nu e Paul! Numai Paul poate stăpâni taina zborului. Acest pretendent este mult, mult prea puternic. Nu ştiu de unde își ia puterea, dar e ceva murdar aici.

— Bine că le-au dat zero puncte, să zică mulțumesc că nu i-au dat afară din întrecere! Judele nu putea să considere aia *coborâre de pe munte*. Coborâre de pe munte e atunci când cobori muntele, după cum a zis şi el, nu când zbori!

— Doar el ne poate salva, nu vorbiți prostii! spune un bătrân.

Intru în casa mea, cu gândul că nu sunt acasă. Ciudat sentiment, dar simt că nu pot fi acasă în orice loc aş fi, cât timp nu este şi el.

— Are dreptate! mă întrerupe tata din visare.

— Cine?

— Cel care a strigat acum. Zburătorul ar trebui să fie învingătorul!

Mama roteşte din cap şi mă ia în braţe.

— Şi eu cred...

— Şi eu! se aude vocea prietenei Afrika, din camera mea.

— Kay, îmi vorbeşte serios tata, Zburătorul ăsta este singurul care ştie lucruri pe care noi nu le ştim şi cu care îi putem învinge. Doar conduşi de el am avea o şansă în război...

Aaa, în legătură cu asta... cred că ar fi o mică problemă ca un om de pe dealuri să lupte cu ai săi. Şi mai ales ar fi o problemă dacă tata ar afla cine este Amn.

Peste câteva ore

Mă uit pe geam şi văd că, deşi este seară, în faţa casei mele, oamenii s-au întins pe pături, iar unii chiar direct pe nisip. O fată cu urechile clăpăuge mă zăreşte la fereastră şi îi face atenţi pe ceilalţi. Oamenii se ridică şi încep să îmi vorbească toţi în acelaşi timp.

O să ies din colibă, să merg în mijlocul lor. Sar peste cei doi care dorm în faţa uşii şi înaintez câţiva paşi, printre ei.

— Puteţi merge la casele voastre! zic. E aproape noapte.

— Şi Zburătorul?

— O să ne ajute să câştigăm războiul? spune clăpăuga.

— Zburătorul are liber până la următoarea Probă, ştiţi. Şi da, sigur ne va ajuta.

— Eşti în siguranţă?

– Rămânem să te apărăm în caz că...

– Sunt nepoata lui Hoor! zic hotărâtă. Dacă eu nu știu să mă apăr, cine știe? În plus, părinții mei sunt aici, da? Mergeți liniștiți!

Oamenii stau pe gânduri, apoi mai rămân puțin. Și încă puțin. Tot pe gânduri. E clar că nu pleacă, așa că mă întorc în camera mea și mă arunc pe pat, lângă Afrika.

– Obișnuiește-te, nu vor pleca... Ești pregătită? mă întreabă.

– Nu, dar nici n-o să fiu vreodată. Cine știe ce mai aflăm din cartea asta, Afrika? Mi-ar prinde bine totuși să descopăr dacă putem deveni invizibile.

– Lasă-mă pe mine, te rog. Vreo preferință de pagină?

– Citește după *această invenție se numește simplu: MACARA*.

Afrika deschide cartea cu mare, mare grijă, ca și cum i-ar fi frică să nu se rupă.

– Nu pățește nimic! îi spun. Fiecare pagină e scrisă cu o cerneală care rezistă mii de ani, iar hârtia are un tratament special și nu va fi mâncată de carii.

– Ha?

– Scrie la final, pe ultima pagină.

– Aha... Kay, oamenii mâncau cărți? Cum să mănânce cariile noastre din dinți o carte?

– Nici eu nu am înțeles asta, îi mărturisesc.

– Ai citit-o pe toată?

– Numai finalul, Afrika. Dar mi-am aruncat ochii pe toate desenele, când a trebuit să găsesc ceva util pentru Amn.

Mă bucur că v-a ieşit şi macaraua! David spune că nu era chiar un lucru atât de greu, dar, cu toate astea, idioții din vremea noastră, care vin din Lumea Veche nu-s în stare să îl facă. El este singurul care foloseşte macara. Mi-a mai spus că muncitorii preferă să se cațăre unul în spatele celuilalt sau să se cocoațe pe scări atunci când vor să pună pietrele sus.

Experimentul următor e de la mine, iar David insistă să vă scriu că l-am introdus în carte fără voința lui. Dar eu, ca femeie ce a trăit deja în două lumi, vă spun că este extrem de important. Sper ca nişte fete să citească aceste rânduri. Dacă sunteți bărbați, vă rog să dați cartea unor femei!

Aşa…

Fetelor, ați simțit vreodată senzația aia că oricât de bine ar fi spălată o haină de o maşină, niciodată nu este suficient de moale şi de catifelată la atingere, aşa cum vreți?

După cuvântul maşină, e introdus în carte un rând, scris cu altă culoare: Cel mai bine spălau maşinile GOR EN WE!

Nu vă legați de cuvântul «maşină», deşi îl puteți înțelege. Macaraua de mai devreme e o maşină. Una care face altceva decât maşina de spălat, dar tot o maşină.

Ei, acum vă spun ceva ce cred că simțiți şi voi: niciodată, dar niciodată, o haină de bumbac nu devine moale la atingere, aşa cum îmi place mie, dacă nu este spălată la 60 de grade! Fix la 60 de grade! Au încercat cu tot felul de proceduri, am avut vreo patru sute de ani de încercări! Oamenii nu au reuşit niciodată să spele o haină de bumbac mai bine decât o faci tu, cu mâna ta, la 60 de grade Celsius! Țineți minte asta!

Mă uit la Afrika, ea se uită la mine. Amândouă avem privirea aceea de copii rătăciți prin pădure, care nu știu în ce direcție s-o apuce și ce să facă mai întâi: să fugă de hienă sau să se ascundă?

— Mașini? privește în gol.

— Care spală...

— ... singure...

— ... hainele?

Sună incredibil, dar hei, vorbim de cartea care l-a făcut pe Amn să ajungă la Soare cu o piramidă deasupra capului, da? Nu de alta!

— Chiar credem ce scrie în cartea asta, Kay? Asta facem?

— Amintește-ți că Amn a zburat, îi răspund. Datorită cărții a zburat. Datorită ei... din cauza ei, îi avem pe amețiții ăștia afară.

— Adevărat, Kay, a zburat... dar *grade*? Ce înseamnă măcar *60 de grade*?

— Citește...

Zice David să vă consider tâmpiți, dar eu uit mereu asta și vă tratez ca pe mine sau ca pe el. Bun, pentru că sunteți încă niște homo digitalis sau urmași ai lui homo digitalis, adică tâmpiți: gradele Celsius sunt niște diviziuni.

Pe înțelesul vostru: apa fierbe la 100 de grade, sticla transparentă se obține la minim 1500 de grade, tot apa îngheață la 0 grade. Afară, vara, dacă e foarte cald, probabil că sunt între 30 și 40 de grade Celsius. Astea sunt gradele, da? Cerculețul acela mic este simbolul gradului. Se înțelege că sunt Celsius.

Revenind: secretul pentru ca o haină de bumbac să fie moale și catifelată este să o speli la 60 de grade. Este perfecțiunea, credeți-mă! Iar eu știu asta de la mama, care era însăși perfecțiunea!

Vă transmit acest secret pentru că vine de la ea, iar ea l-a primit de la bunica mea, şi nu aş vrea să se piardă...

Încălziți apa exact cât trebuie. O să simțiți în timp când ea va avea 60 de grade fix, eu fac asta fără niciun termometru, da?

Fetelor, între cele cinci obiecte pe care le-am lăsat Lumii Noi, este un tricou albastru de bumbac: tricoul lui David. A venit cu el din Lumea Veche, ceea ce înseamnă că bumbacul este tratat astfel încât să reziste peste trei mii de ani. Lumea din care venim punea mare preț pe a nu risipi resursele, iar de aceea au fost inventate materiale care se deteriorau în foarte, foarte mulți ani:

- *plastic - rezistent cinci milenii;*
- *hârtie, creată pentru a nu mai tăia copaci - câteva milenii;*
- *materiale textile - trei mii de ani;*
- *şi, din păcate, cartofii prăjiți de la Mac - care aveau durata de viață practic egală cu infinit.*

Nu veți întâlni nimic din toate astea, în afară ce ce v-am lăsat noi. Nici măcar un cartof. Oamenii din Lumea Nouă au distrus tot!

Toate învățăturile mele sunt ca un munte, care acum se prăbuşeşte, în fața ochilor mei. Pe măsură ce Afrika îmi mai citeşte o literă, mai cade un bolovan, la fiecare cuvânt se mai dărâmă o stâncă. Iar acum, odată cu *tricoul lui David*, a picat tot muntele şi ne-a lăsat pe mine şi pe Afrika uitându-ne neputincioase la resturile lui. Suntem mute, amândouă.

Tricoul lui David? Nu tricoul lui Paul?

Ce mai urmează? Să ne spună că John, Ringo, George şi Paul nu erau zei?

Sau că nu există lumea *Submarinului Galben*?

Ar trebui ca de acum încolo să ne rugăm la David? Sau ce...

E prea mult pentru mine! Pentru amândouă.

Capitolul 46

Amn

Lumea De Pe Dealuri. Anul 3615 (1303 după John).

– Cu Zburători sau fără Zburători, Învățătorule, azi îi atacăm şi le luăm cea de-a Doua Relicvă! mi-a zis Judele acum jumătate de zi.

Iar mercenarii au strigat *Moarte!*, ca de obicei, şi luptătorii au aplaudat. Dar, după ce li s-a povestit despre Zburător, au bătut din palme destul de firav, iar mulți dintre ei se uitau în sus când făceau asta.

După care, Judele le-a mai spus tuturor că, deşi nu vrea şi i se pare o idee proastă, singurul care a dovedit că se descurcă în Lumea De La Mare, singurul care ştie să se orienteze pe acolo, sunt eu. Aşa că eu ar trebui să le fiu conducător. Ar mai fi fost şi Ajutorul, dar el nu poate fi comandant, deoarece are rolul de a îl proteja pe Jude.

– Vom trimite o echipă să recupereze A Doua Relicvă! a urlat el. Acesta este planul! Apoi atacăm decisiv cu toate forțele pentru a recupera A Treia Relicvă: Cufărul Tuturor Tainelor! Vă dați seama că este în mâna lor? Cum dormiți noaptea ştiind că oricând oamenii de la mare îl pot deschide, se vor umple de energie şi vor putea fi readuşi la viață? Dacă îl readuc la viață pe Hoor? V-ați gândit la asta?

Mercenarilor nici nu le trecuse prin cap.

Nu se gândiseră! Aşa cum nu se gândiseră nici la faptul că eu, un Învățător pe nume Amn, aş putea fi liderul lor într-o bătălie. O bătălie, da? Nu vreo partidă de Bal sau o întrecere cu întrebări din *Cartea Sfântă*!

Şi iată-mă acum în fruntea a o sută de luptători, gata să cucerim Tricoul lui Paul. Practic, să-l furăm ca nişte hoți ordinari ce suntem!

– Ei aşteaptă ordinele tale, Învățătorule! îmi spune Judele.

– Dar...

– Fără dar! mi-o taie el. Cum spuneam, Învățătorule, vei conduce o sută de luptători extraordinari! O sută de eroi pentru a cuceri o lume de incapabili!

– Totuşi, nu ar fi mai bine să mergem toți peste ei? insistă Ajutorul. Toți 56.821, 22 cu mine, antrenați pentru asta...

Luptătorii zumzăie ca un viespar. Unele viespi ar vrea să iasă şi să dea iama în floricelele duşmanilor, dar altele scot timid capul şi aşteaptă să vadă ce se întâmplă. După câte îmi dau seama, oamenii simpli de la mare se cam tem, în timp ce mercenarii au trecut peste şocul existenței unui Zburător şi sunt gata de luptă.

– Spune, Învățătorule!

Tăcere. Toți ochii sunt ațintiți asupra mea şi îmi dau seama că e un sentiment tare neplăcut. Ar trebui să zic ceva, ştiu. Ar trebui! Dar ce?

– Aleg o sută de eroi acum sau ce? rup tăcerea care nu se mai rupea.

– Nu chiar acum! îmi răspunde Judele. Ci după o scurtă pauză.

Un bărbat în negru îi aduce o cană cu apă. Probabil s-a extenuat, săracul... Alt bărbat în negru îi dă nişte foi de hârtie, probabil planuri, apoi îl şterge pe frunte. În cele din urmă, îi ia foile şi se retrage mergând cu spatele.

— Aşadaaar! urlă Judele. Învăţătorul Amn va pleca să cucerească Lumea De La Mare! Este cel mai pregătit pentru asta? Cu siguranţă, nu! Este, în schimb, singurul, în afară de Ajutorul care trebuie să stea cu mine, pentru că ştie drumul!

Desigur şi bineînţeles! Ajutorul şi Marele Umflat nu au de ce să facă deplasarea în lumea de dincolo! Ăştia nu îşi pun burţile lor în pericol pentru o amărâtă de Relicvă. De aia ne trimit la sacrificiu pe noi, ăştia o sută, să ne facă praf cei de la mare. După ce ne vor face bucăţi, oamenii de pe dealuri de vor revolta şi vor năvăli peste ei, călcându-i în picioare. Aşa s-a întâmplat şi ultima dată, acum cincizeci şi doi de ani. Este acelaşi plan. Ah, viclean scârbos ce eşti!

— Ştiţi că nu avem nicio şansă cu o sută de oameni? zic mai mult pentru mine.

Deşi mă uit la mercenarii cei ţanţoşi ca nişte tauri cu platoşe şi coifuri de metal. Cu o sută de bucăţi de animale din astea aş face praf zece lumi de la mare, nu una! Singura problemă e că eu nu vreau să fac asta.

— Dintre ei îmi aleg o sută? arăt spre mercenari.

— Nu! răspunde zâmbind Judele. Ai nevoie de ce e mai bun dintre cei mai buni! Pe cei mai dedicaţi, mai buni şi mai pregătiţi luptători ai Lumii De Pe Dealuri. În numele lui John: Verdele Învinge!

— Verdele Învinge! răsună din zeci de mii de piepturi.

Mi-i arată cu mâna pe cei mai buni şi mai pregătiți. O armată de viespi, dar partea aia din viespar care e mereu lăsată acasă să aibă grijă de larve. Printre bravii mei luptători, sunt şi vreo zece copii puțin mai mari, cu mustața abia ivită în ultimele ore.

— Ce caută copiii în luptă?

— E şi lumea lor, Învățătorule! Trebuie să o apere.

Printre ei, şi Butoiaş, elevul meu. Nu e porecla, ci numele dat de tatăl său la naştere, care se dovedeşte a fi reprezentativ şi acum, când are 9 sau 10 ani. Mai sunt cel puțin douăzeci de bătrâni, dintre care unul cred că se apropie de 45 de ani şi îi tremură sulița în mână. Ah, îl recunosc şi pe Tămăduitorul care era să mă omoare cu arcul. Suntem bine! Şi iată, piesele cele mai puternice, probabil luate cu forța la război: unii durdulii, alții foarte, dar foarte slabi. Primii nu cred că rezistă să meargă o oră, iar cu cei slabi aş avea mari şanse dacă lupta s-ar da împotriva unor gărgărițe, pe care ei să le calce în picioare. Şi aşa mă gândesc că furnicile ar putea să nu simtă nimic!

Asta nu e o armată! Ăştia sunt ciurucurile, oameni trimişi cu sânge rece, la sacrificiu.

— O să stați o săptămână în lumea lor, Învățătorule! O săptămână să aflați unde e Tricoul lui Paul şi să ni-l aduceți.

Când eram mic, i-am spus lui Baba că nimic nu e imposibil, iar el mi-a răspuns că numai nebunii cred asta. Ia să încerc eu acum să iau o stea de pe cer, să văd, reuşesc? Dar hei, eu sunt Zburătorul, nu? Cel care a mers pe Soare, dacă am înțeles bine. Cum să nu reuşesc eu, cu o sută de speriați, să cuceresc ditamai lumea?

— Fie accepți provocarea asta, Învățătorule, fie dovedești că ești laș și mergem peste ei cu toți luptătorii. Dar în situația asta va fi măcel, și vor muri mulți, foarte mulți de-ai lor, dar și de-ai noștri. Îți asumi asta, Învățătorule? Să ne omorâm oamenii înainte să încercăm cu o sută? Moarte!

Un urlet colectiv vine din piepturile bravilor mercenari.

— Moarte! Moarte!

— Acceptă, Învățătorule! îmi zice lașul și șiretul auriu.

De parcă aș avea de ales...

— Accept!

O, John, sper să mă ajuți și de data asta! Și tu, și Poe, și David.

Peste jumătate de zi

Odată ajunşi la Marele Râu, îi opresc pe vitejii mei oşteni. Oricum, mulţi dintre ei stau să-şi dea sufletul de la mersul pe jos, despre care se spunea că face piciorul sănătos. Nu e adevărat, pe unele le-a umflat şi le-a îmbolnăvit.

Luptătorii mei sunt atât de antrenaţi şi pregătiţi, încât aproape că au fost învinşi de drum. Pe unul îl ducem deja pe targă, câţiva ne urmează în patru labe, gemând, iar altul se roagă la John să îi dea tărie, aşezându-se în genunchi lângă fiecare copac.

— Băieţi! le zic... Eroii mei, că nu ştiu cum ar trebui să se adreseze mai exact un comandant! Acesta, ce vedeţi în faţa ochişorilor voştri, este Marele Râu.

Linişte. Acum sug cuvintele mele, apoi le trec prin cap, iar în cele din urmă, cineva îşi va reveni din uimire şi va spune ceva.

Cineva?

Haideţi, oricine!

— Imposibil, Învăţătorule, zice Butoiaş.

În sfârşit, un isteţ!

— Marele Râu e... mare! spune Tămăduitorul. Aşa a fost dintotdeauna, un râu uriaş în care se pot îneca oameni, cai...

— Ăsta abia dacă e un pârâiaş... uite peştişorrrrrul! Băi, uitaţi peştişorul!

Îi las puţin pe toţi să se bucure de peştişor şi mă întreb cu ce am greşit în viaţa mea de trebuie să conduc aceşti tâmpiţi spre o moarte atât de sigură. Şi o ceată de zece femei, sau chiar cinci, de ne-ar ataca, toţi nefericiţii ăştia ar pieri până la ultimul. Dacă mă gândesc bine, Kay singură i-ar face pe toţi pământ de flori.

— De aici trebuie să fim deştepți! le spun, încercând să par înțelept. Aşa că trebuie să faceți un lucru: vă dați jos hainele astea şi faceți o baie în râu! Cei mai dolofani vă descurcați cum puteți, că altul mai mare n-o să găsiți. Apoi aruncați toate armele pe care… hei, vezi că îi bagi cuțitul în spate celui din fața ta!

Dacă nu îşi aruncă armele, idioții ăştia se vor omorî între ei chiar înainte să ajungem.

— Şi dacă ne atacă cei de la mare? Cum să le tăiem aripile?

— Sau capetele?

Îmi dau o palmă peste frunte, apoi încă una peste obraz, să fiu sigur că nu-s în vreun coşmar. Nu-s, din păcate.

— Eroii mei, cei de la mare nu au aripi! De fapt, arată ca mine şi ca voi. Au doi ochi, două picioare, un nas, doi sâni, două buze... Ei sunt chiar nişte…

De când am zis buze, nu ştiu de ce, dar mă gândesc la ea. Ba ştiu de ce. Le simt atingând buzele mele, iar asta mă face să închid ochii. Aici, la râu, puțin mai încolo, o cuprindeam în brațe şi săpam, într-o dulce moleşeală. Acolo am sărutat-o iar, şi iar. Dincolo, pe malul ăla, am căzut după ce mi-a dat să mănânc o porcărie de fruct! Ce amintiri frumoase!

— Heeei, cum sunt, Învățătorule? mă întrerupe Butoiaş.

— Sunt oameni normali, le zic cu un sfert de glas.

— Normali, normali, dar zboară! strigă Dolofanul ştirb.

Îi spun aşa pentru a-l deosebi de Dolofanul pitic, de Dolofanul cu păr pe piept, de Dolofanul cu nas roşu, de ceilalți dolofani şi de Butoiaş.

— Doar doi dintre ei zboară, da? De fapt, unul dintre ei, căci celălalt a fost luat cu forța.

— Atunci să îl găsim pe ăla şi să îl omorâm! Sigur e căpetenia lor, atacă Dolofanul cu păr pe piept.

Nu există gând mai frumos decât acela că merg să mă omor pe mine. Sunt atât de plin de entuziasm că urmează să fac asta! Mai rămâne să mă caut prin Lumea De La Mare şi să mă găsesc.

— Ăsta e planul, le spun: să îl omorâm pe Zburător! Dar până atunci să fim deştepți: să aruncăm armele şi să încercăm să trecem drept oameni de la mare.

— Imposibil, noi nu putem trece drept oameni de la mare! Ăia nu mănâncă carne, noi da! zice Dolofanul pitic.

— Scrie pe fruntea voastră că mâncați carne?

Dolofanul pitic se uită o clipă la cel de lângă el, apoi spune cu sinceritatea unui copil:

— Nu scrie.

— Nu scrie! confirmă şi un slăbănog care abia acum ne ajunge din urmă, venind în patru labe.

— Atunci ne putem strecura liniştiți printre ei, nu?

Par a accepta acest lucru, deşi fără prea multă convingere. Că nu i-am primit pe cei mai antrenați, asta pot înțelege. Dar măcar să îi fi primit pe cei mai isteți! Sau măcar pe unii puțin mai isteți.

— Şi dacă îi vedem cum cresc în copaci, ce facem, Învățătorule? Îi lăsăm să se coacă şi să se facă mari sau tăiem fructul? spune un bătrân.

Întrebările astea sunt pe buzele tuturor.

— Scuturăm pomul, iar ei cad?

Bătrânul care a avut aceste nelămuriri e felicitat de toți pentru că a ridicat problema. Un erou din ăsta îl bate pe umeri plin de respect.

— Înainte de a ajunge în Lumea De La Mare, trebuie să știți câteva lucruri despre oamenii de la mare: 1. Au șase kijijiuri, dintre care unul e pe o Insulă. 2. Zvonurile că bărbații nu s-ar culca cu femeile, iar vegetarienii de la mare s-ar înmulți în copaci, sunt false. Știu că asta se vorbește în lumea noastră, dar NU este adevărat.

— Judele a zis că se nasc în copaci și mor ca fructele!

— Judele a mai zis și că noi, o sută de speriați, o sută unu dacă mă includ, putem învinge o armată de peste 30.000 de oameni de la mare.

— Și nu putem?

Vântul se strecoară încet prin pădure și foșnește printre copăcei, iar peștii roșiatici sar în apa râului. Acolo, chiar lângă acel bolovan m-am sărutat cu ea, iar câțiva pași la stânga mi-a spus că ne vom revedea. Încerc să mă gândesc la lucruri frumoase, altfel m-aș putea enerva îngrozitor auzindu-i pe ăștia.

— Să îi învingem? îi răspund zâmbind cât pot eu de larg. NU, nu putem! Dar șansa noastră e să furăm A Doua Relicvă fără să ne luptăm cu ei. Se ne infiltrăm! Înțelegeți? Pentru că noi semănăm cu ei, chiar dacă unii credem în John, alții în Paul. Repet: sunt ca noi!

— Și cum se înmulțesc, Învățătorule, dacă nu cresc în copaci? Cum apar copiii?

— Ca la noi, eroul meu. Ca la noi! Trăiesc așa cum trăiesc toți oamenii de pe dealuri, au familii, soții, au coitus, se nasc copiii. E atât de simplu!

— Ăsta zici că e Marele Râu? Râul de netrecut? mai zice un tânăr subțirel care aleargă când pe un mal, când pe celălalt.

Niciunul nu mă crede, iar toți încep să râdă.

Ajutorul cel mai mare vine de la un bătrânel care a ațipit în picioare, iar la câteva clipe după ce a închis ochii, s-a sprijinit într-o suliță. Problema e că sulița s-a sprijinit şi ea în încălțările lui din piele de porc, iar acum probabil că va trebui să îi tăiem piciorul. Tămăduitorul se repede la el:

— Aduceți frunze de nuc să îi pun pe rană!

— Aici nu cresc nuci! îi răspunde alt dolofan, pentru care nu am încă un nume.

— Trebuie dus imediat acasă!

Nu sunt sigur dacă a spus aşa doar pentru că el vrea acasă sau pentru binele bătrânului. Îi fac semn şi Dolofanului cu păr pe piept, aproape răpus de oboseală:

— Tu, eroule, şi Tămăduitorul arcaş, mergeți cu el în kijijiul său! Spuneți că a fost rănit în luptă dreaptă de o patrulă a celor de la mare. Spuneți că e un mare luptător care a fost rănit în război. E un ordin! Aveți grijă să faceți cel puțin trei zile până la Jude, altfel o să se prindă că ați venit prea repede. A, pe drum, puteți mânca fructele alea mari şi verzi, sunt senzaționale!

Am rămas nouăzeci şi opt, cu tot cu mine. Dacă am noroc, până ajungem în Lumea De La Mare, vom mai fi maximum jumătate.

Capitolul 47

Kayana

Lumea De La Mare. Anul 3615 (1303 după Paul)

Tot ce îmi trece prin cap acum, când stau la marginea grotei, e că aş vrea să fiu cu el la fiecare apus. Să îmi vorbească despre Pământul ca un măr, să îmi spună că noi creştem în copaci sau să facă ce vrea. Cât timp e cu mine...

Nici n-a fost greu să scap de oamenii din faţa colibei! A trebuit doar să o îmbrac pe Afrika în hainele mele, să îi acopăr picioarele şi faţa cu o eşarfă, apoi să o pun să iasă din casă şi să alerge. Iar după ea, au luat-o la goană şi sutele de urmăritori.

— Zburătorul! Zburătorul!

Vine înspre mine. La fel de frumos, la fel de aiurit şi la fel de cumva, de nu ştiu cum. Cred că *nu ştiu cum-ul* ăsta îmi place cel mai mult la el. Văzându-l, îmi dau seama că, dacă vom face băieţi, vor avea toţi gropiţele astea în obraji şi... Vreodată, cineva de la mare a avut copii cu cineva de pe dealuri? Suntem aceeaşi specie sau se întâmplă ca la animalele care nu se pot împerechea?

— Amn, noi nu creştem în copaci.

— Ştiu! Era o prostie.

— Ne înmulţim ca voi, îi zic.

— Ştiu şi asta, am văzut oameni sărutându-se şi chiar m-am sărutat cu unul.

— Hmm! Cu cine?

— Nu o cunoşti, Kay...

Se aşază lângă mine şi mă ia de mână. Pietricelele şi nisipul de pe mâinile noastre ne gâdilă degetele.

— Am sărutat o femeie pentru care lupt acum în nişte Probe absolut, dar absolut... minunate!

— Ce frumos! oftez.

— Judecând după aceste Probe, bărbatul ideal al unei fete din lumea voastră trebuie să fie artist...

— Da, ne plac artiştii!

— Dar şi puternic. Să nu uităm putenic, Kay!

— Normal.

— Şi să coboare de pe munte în viteză!

— Cam da!

— Dacă mă gândesc bine, bărbatul vostru ideal e un sensibil, care cu o mână bagă ață în gherghef şi face o floricică, în timp ce boceşte de emoție, iar cu cealaltă mână ridică un bolovan cât el de greu. Apoi ia gherghetul şi pietroul şi coboară cu ele la subraț de pe munte. Bărbatul vostru ideal e un fel de tigru nemilos, taur puternic şi iepure plângăcios. Toți în unul!

Acum, că pune problema aşa, chiar pare complicat.

— Cam aşa, omule de pe dealuri! Ce zici, te încadrezi?

— Abia aştept să văd ce urmează! Iar în timp ce noi ne aruncăm în cap de pe munți la Probele astea, permite-mi să spun, imbecilii ăia din lumea mea vin grămadă peste voi! Ştiai?

— Da, ştim toți! Ne veți invada.

— Nu! V-am atacat deja.

Mă uit în jur şi nu văd pe nimeni care mă atacă. Ori băiatul ăsta a fumat ceva de la concurentul insular, ori a dat iama în ciuperci proaspete. Ceva greşit a făcut.

— Da, îi spun. Păi, dacă ne atacă în acest moment... să fugim?

N-a prins ironia.

— Amn, ce spui?

— V-am atacat! Nu mai poate fi amânat nimic, e cât se poate de serios.

În timp ce vorbeşte, se tot uită peste umăr, ba scoate capul afară din grotă, ba se uită în stânga, ba în dreapta. Că are acest comportament pot să îi iert, dar faptul că nici măcar nu m-a sărutat când a venit îmi pică tare greu.

— Omule de pe dealuri, întinde-te!

— Ce?

— Întinde-te acum! Ce ai fumat?

— Ce am... ce?

— Fumat sau mâncat. Scoici? Ai mâncat scoici găsite pe plajă? Un câine a murit de la... mai bine nu îți zic.

Mă ia de mână şi mă face să merg cu el până în fundul grotei, acolo unde practic e imposibil să fim văzuți de afară. Îmi place asta. Măcar acum i-a venit mintea la cap şi mă va săruta.

— Kayana, ascultă că nu am mult timp: v-am atacat!

— Aşa... Credeam că mă săruți.

Şi o face, dar nu ca de obicei, ci scurt. Mult prea scurt, în grabă. De neacceptat!

— Când ne-ați atacat, Amn?

— Acum.

— Aha. Unde?

— Aici! În Paul.

— Cine vă e conducătorul?

— Eu!

E mai rău decât credeam. Adică, la cum se prezintă individul, par a fi ciuperci, doză mare, plus câteva țigări bune și stat cu soarele bătându-i în cap vreo două zile.

— Ești mai afectat decât mă gândeam, dar cred că pot să te repar.

— O sută de oameni, o sută unu cu tot cu mine, au plecat. Mulți au fost răpuși pe drum, dar am rămas șaizeci și patru, iar toți suntem în lumea voastră, chiar acum!

— Ce?!

— Grămada asta de idioți, cei șaizeci și trei plus eu, mă includ între idioți, sunt cei mai proști luptători ai noștri. Bătrâni, grăsani și cu mușchi mai mici decât ai... decât ai... tăi!

— A, mulțumesc!

— Cei șaizeci și trei au fost trimiși aici la sacrificiu, să se facă de râs. Ca să înțelegi ce spun, unul a vrut să tragă cu săgeata într-o vulpe și și-a nimerit un coleg în picior, iar altul are o rană în pantaloni, unde i-a alunecat cuțitul de la brâu. Greu să mai facă copii vreodată.

— Aha... așa sunteți toți?

Abia mă abțin să nu râd. E clar că o să îl mai țină ceva timp efectul halucinogen, dar măcar să mă distrez! Aș vrea totuși să profit și puțin de el și...

— Nu suntem așa toți! Peste 60.000, vreo 50 și nu știu câte mii, plus mercenarii, sunt la intrarea în

Zona Neutră, gata să plece încoace! Aşteaptă doar să ne omorâţi voi pe noi, cei ajunşi aici, ca să aibă un pretext să fie violenţi.

— Vreţi să vă omorâm ca să ne omorâţi? Altfel nu puteţi să ne omorâţi, Amn?

— Nu prea ne vine, nu. Oamenii din lumea mea îşi vor Relicvele înapoi, adică da, ar porni un război pentru asta, dar nu vor sânge. Sunt paşnici.

— Voi tăiaţi animale...

— Sânge de om! Nu vrem sânge de om, multora dintre noi li se face rău la vederea lui. Nu suntem brute, dar mercenarii sunt! Judele nostru, un odios nemernic, m-a făcut căpetenia ăstora şi ne-a trimis aici la sacrificiu. Ne-a dat o sarcină imposibilă, iar acum aşteaptă liniştit să murim ca să vă poată călca lumea cu mercenarii.

— Ce sarcină? Să învingi vreo 50.000 de soldaţi cu şaizeci de grăsani şi bătrâni?

— Am şi zece copii...

M-am abţinut cât am putut, dar la auzul acestor vorbe, un hohot de râs s-a ridicat din vârful degeţelelor şi a ieşit ca nebunul pe gură. Pur şi simplu, e prea amuzant şi am scăpat orice control. Ciupercile astea chiar te pot face să o iei razna în aşa hal încât...

— Kay, oamenii noştri sunt speriaţi că voi veţi deschide Cufărul Tuturor Tainelor, veţi deveni atotputernici şi ne veţi distruge! Le-au băgat în cap ideea asta.

— Amn, trebuie să plecăm! aud o voce de copil.

Mă opresc brusc din râs şi rămân puţin fără reacţie. Băiatul ăsta care a apărut, să aibă maximum zece ani, micuţ, grăsuţ şi cu haine colorate, i-a zis pe nume.

— Cine... De unde îți știe numele? îl întreb pe Amn.

— E unul dintre soldați, singurul în care am încredere. Mi-a fost elev. (îi zice puștiului) Încă puțin, Butoiaș, așteaptă-mă afară!

— Butoiaș?

— Nu e poreclă. Din păcate, e numele său.

Este un moment în care nu știu cum să mă simt mai întâi. Atacată, pentru că ăștia au venit peste noi? Jignită, pentru că e o jignire să te atace cineva cu șaizeci și trei de copii, bătrâni și un... Butoiaș? Îngrijorată?

— Și care e planul, omule de pe dealuri? Repede...

— Să îi fac să piardă vremea prin lumea voastră timp de câteva zile, căutând A Doua Relicvă. Asta e prima misiune. Iar eu, în timpul ăsta, să câștig Probele, să ajung conducătorul oștirii voastre și nu m-am gândit mai departe.

— Nu te-ai gândit?

— Nu! Ce Probă e mâine?

— Arta, normal. Adică veți picta un tablou. Cel care va fi cel mai aproape de realitate va câștiga.

— Glumești! zice. Pictez mai prost decât un copil de 8 anotimpuri...

— Să glumesc? Aș vrea eu... Dacă nu câștigi mâine, ai pierdut și mă voi mărita cu cine știe ce ciudat dintre ăia! Caz în care mă voi sinucide, normal.

— Nu vorbi așa! Și dacă câștig Proba, Kay, fac suficiente floricele să ajung primul?

— Greu. Doar dacă primii trei de acum vor fi ultimii trei mâine.

Pare aproape imposibil să învingă, chiar dacă va câștiga Proba de mâine, iar lucrul ăsta mă sperie.

— Totuşi, Zburătorule, oamenii de la mare par să te iubească. Nu înțeleg de ce şi cum...

Bine, eu înțeleg, şi la faza asta nu mă pot abține să îl sărut. Dar tot scurt, normal! Doar avem treabă:

— ... şi s-ar putea să ceară o Probă în plus, între tine şi învingător. S-a mai întâmplat odată asta, când oamenii pur şi simplu l-au plăcut atât de mult pe un pretendent de pe locul doi, încât au cerut o Probă suplimentară, la care au participat el şi cel de pe locul întâi.

— E o legendă sau s-a întâmplat?

— S-a întâmplat. Şi chiar a câştigat cel de pe locul al doilea, căci altfel nu mă năşteam eu.

— Hoor?! A fost pe locul al doilea?

— Da, se pare că nu le avea cu gherghetul.

Scot de la piept bucata de hârtie copiată din carte. Deşi, de data asta, nu am găsit nimic care să se potrivească, am copiat desenul unui experiment.

— Sper să te ajute...

Îl mint. N-o să-l ajute la nimic o cutie cu oglinzi, dar încerc să îi dau speranță.

— Am încredere în tine, omule de pe dealuri. Ştiu că ne vei salva lumea.

Am spus-o serios şi, se pare, cu lacrimi în ochi, deoarece el simte nevoia să mi le şteargă cu degetul. Dacă ştiam că mă va atinge aşa, aş fi plâns de la început!

Apa a început să umple grota, ceea ce înseamnă că mai avem foarte puțin timp.

— Amn, trebuie să îți spun ceva nou despre A Doua Relicvă... Stai jos!

— De ce?

— Nu îți pot da vestea asta cât stai în picioare.

— Să mă aşez în... apă?

— Oriunde, dar, te rog, aşază-te! Nu vreau să îmi leşini iar.

Se conformează. O să îl sărut la plecare pentru asta, dar mai întâi trebuie să îi dau crunta veste. Îngrozitoarea veste, care probabil o să îi zguduie mintea, aşa cum a zguduit-o pe a mea.

— Amn, A Doua Relicvă, Tricoul lui Paul e de fapt... Tricoul lui David! Venise cu el, săracu', din Lumea Veche. Iar Poe ni l-a lăsat nouă, femeilor, pentru a ne învăța să spălăm mai bine bumbacul...

Fac o pauză lungă, în speranța că are timp să asimileze informația asta, să îi intre în cap şi să se obişnuiască cu ea. Tricoul lui Paul, despre care, sunt sigură, şi el a învățat atâtea legende în şcoală... Ca să nu mai spunem despre faptul că le-a predat elevilor despre el! Tricoul lui Paul e... Tricoul lui David! Nu are cum să nu te zdruncine o veste ca asta. Eu nu am mai închis un ochi de când am aflat. E incredibil cum se poate dărâma tot ce credeai despre lumea ta numai primind o asemenea noutate.

— Ne-am chinuit atâtea secole să dezlegăm un nimic, Amn. *A se spăla la 60 cerculeț* nu e niciun mister. E doar un fel de a măsură cât de caldă e apa.

Vrea să spună ceva, dar îi pun mâna la gură. Îmi dau seama cât de mare este şocul pentru el.

— Trage aer în piept, Amn! Ai timp să te gândeşti la asta. Respiră, respiră adânc! Ştiu că e greu să crezi, dar ăsta e adevărul.

Se ridică imediat şi începe să îşi stoarcă pantalonii, ca şi cum nu i-aş fi dezvăluit o mare taină, ci i-aş fi zis ceva banal, la fel de interesant ca: *apa e udă* sau *în mare sunt peşti*.

— Da, da, ştiam. Adică m-am prins, că doar Poe ni l-a lăsat. Dar nu am avut când să-ți zic.

Capitolul 48

Poe

Lumea De Pe Dealuri. Anul 26.

Ne amintim din ce în ce mai rar de Lumea Veche, ca şi cum ar fi o altă viaţă, pierdută în vâltoarea timpului. Oraşele din ea îmi par acum neclare şi mă trezesc uneori că mă întreb dacă au fost vreodată aievea.

— David, îi spun, dacă e ceva să îmi lipsească din Lumea Veche, sunt hainele.

Îl văd cum se uită mirat la mine pentru că în ultimii ani vorbim foarte rar despre Lumea Veche. Acum, că mă gândesc, îmi dau seama că nu am mai pronunţat cuvintele astea de cel puţin cinci ani.

Continui să spăl în vană câteva tricouri, iar el îmi toarnă apă încălzită. Verific temperatura cu cotul, aşa cum m-a învăţat mama.

— Tricourile, iubitule... ţineau toată viaţa. Acum, în câţiva ani se decolorează şi se duc.

Discuţia nu prezintă interes pentru David. Sau îl preocupă altceva.

— Poe, toate Agorele din lumea noastră au fost construite. Toate! Şi cei de La Bolovanii Ăia Mari au reuşit.

Ah, asta îl preocupa!

Kijijiurile din lumile noastre nu au încă nume, nici după douăzeci şi şase de ani, din cauza faptului că nu am fost în stare să ne punem de acord. La începutul Lumii Noi, la o adunare din Agora în care s-a ridicat problema, Vocea a întrebat ce propuneri sunt, iar răspunsurile au fost acestea:

– Să punem nume de păsări! Sunt opt kijijiuri, să găsim opt păsări. Unul să se cheme Găină, altul Bibilică, Cioară... Eu aş vrea ca noi să locuim în Cocoş.

– Cocoşul e tot din neamul găinii, nu merge! Mai bine să dăm nume de țări din Lumea Veche, ce ziceți? Kijiji Anglia, Franța, Dragonul Roşu, Japonia…

– Nu! Ne-ar aminti prea mult de Lumea Veche…

– Ce ziceți să le spunem după roboțelele noastre? Inga, Angela, Ula...

Cel care a zis asta a primit pietricele în cap de la Vocea, deşi mulți păreau să fi fost de acord cu ideea.

– Ştiu! Nume de mâncare! Supiță de Văcuță, Momițe de Porc, Ostropel de Pui… Nimeni n-a mai avut aşezări cu nume de mâncare! a propus un tip mai plinuț.

De când au scăpat de programele de control al greutății, foarte mulți oameni au slăbit peste măsură, iar alții au luat proporții. În Lumea Veche nu existau graşi şi slabi. Pur şi simplu erai hrănit exact cât trebuia ca să arăți în standard. Acum sunt oameni de toate felurile.

– Au fost oraşe cu nume de mâncare, deşteptule!

– Da? Care?

– Cluj! a răspuns Paco. O mâncare cu varză era. Sau Copşa Mică! Numele vine de la *mici*. Îmi făcea mama în copilărie, după o rețetă de la străbunica. Şi chiar erau mici şi negri!

— Nu vrem să trăim în kijijiuri cu nume de mâncare, e penibil! Să dăm nume de... de... ceva frumos.

— Flori! Orhideea să fie Capitala, apoi Trandafirul, Laleaua, Băşina Porcului să fie la mare...

— Sau organe, ca să nu le mai uităm! Rinichi, Ficat, aaaa... celelalte...

— Nume de scriitori? Shakespeare, Tolstoi, Cehov, Poe, Augustin-Doinaş?

Aceasta am fost eu, evident.

— Cum o să ţinem noi minte Shakes... sau cum i-ai zis ăluia?

Discuţiile au durat multe, multe ore. Se întâmpla acum ceva mai mult de douăzeci de ani, iar oamenii nu au ajuns la nicio concluzie. Nici de data aceea! Aşa că, neavând nimic oficial, au început să le spună kijijiurilor: Capitala, Ăla Mai Din Vale, Ăla De Lângă Zona Neutră, La Două Râuri, La Câmpia Mare, Kijiji Din Centru, După Munte, La Lacuri. Şi aşa le spunem şi azi.

Şi cei din Lumea De La Mare au aceeaşi problemă: nu se pot pune de acord. Însă, din ce am auzit, propunerile lor ar fi fost ceva mai deştepte: nume de fructe, de legume şi de pictori. Ba chiar au propus ca aşezările lor să fie numite după diverse momente ale zilei: Răsărit, Apus, Prânz, Noapte... Apoi şi-au dat seama că au şase kijijiuri şi ştiu doar patru momente. În plus, nimeni nu voia să locuiască în Noapte, aşa că au ajuns să le numească şi ei simplu: La Mare, La Cascadă, La Bolovanii Ăia Mari...

De câte ori îmi amintesc ceva, scriu în carte. M-am gândit să fie o scriitură uşoară, ca pentru idioţi. I-am spus şi lui David că nu îmi pun nicio speranţă, dar absolut niciuna în generaţiile viitoare, care se vor naşte din ăştia de acum. Pur şi simplu, oamenii nu mai au rădăcini, nu au cultură, nu îşi cunosc istoria. E foarte greu ca din nişte oameni care au fost legume în Lumea Veche să se dezvolte brusc nişte fiinţe raţionale.

– Presupunem că toţi cei care ne vor citi vor fi proşti, David!

– Oricând vor găsi cartea? Chiar şi peste o mie de ani?

– Da! Cred că omenirea se dezvoltă mai lent acum în gândire decât s-a dezvoltat în prima mie de ani după Hristos. Atunci au învăţat să facă fierul, sticla, roata. Nevoia i-a învăţat. Acum nu mai avem creativitatea lor, izvorâtă din nevoie.

– Poe, îmi zice, când o îngropăm?

– Când vom fi bătrâni, bătrâni şi vom fi siguri că nu vom mai avea nimic de scris. Le dăm lucrurile de bază, de la care ei pot evolua armonios, oricând ar descoperi-o. Au cartea despre muzică, au cutiuţa, le mai lăsăm învăţămintele şi experimentele astea. Eu cred că e suficient.

– Le trebuie şi o dovadă că suntem reali. Că am fost reali, Poe. Să nu care cumva să ne considere zei şi să o ia de la capăt cu religiile. Mă gândesc la...

– Tricoul tău, cel cu care ai venit din Lumea Veche.

David zâmbeşte. De cele mai multe ori ne înţelegem fără să spunem atât de multe cuvinte. O simplă grimasă a sa îmi poate spune că nu este în regulă, un zâmbet îmi transmite o mie de sentimente, iar dacă se freacă în barbă... asta e grav. Înseamnă că a dat de o problemă care nu îi va da pace în următoarele nopţi.

— Păcat că nu mai ai nimic de pe vremea când nici nu te numeai Poe...

Tâmplele lui David încep uşor, uşor să albească, dar corpul îi este mai puternic decât atunci când l-am cunoscut. Îi prieşte statul în natură şi munca pe care o face în fiecare zi.

— Cartea ta, Poe...

— A noastră!

— A noastră! Nu regreţi uneori că nu vei fi de faţă când cineva o să o descopere?

Nu mai apuc să îi răspund pentru că în cameră intră Edgar, iar noi nu vorbim despre Lumea Veche în prezenţa lor.

Fiul nostru tocmai a împlinit 17 ani, iar azi pleacă pentru o lună de zile la sora lui, Ma. De fiecare dată când pleacă, mă tem. Mă tem să nu rămână şi el acolo, aşa cum a făcut ea când avea 18 ani. Şi eu, şi David mai mergem la ea atunci când ne putem lua nişte zile de pauză. Adică atunci când eu nu am de decorat case, nu mă ocup de grădină, iar David nu construieşte tot ce îi trece prin cap. Pe vremuri, îi spuneau *concediu*.

De obicei, stăm în Lumea De La Mare o săptămână sau două, facem plajă, înotăm în apa superbă şi cumpărăm de la tavernele vegetarienilor cele mai bune fructe şi sucuri băute vreodată. La ei, parcă au alt gust fructele! Avem chiar şi un loc preferat de unde luăm cel mai bun suc făcut din pepene galben cu ananas şi smochine. Nu găseşti aşa ceva în Lumea De Pe Dealuri.

Într-una dintre vacanţe, Ma s-a îndrăgostit.

S-a întâmplat când făcea baie în cenote. Ea tocmai intra în apă, iar el ieşea de sub cascadă. A durat mai puţin decât ne-am putut da noi seama. S-au lipit imediat, iar din momentul ăla, Ma nici nu ne mai auzea când vorbeam cu ea, atât era de amorezată.

Stăteam seara cu David, Edgar şi Ma pe malul mării, iar ea privea în gol. Când într-o dimineață, a apărut el pe plajă, am văzut-o cum se luminează la față şi am ştiut toți că e pierdută.

— Ai venit! i-a zis fiica mea.

— Mă gândeam că te simți singură în lumea mea.

Parcă recunoşteam replicile dintr-o carte veche pe care ei nu au citit-o niciodată. Doar că acum personajele erau reale, în fața mea. I-a luat mâna şi i-a sărutat-o, iar eu cred că ăla a fost momentul în care am plâns cel mai mult, de când mă ştiu.

Ginerele meu este înalt, are tenul măsliniu, locuieşte într-o colibă aflată la câțiva metri de plajă, iar înainte să o cunoască pe Ma, locuia cu o iguană. Am observat că între oamenii de la mare şi animale sunt relații mult mai apropiate decât acelea dintre cei de pe dealuri şi animale. Poate şi pentru faptul că nu le mănâncă, iar animalele simt asta. Cred că fac o pereche frumoasă. Fiica mea şi ginerele, desigur, nu el cu iguana.

Drept cadou de căsătorie, le-am dat un gherghef, având pe margine floricele pictate de mine. Deşi aproape toate femeile şi fetele din Lumea De Pe Dealuri îl folosesc când vor să facă diverse covoraşe, la mare încă n-a ajuns invenția lui David.

— Am colorat floricelele în turcoaz, să semene cât mai mult cu marea voastră superbă, le-am zis.

Când l-a văzut, ginerele meu s-a repezit imediat la el şi a început să țească. A fost fascinat! Ore întregi nu s-a putut dezlipi de el, iar mie mi s-a părut destul de ciudat la început ca un bărbat să îl folosească, nu o femeie. Apoi mi-a plăcut. Mai ales când mi-a țesut mie un fular roşu, la care a cusut ciucuraşi albi. Îl am şi acum.

— David, fii atent puțin. Sacul ăsta nu trebuie agitat prea rău, să nu se verse mâncarea!

De fiecare dată când Edgar merge la sora sa, îi trimit prin el mâncare. Iar când nu merge, îl iau pe David şi tragem o fugă de două zile până la ea.

— Mamă, tată, nu trebuia, ştiu şi eu să gătesc de acum, am 24 de ani. Iar noi nu mâncăm carne... ne spune Ma de fiecare dată.

Dar nu pot fără să trimit! Sunt mamă. Fac acest gest mai mult pentru mine decât pentru ea. Îi gătesc cu drag orez cu linte şi ceapă caramelizată, cartofi umpluți cu brânză şi nem vegetarian. De când e acolo a învățat să mănânce fără carne, pentru a nu intra în conflict cu familia soțului său. Ei o iubesc mult, poate şi de aceea am acceptat atât de împăcată să se mute.

Mama ginerelui meu este o femeie zdravănă, îmbrăcată mereu în cele mai colorate fuste, având întotdeauna o ghirlandă de orhidee la gât. Mai mereu găteşte ceva, direct pe pământ, în fața casei. Felul lor de a găti e mult, mult mai simplu decât al nostru. Nu au cuptoare sau ceva asemănător, ci pur şi simplu am observat că toți fac focul direct într-o groapă săpată în pământ, apoi aşază oalele pe un grătar care se sprijină pe câțiva bolovani.

— Ma, mi-am întrebat fiica la prima vizită, cum au reacționat cei din kijiji când au aflat că eşti nepoata lui Vocea, a Judelui din Lumea De Pe Dealuri?

— Unii m-au privit cu mai mult respect, altora nu prea le-a păsat, mi-a răspuns.

Edgar e înnebunit să meargă la mare. Odată mi-a şi spus că lumea noastră de pe dealuri ar fi perfectă, dacă ar avea cumva şi marea în ea. Imediat ce ajunge, îşi lasă hainele pe plajă şi se aruncă în apă, iar uneori îl mai vedem ieşind abia seara. Dacă se îndrăgosteşte şi el pe acolo, va trebui să ne mutăm şi noi. Mă gândesc încontinuu la asta. Cel mai greu îmi va fi să îl părăsesc pe Vo. Aproape imposibil, mai ales că de câțiva ani nu se mai poate deplasa.

Cei doi caraghioşi, soțul şi fiul meu, stau cu sacii şi coşurile cu mâncare în fața mea. Este evident că le-am dat mai mult decât pot duce, dar nu îmi vine să recunosc. În plus, pe pământ mai zac doi saci, plini cu haine. Pun unul în spinare, iar pe celălalt îl iau pe braț.

– Bine, merg şi eu cu voi! O să decorez biroul Judelui la întoarcere.

Trebuie! Nimeni nu l-a mai vopsit, nu l-a mai aranjat de douăzeci şi şase de ani. Chiar dacă Vocea nu mai merge pe acolo, nu se face să îl las aşa.

David zâmbeşte şi întinde cu greu mâna, în care mai are şi vreo două coşuri. Edgar lasă un sac jos şi îi pune în palmă o monedă de un free.

– Iar a câştigat tata! îmi zice dezamăgit. A zis el că nu poți rezista. Chiar dacă am pierdut, mă bucur că mergi, normal.

Zona Neutră este plină de verdeață. Dacă mi-ar fi cerut cineva părerea atunci, la separarea celor două lumi, nu aş fi lăsat porțiunea asta de teren nelocuită. Fructe sălbatice în voie, teren arabil, râuri cu peşti, toate astea au rămas ale nimănui. Sau poate tocmai asta e bine, că îşi vor păstra peste ani aerul sălbatic.

Ne scăldăm picioarele în apa râului de la jumătatea drumului, ca de obicei. Aici facem primul şi ultimul popas, ne-am făcut din asta un obicei. Îi spăl tricoul lui David, apoi îl las pe o piatră, la uscat. Ține la el atât de mult încât mi-e şi frică să îl spăl. Odată am glumit cu el şi i-am spus că l-am rupt. S-a îngălbenit la față instantaneu. De atunci, am renunțat la glumele despre haine definitiv. De fiecare dată îmi spune:

– Țin la el, e singurul lucru care îmi amintește să nu mai fiu niciodată cum am fost.

Admirăm puțin peștii aurii, apoi mâncăm niște fructe mici, roșii și extraordinar de gustoase, cărora multă vreme nu le-am dat nume și le-am spus simplu: *bulinele mici și roșii.* Asta până într-o zi, când Vo ne-a zis:

– Au existat pe Pământ până prin anii 2050-2060, cred, în perioada în care vremea s-a încălzit brusc, iar noi încă n-o controlam. Cireșe se numeau.

Capitolul 49

David

Lumea De Pe Dealuri. Anul 26.

După ce ne-am întors de la Ma, din Lumea De La Mare, am stat în grădină câteva ore cu Vocea, lângă cupola de trandafiri înfloriți.

— David, mi-a zis din senin, uneori e bine să încalci regulile. Şi eu am făcut-o.

N-am înțeles ce spune, aşa că l-am întrebat, dar a schimbat brusc vorba.

— Cum a fost în Lumea De La Mare?

— Oamenii sunt liniştiți, mult mai relaxați decât noi. Poate şi pentru că au căldură şi apă. Mă aşteptam să îşi construiască mult mai multe vaporaşe sau plute cu care să exploreze apa, dar abia dacă am văzut câteva bărcuțe. Şi alea şubrede! Unii dintre ei s-au mutat pe Insulă, dar ceilalți nu prea îi suportă. Cred că acolo s-au dus cei mai leneşi.

Vocea muşcă dintr-o castană coaptă, iar degetele îi tremură destul de rău. Asta se întâmplă de câțiva ani, iar eu de fiecare dată încerc să mă fac că mă uit în altă parte, pentru a nu-mi surprinde privirea.

— Nu trebuie să te simți prost, îmi zice. E de la vârstă!

— Eşti tânăr, Vo!

— Să ştii că sunt! În mintea lui, orice bătrân are vârsta adolescenței. Dacă nu ar fi oglinzile şi oboseala asta continuă, aş băga mâna în foc că am 16 ani!

De obicei, o dată pe săptămână, stau singur cu el câteva ceasuri. Facem asta de douăzeci şi şase de ani, de acum. Uneori îmi vorbeşte despre diverse obiecte care existau acum mii de ani şi care, cu siguranță, ne-ar prinde bine şi nouă acum. Alteori îmi spune poveşti despre oamenii vechi, de dinainte de stupidul homo digitalis.

– Crezi că ne-am transformat la loc în homo sapiens, Vo? Asta a fost ideea?

– Noi nu încă, avem prea multe reminiscențe, dar copiii voştri sigur, da.

– Şi cum erau oamenii vechi, Vo? Vreau să ştiu cum vor fi copiii noştri.

– Erau pătimaşi, David! Iubeau, trăiau, erau geloşi, aveau invidie. Ce mi-ai spus tu înainte, despre cei din Lumea De La Mare care îi urăsc pe Insulari e invidie. Le e ciudă că ăia vor trăi ca nişte regi, cu burta la soare toată ziua.

– Posibil. Şi cum mai erau?

– Ucideau din tot felul de motive. Din iubire, pentru bani, de bețivi, de proşti. Ucideau în numele religiei, dar de cele mai multe ori o foloseau ca pretext pentru a-şi satisface setea de avere. Erau avari, voiau să fie bogați şi mureau cu bogățiile, de cele mai multe ori, fără să se bucure de ele! Întotdeauna oamenii şi-au căutat duşmani, pe cineva la care să se raporteze. Trebuie să dai vina pe cineva când nu îți merge bine! Primii oameni şi-au dat în cap pentru că voiau un loc mai bun lângă foc, iarna. Atât de proşti am fost, încât ne-am ucis între noi în mii de nesfârşite războaie.

Apoi mi-a vorbit ore în şir despre cele mai mari bătălii ale Lumii Vechi: de la Salamyna, Syracus, Termopile, Troia, Posada, Constantinopol, Watherloo, Gettysburg, Canae, Stalingrad, sala de jocuri din

Paris. Despre tactica şi despre conducătorii lor, unii strălucitori, alţii doar foarte sârguincioşi.

— Şi în Lumea Nouă vor fi războaie, David! Multe războaie! Vom inventa duşmani, unii vor spune că nu sunt mulţumiţi cu ce bagă ceilalţi în stomac, alţii vor vrea să cucerească teritoriul ăsta, spre exemplu, noi vom dori ceva ce e al celor de la mare. Odată şi odată se va întâmpla, e în natura noastră! Sper numai să se întâmple cât mai târziu.

De fiecare dată când vorbim, mă minunez de câte lucruri ştie Vo. Am pierdut numărătoarea anilor săi, se apropie de 100. Sau poate 110? Nu se va mai întâmpla prea curând, aşa mi-a spus, ca un om să mai atingă o sută de ani.

— Pentru că nu mai avem nanoroboţi şi vaccinuri, oamenii vor trăi din ce în ce mai puţin în viitor. Probabil se va stabiliza la 45-50 de ani vârsta maximă. Sau cine ştie, poate mai puţin sau mai mult.

Am ajuns să ţin enorm la el, ca la un părinte. Adică aşa cred eu că mi-aş fi iubit părintele dacă nu aş fi provenit dintr-un burduf de piele şi un donator anonim de spermă. Mai muşcă o dată din castană, apoi începe să îmi povestească:

— La un moment dat, prin anul 2200, s-a demonstrat cu cifre că cele mai multe războaie din lume se duc în numele unor idei religioase. Oameni aruncaţi în aer, cruciadele din trecut, invazii ale unor ţări care aveau altă religie, în scopul convertirii. S-a ajuns la miliarde de morţi de-a lungul timpului...

Glasul îi tremură destul de mult, iar mâna mişcă bastonul, făcându-l să se lovească de podea enervant de tare şi de des. Dar nu cred că mai aude, nu suficient cât să îl deranjeze şi pe el. Nu se mai poate deplasa, iar atunci a hotărât să îi primească pe oameni acasă. Şi acum, după douăzeci şi şase de ani, încă sunt bărbați care vin să îl întrebe despre femei, despre cum să le cucerească, despre cum să aibă coitus cu ele sau despre ce să facă atunci când sunt îndărătnice sau se uită la alți bărbați. Unii îi cer sfaturi despre construcții sau despre agricultură. Faptul că ştie atâta Istorie şi atâtea lucruri despre omenirea de dinainte de Epoca Digitală ne-a salvat pe toți. Fără el, acum douăzeci şi şase de ani, nu am fi fost în stare să plantăm un cartof.

— Spre exemplu, incaşii, un popor din trecut, a fost ras de pe fața pământului de 168 de spanioli veniți să îi creştineze. Pizzaro, liderul spaniolilor, avea de partea sa armele de foc, în timp ce adversarii săi nici măcar nu auziseră de ele. De aceea niciodată, dar niciodată, nu trebuie să inventăm aşa ceva: o armă de foc! Cei 168 de spanioli, David, au distrus o întreagă civilizație! Pizzaro i-a dat lui Atahualpla, conducătorul incaş, o biblie. Atahualpla s-a speriat pentru că nu ştia ce reprezintă, şi a luat-o drept o ofensă. Ar fi vrut să îi nimicească pe spanioli, dar avea deja o problemă mult mai gravă: vărsatul de vânt. Spaniolii puteau trece cu bine peste această boală banală, dar incaşii au murit pe capete. La o sută treizeci de ani după descoperirea continentului, 95% dintre locuitorii Americii de Sud pieriseră de la bolile europenilor. Astea, în cazul în care nu ai uitat, erau două continente.

Bea o gură de apă, ținând cana cu ambele mâini. Mă doare îngrozitor de rău să văd cum tremură atât de tare, încât cea mai mare parte din conținut ajunge pe cămaşa sa albă. Nu-l ajut, am vrut odată, dar s-a uitat atât de urât la mine, încât am înțeles pentru toată viața că e ultimul lucru pe care ar trebui să îl fac.

— Până prin 2030, David, existau în jur de patru mii trei sute de feluri de a vedea divinitatea.

Se numeau religii. Dintre ele, câteva aveau foarte mulți adepți: Creştinismul, Islamul, Hinduismul şi Budismul.

Mi-a vorbit destul de mult despre fiecare în parte. Se pare că în trecut, religiile ocupau în loc de seamă în societate. Oamenii, până prin anul 2100, mergeau la temple, la biserici şi se rugau. Unii țineau sărbători religioase şi chiar spălau sau nu spălau rufe în funcție de ele.

— Unii nu spălau duminica, David! Ha! Ei chiar credeau că există o legătură între Divinitate şi procesul de pătrundere a moleculelor de săpun şi apă printre moleculele de bumbac! Haaa!

Țin minte că, acum câțiva ani, Vocea mi-a zis, râzând cu gura până la urechi, că existau oameni care credeau că Eclipsa de Soare e semn că vine sfârşitul lumii. Şi erau alții care nu mâncau până la apusul Soarelui. Sau unii considerau că nu trebuie să introducă în cavitatea bucală produse de origine animală, în anumite perioade numite Post. În schimb, în aceleaşi perioade, nu aveau nicio problemă dacă se înjurau sau se jigneau între ei.

— Oamenii credeau că va ploua dacă vor împreuna palmele şi îi vor cere asta Divinității, în gând. Cantitatea de apă, de la începutul formării Pământului şi până azi, e aceeaşi. Nimeni nu aduce apa din afara atmosferei noastre! Dar oamenii nu ştiau lucrurile astea atunci, credeau că Cerul le trimite apa, apoi ea dispare undeva în sol şi nu mai apare niciodată. Odată cu Epoca Digitală, că nu am vorbit prea mult despre ea, David, s-a schimbat tot. A început prin 2010, iar transformarea totală a lumii a durat până în 2100. Tot mai mulți oameni au schimbat zeii în care credeau şi care erau undeva în cer, atotputernici, dar invizibili.

— Cu ce i-au schimbat?

— Cu influencerii din Social Media! Urmăritorii zeilor din cer au devenit urmăritorii influencerilor. Asta a fost o schimbare radicală! Zeii, cei despre care se credea până şi faptul că aduc ploaia sau grindina, să nu mai aibă nicio putere asupra tinerilor. Un sondaj de opinie din anul 2060 releva faptul că 80% dintre tineri credeau că dacă un influencer le spune că o să plouă, asta chiar o să se întâmple.

— Şi acum ploaia vine din cer, necontrolată, dar nu mai credem că o aduc zeii sau influencerii, Vo! De ce?

— Pentru că noi toți, cei care am apucat puțin din Lumea Veche, am văzut cum poate fi stăpânită vremea de roboți, David.

Asta era diferența! Apoi Vocea mi-a mai povestit că oamenii, începând cu anul 1 până pe la 1000 şi ceva, credeau că descărcările electrice din interiorul norilor sau dintre nori, fulgerele, acelea care loveau oameni, erau pedepse venite de la zei.

— Şi tot despre idoli, David... Roboții au început, prin 2060, să aibă drepturi depline în toată lumea, deşi pe ei nu îi interesa să aibă aceste drepturi, nu aveau dorințe. Dar activiştii, care considerau că roboții sunt tratați ca nişte sclavi de oameni, au învins. În anul 2061 am avut primul robot care a candidat la preşedinția unui mare stat şi a câştigat. Ăla a fost sfârşitul religiilor. Începutul sfârşitului, cel puțin.

Se ridică puțin de pe scaun şi întinde mâinile în aer, apoi pendulează uşor stânga şi dreapta. Tămăduitorul i-a prescris să se mişte des, altfel i-a spus că îi rămâne spatele rigid. Îl aştept răbdător să îşi termine exercițiile, apoi îi pun în mână un ceai cald din frunze de nuc, îndulcit cu dragoste. Că miere nu are voie.

— Marea Rețea de Socializare a devenit aproape tot. Oamenii își petreceau 85% din timp acolo, dând like pozelor altora, parcurgând știri, zâmbind ca mutanții la glumițe proaste, în fața unui dispozitiv. Apoi a apărut holofonul, în locul smartphonului, iar totul a devenit și mai atractiv. 90% din timpul unei zile petrecut pe rețea, asta era media unui om obișnuit! Erau chiar și concursuri în care oamenii își măsurau timpul petrecut online, iar învingătorul primea o sumă de bani pentru a merge în concedii. În care mergea degeaba pentru că, fie vorba între noi, el nici măcar nu vedea locurile alea, fiind cu ochii în holofon.

— De aceea au cam renunțat oamenii să plece dintr-un loc în altul, în vremea noastră?

— Aveau tot în holofon, toată lumea, ce nevoie mai aveau să iasă de acolo? Unii au ales să își implanteze holofoanele direct în mână, ca o prelungire a degetelor, iar alții, foarte mulți, și-au făcut implant de cristalin pentru realitate augmentată. Adică orice vedeau în jur treceau printr-un filtru virtual. Mergeau pe stradă și își adăugau din soft animăluțe virtuale care să meargă pe lângă ei pe trotuar, canguri care să le stea pe scaunul din dreapta când conduceau, iepurași care să bea cafeaua împreună cu ei, dimineața. Cei mai mulți mureau pentru că uitau că nu sunt în realitate și încercau să fugă pe partea cealaltă a străzii ca să mângâie o căprioară.

— Cei de pe la 2100 nu se deosebeau prea mult de cei de la 2300…

— Cât despre idoli: oamenii au uitat, în toată nebunia asta tehnologică, de religii. Contau mult mai mult iepurașii, glumițele, decât să meargă în temple și să se roage. Iar cei mai mulți, cărora le era lene să se deplaseze la biserică, sinagogă, templu sau moschee, scriau pe rețeaua socială un comentariu cu Amin sau Allah Akbar şi altele. Sau postau o holohramă cu Divinitatea lăcrimând. În timp, interesul pentru zei a scăzut şi a crescut interesul pentru influenceri. Tot felul de oameni, cei mai vocali dintre ei, au reuşit să strângă milioane, unii zeci de milioane sau chiar sute de milioane de followers. În anul 2098, a apărut primul om din lume care a avut un miliard de followers. În momentul ăla, omul respectiv a căpătat un statut de zeu. Era între primele cinci personalități ale lumii din toate timpurile, fiind cunoscut şi recunoscut de mai mulți oameni decât auziseră de Buddha, spre exemplu.

— Cu ce se ocupa?

— Părerolog. Cu de toate! Andrew îl chema, era frumuşel şi posta mereu holograme cu el în costum de baie sau descheiat la cămaşă. Apoi vorbea despre religii, despre politica lumii, despre roboți. Firmele îl plăteau cu bani grei să mănânce în restaurantele lor, să le poarte hainele, să le conducă maşinile. Vedetele de film îl plăteau doar ca să facă o selfie-hologramă cu ele. Când Andrew gătea o rețetă, la el în bucătărie, a doua zi, toate restaurantele din lume o introduceau în meniu. Aşa a reapărut *pâine cu unt şi gem*, o rețetă uitată de prin 2030, considerându-se că îngraşă. O țară săracă, prăpădită şi mică, o țărişoară care nici măcar drumuri asfaltate nu avea şi care se chinuia de o sută de ani să îşi facă autostrăzi, s-a îmbogățit peste noapte după ce Andrew a vizitat-o. Zeci de milioane de oameni au ales să îşi petreacă acolo concediile. Cu ochii în holofoane, urmărindu-l pe Andrew, bineînțeles. Aşa şi-au făcut şi prima autostradă care să străbată țara, pe la 2100...

— Au rămas bogați cei din țara aia?

— Nu. Politicienii lor au furat banii şi într-o lună au dispărut ca şi cum n-ar fi fost. Dar Andrew era atât de popular... Preşedinţii de stat, în afară de preşedintele-robot, îi umpleau conturile pentru o singură selfie-hologramă pe care o făceau împreună cu el, în campanie electorală. Să te pozezi alături de Andrew însemna că deja ai câştigat alegerile! În scurt timp, niciun zeu din trecut nu a putut să ţină pasul cu popularitatea sa. Au fost cazuri de femei care aveau orgasm numai dacă el le dădea like. Altele s-au sinucis după ce i-au umplut mesageria, iar el nu le-a dat niciun semn.

— Vorbim despre cel din campaniile publicitare, Vocea? *Religiile sunt nişte prostii, zeii sunt nişte prostii. Vreţi să sfârşiţi toţi ca adepţii lui Andrew?*

— El! În ziua aceea, Andrew a avut o depresie din cauza unei femei care pur şi simplu nu îl plăcea, dar îl plăcea pe rivalul său, Don, care avea doar opt sute de milioane de followers. Iar Andrew s-a urcat pe o clădire şi, în glumă, a spus că se aruncă dacă fata nu vine la întâlnire. N-a venit, iar Andrew a postat un simplu *Adio!*, urmat de o hologramă cu el aruncându-se de la etaj.

— Era adevărată campania deci...

— O, da! Peste şaptezeci de mii de oameni s-au aruncat în gol de pe clădiri în ziua aceea. Iar alte câteva milioane aveau de gând să o facă a doua zi, vrând ca mai întâi să îşi pună lucrurile în ordine. Viaţa fără influencerul lor nu mai avea sens! Problema e că Andrew a postat la câteva ore şi continuarea hologramei: el sărise de fapt de la doi metri, pe o cutie de carton. Ajuns pe pământ, a zâmbit şi a făcut cu ochiul la cameră. *Joke!* a scris în dreptul hologramei.

Sper acum ca niciodată, dar niciodată, oamenii să nu mai treacă prin aşa ceva. Mă bucur că Ma şi Edgar ai mei nu vor trăi astfel de vremuri.

— Şi David, dacă ar fi fost doar el... În următorii ani, încă zece au depăşit pragul de un miliard de followers: un fotbalist, un actor, un cântăreț de muzică dubioasă la concertele căruia oamenii aruncau cu bani, un bucătar molecular care gătea numai porcării cum ar fi sushi virtual pe băț, o vrăjitoare, un băiat care fura glume de la alții şi le reposta, şi tot aşa... În următorii cincizeci de ani, zeii au fost înlocuiți complet cu influenceri. Care erau tot un fel de ființe atotputernice, undeva sus, în Marea Rețea. Diferența era că pe astea, spre deosebire de zei, le puteai vedea, aveau totuşi acțiuni concrete: găteau, jucau fotbal, mâncau, cântau, săreau de pe clădiri... Noile ființe atotputernice creau, de fapt, noile religii!

— Idolii...

— Idolii! De aici până la interzicerea vechilor religiilor a mai fost un simplu pas. Nimănui nu i-a mai păsat de aşa ceva când îi aveau pe influenceri.

— Totuşi, Vocea, în anii în care am trăit eu nu existau influenceri. De ce?

— Asta s-a rezolvat extrem de uşor, în câteva minute. În momentul în care roboții au început să fie senatori, primari, preşedinți, în toată lumea, au promulgat o lege, în toate statele: *Niciodată Marea Rețea de Socializare nu va mai afişa numărul de followers, dacă acesta e mai mare de 5000.* Brusc, de a doua zi, influencerii cei mari, cu sute de milioane sau un miliard de followers, nu mai aveau urmăritori. Sau îi aveau, dar nu mai apărea afişat numărul. Iar efectul, ştii care a fost?

— Oamenii i-au plăcut şi aşa?

— Oamenii i-au plăcut o vreme. Dar nu au mai apărut alții noi, dintr-un motiv extrem de simplu: dacă cineva merge pe o holopagină şi vede că omul e urmărit de mulți, e tentat să urmărească şi el. E efectul de turmă, studiat de psihologi, extrem de puternic la oameni. Mai puternic decât la toate celelalte animalele, deşi n-ai fi zis. Omul e mai oaie decât oaia.

— Aşa, oamenii, văzând că toți au doar 5000 de followers, nu s-au mai dus buluc să îi urmărească pe unii sau pe alții?

— Exact! O lege simplă a schimbat tot. Iar când au murit şi idolii vechi, Andrew, Don şi ceilalți, homo digitalis s-a trezit fără două lucruri esențiale: fără religii şi fără zei. Includem şi zeii vechi, dar şi pe cei din Epoca Digitală.

Zeii dispăruți, cei din Cer, sunt şi buni, şi răi, asta am înțeles din ultima discuție cu Vocea. Pentru că în numele lor s-au făcut războaie, dar s-au şi construit catedrale, temple şi civilizații. Depinde de oameni cum aleg să interpreteze cărțile religiei lor. Dar zeii făcuți din oameni, influencerii, sunt îngrozitor de răi, pentru că viețile a milioane de oameni ajung în mâinile unora, care la un moment dat o pot lua razna.

— Cu siguranță, am la ce să mă gândesc în zilele următoare.

Capitolul 50

Amn

Lumea De La Mare. Anul 3615 (1303 după John).

– Să nu vă scăpați și să spuneți vreodată *în numele lui John!* Își vor da seama imediat că nu sunteți de la mare, le spun eroilor mei speriați ca niște turturele prinse de vulpe.

Granița am trecut-o unul câte unul, și a durat ceva, dar acum am început cucerirea Lumii De La Mare prin a-i trimite pe bravii mei luptători la taverne, la băut. Îmbrăcați lejer, nu ca niște luptători, ne-a fost destul de ușor să ne pierdem prin mulțime.

Iar acum suntem pe străzile colorate și pline de viață din kijijiul Paul, cele care înconjoară Agora. Oricând o poți coti pe unele dintre ele ca să ajungi la mare, pe plaja cu nisip sau în pădurea de palmieri. Mă simt atât de relaxat în lumea lor, ca și cum n-aș avea nicio treabă de făcut, alta decât să mănânc fructe și să mă plimb toată ziua. Dar am treabă, și încă una serioasă: *Să îi cuceresc pe nenorociți!* cum ar zice Judele. Eroii cască ochii în jur și nu-s prea vorbăreți. Se așteptau ca aici să fie alt tip de oameni, poate cu cozi, ca perele. Sau cu coajă, ca pepenii, cine știe? Faptul că cei de la mare sunt normali, sunt ca noi, pare să îi sperie. Nu cred că au știut până acum că ne luptăm cu semeni. Sau nu au conștientizat.

– Împrăștiați-vă, stați câte doi, nu mai mulți! le spun.

Semănăm cu un grup de insulari care cască ochii pe la taverne, pe la prăvălii şi se minunează de câte ori văd o legumă nouă sau o fată frumoasă.

Nu pot să nu observ că mulți localnici îşi cumpără pâini şi alimente ca şi cum ar fi sfârşitul lumii. Un bărbat nervos iese din băcănie, trântind uşa în urma sa. Apoi încă unul, spunând printre dinți:

— Ne închidem în case cât durează războiul şi nu vrem să murim de foame!

Nu ştiu la ce îşi imaginează că îi vor ajuta proviziile de pâine, în cazul în care mercenarii vin peste ei, dar o să îmi bat mai târziu capul cu asta.

— Încercați să păreți de-ai lor, să ascultați cum gândesc inamicii de la mare, să le pătrundeți în cap. A luat ăla pâine? Intrați şi voi în magazin şi spuneți că luați pâine să faceți provizii! Comportați-vă ca ei! Şi nu vă mai mirați ca proştii de orice! E normal să vezi fructul ăla pătrat de acolo! L-ai văzut în fiecare zi, îl mănânci dimineața, pentru că tu eşti...

— Gregory! Îmi răspunde un tip creț şi mai negricios.

— ... pentru că tu eşti un om de la mare, Gregory! Fii ca ei! Încearcă să fii ca ei!

Mă mai plimb printre eroi şi le spun lucruri, pentru că ar fi greu să le vorbesc cocoțat pe un scaun sau ceva. Am atrage atenția. Aşa cred că părem un grup de provinciali veniți în Capitală.

— Trăiți printre ei, fără aşteptări! Relaxați-vă! Vorbiți cu ei, vedeți ce obiceiuri au, ce mănâncă, ce beau şi, dacă se poate, încercați să aflați unde țin Relicvele. Numai dacă vin în discuție natural, da?

Butoiaş se uită pofticios la un negustor care învârte pe băț un ananas, îl perpeleşte cu flacăra şi toarnă peste el tot felul de sosuri până ce acesta e îmbrăcat într-un strat maroniu ca o crustă.

— Vrei, Butoiaş?

— Pot?

— Poţi. Numai nu te mai uita aşa!

Revin la ceilalţi, în timp ce Butoiaş al meu înghite în sec, iar balele îi curg pe gât, ca unui adevărat luptător, antrenat să reziste.

— Eroilor, dacă aflaţi unde ţin cele două Relicve, daţi un semn!

— Cam ce semn să fie? Mă întreabă cel mai slab dintre toţi, Don.

Este şi cel mai înalt, are un ciuf ciudat care zboară în toate direcţiile atunci când se mişcă, iar braţele sale sunt groase ca nişte oase. De fapt, sunt nişte oase, îmbrăcate puţin în piele.

— Don, semnul va fi o propoziţie spusă de cel care are vestea către mine: *Învăţătorule, am aflat ceva despre o Relicvă!*

— Bun! Zice el, mult mai liniştit.

E greu şi cu ironia, nu numai cu lupta.

— Acum plecaţi în… viaţă!

— Singuri, Învăţătorule?

— Câte doi! Încă ceva: dacă vedeţi lume multă, ca la partidele de Bal de la noi, nu mergeţi acolo! Înseamnă că au un fel de întreceri între pretendenţi pentru mâna vreunei fete, iar voi trebuie să vă îndepărtaţi urgent!

Îmi e frică să nu mă vadă participând la Probe, normal. Cum ar fi?!

— Când ei au Probele alea, sunt mult mai puţin vigilenţi, iar atunci voi puteţi merge să căutaţi Relicvele care nu sunt niciodată acolo unde se ţin întrecerile, da?

– Dacă în drumurile noastre găsim oşteni care păzesc Cufărul, îi eliminăm? mă întreabă Ciufulitul.

Mi-l şi imaginez, cu brațul său cu puterea unui melc, strângând de gât un paznic şi luându-i arma altuia. Mă abțin cu greu, dar rezist şi nu râd.

– Nu, doar îmi dați mie semn. Mergeți!

Proba a Patra

Cascada de la marginea lui Paul nu este foarte mare, dar este cea mai frumoasă pe care am văzut-o până acum. Un ochi de apă curată, înconjurat de stânci pe care au crescut flori şi liane. Iar razele soarelui pătrund printr-o găuroaie din tavan şi nu ştiu cum se întâmplă de nimeresc toate exact în ochiul de apă, dându-mi impresia că visez. Oamenii ăştia au o tehnică deosebită în a calcula unde nimeresc razele soarelui! Le dirijează, prin amplasarea unor stânci, şi le fac să nimerească exact acolo unde vor ei!

De jur împrejur, săpate în peretele stâncii, sunt scări în spirală, care duc până sus, sus de tot, la tavan. Iar pe scări, oameni, mii de oameni stând în picioare şi privindu-ne.

— Bine aţi venit la cenote pentru Ultima Probă! mă trezeşte Ajutorul.

Toţi zece pretendenţi sunt pe o limbă de nisip alb şi fin, care formează un pod peste ochiul de apă. Dar un pod care merge doar până la jumătate, iar acolo se termină într-un cerc. Seamănă cu o scenă din nisip, în mijlocul unei ape cristaline.

— Aveţi în sacii aceştia câteva pensule, culori şi o pânză. Dar puteţi folosi şi ce v-aţi adus cu voi, bineînţeles.

Şi ne-am adus! Aproape toţi au venit cu încă un set de pensule fine, cumpărate pe free mulţi de la cine ştie ce atelier renumit din lumea lor. Alţii şi-au adus culori şi esenţe rare care să îi ajute să picteze întocmai fiecare nuanţă. Ştiu să recunosc nişte culori bune pentru că întotdeauna am fost pasionat de pictură. Am înţeles că nu e de mine şi că n-o să fiu niciodată pictor, pe la 10 ani, când i-am arătat lui Baba o băşică de Bal, care numai rotundă nu îmi ieşise, apoi am avut cu el următorul dialog:

— Amn, chiar ai progresat mult! mi-a spus Baba cu blândețe. Băşica asta e aproape reală! Totuşi, nu înțeleg de ce are picioare...

— Pentru că e o vacă.

Aceea a fost ultima mea tentativă. Peste un timp, privindu-mi picturile din urmă, mi-am dat seama că sunt vinovat, fără dreptul de a fi iertat, pentru irosirea unor cantități uriaşe de pânză şi culori. Nu aş putea picta un ou, dacă mi l-ai pune în față! Sigur mi-ar ieşi altceva sau i-aş face şi ăstuia picioare.

— Aveți timp la dispoziție: până la amiază! strigă Ajutorul.

Oamenii din public sunt mai încordați decât de obicei, iar marea noutate e că toți mă privesc pe mine. Aproape toți. Mai puțin prietena Kayanei, care îl țintuieşte pe Numărul Nouă. Mă simt ciudat cu atâta atenție, dobândită probabil după faza cu Zburătorul. Acum duc mâna la ureche să mă scarpin, iar mulți dintre cei din public fac acelaşi lucru. Mă scarpin pe creştet. La fel. Oficial, au înnebunit ăştia!

— Toți zece veți încerca să reproduceți cât mai fidel căderea de apă şi acel perete, cu tot cu scări şi ochiul de apă. Plus oamenii de pe scări, normal.

Arată înspre câțiva, iar ei fac cu mâna.

— Cei care vor decide cine are pictura cea mai apropiată de realitate sunt cei prezenți aici.

Judele îi spune ceva la ureche, apoi Ajutorul se uită la mine şi zice din senin:

— Sperăm că nimeni de aici n-o să-şi ia zborul dacă nu îi iese desenul! Haha!

Încearcă un râs forțat, batjocoritor, dar oamenii nu participă. Pentru ei sunt Zburătorul, mi-a şoptit asta un puşti, înainte să intrăm în cenote. Ba chiar o fată are o hârtie cu o inimă desenată, iar pe inimă e trecută porecla mea. Şi ceilalţi mă privesc, nici nu sunt convins că îl aud pe Ajutor, au ochi numai pentru mine. Strănut, probabil de la mirosul de vopsele de pictură. Instantaneu, cel puţin o sută de oameni îmi zic:

— Noroc!

Iar alţii îmi aruncă batistele lor.

Judele se schimbă la faţă, îl văd. Se teme. Ştie că oamenii mă plac, iar asta cred că e rău pentru mine, fiindcă de acum nu se va lăsa până n-o să mă vadă crăpând.

Pictorii din jur îşi pregătesc pensulele şi pânza de parcă şi-ar aşeza cuţitele, arcurile şi săbiile de război.

— Pretendenţi la mâna urmaşei lui Hoor, zice Ajutorul, azi se va decide cel care ne va conduce în Marele Război în care ne apărăm pământul şi Relicvele! Azi, aici, acum! Printre voi este salvatorul nostru.

Ăştia sunt mai tâmpiţi decât credeam. Nu toţi, doar cei care au stabilit Probele. Deşi, teoretic, duşmanii lor, cu mercenari cu tot, se pregătesc să îi atace, ei îşi desemnează conducătorul printr-o Probă de... pictură! Îi şi văd pe mercenari, în bătălie, oprindu-se din ucis când le zice un băiat de la mare:

— Stai, puterea pensulei e de partea mea! Ştiu să desenez o cascadă!

Cei care au făcut Probele sunt tâmpiţi, e clar, dar trebuie să înving!

— Proba începe în 3, 2, 1, ACCCCCCUUUUUM!

Azi n-avem trompete, nu acum. Doar steaguri fluturânde şi aplauze. Tensiunea e prea mare.

Timidul e cel mai priceput, se vede clar. Iar asta e rău, pentru că dacă el şi musculoşii nu termină ultimii, vor fi înaintea mea, chiar dacă câştig. Nici nu au început bine, iar el deja a schițat în creion căderea de apă. Şi chiar seamă… Wow, a făcut şi un peşte! Ce bine e desenat, nu aş fi niciodată în stare să…

Cât despre mine… am învățat pe de rost tot ce scria pe bilețel: *roți dințate!* Mi-a plăcut atât de mult, încât am citit asta de o sută de ori, înainte să trec şi la partea următoare.

Ceea ce trebuie să fac eu se numeşte, conform lui Poe şi lui David, *cameră obscură*. Habar nu am de ce se numeşte *cameră*, având în vedere că e doar o cutie, dar se pare că a fost folosită de acelaşi Da Vinci când a realizat portretul unei femei, Mona Pisa. Sau Lisa. Încă am probleme cu numele din Lumea Veche, le rețin greu.

Scot cutia din sac şi încerc să fac exact cum m-a învățat Poe: *Aveți grijă ca lumina să intre în cutie printr-o gaură mică, foarte mică. Ceea ce construiți voi acum e de fapt ochiul unui animal, să ştiți.*

Aseară, după ce m-am despărțit de Kayana, am stat cu Butoiaş jumătate de noapte şi ne-am întrebat cum de construim ochiul unui animal şi cum de ochiul unui animal e ca o cutie. Ce fel de animale erau în Lumea Veche, dacă aveau ochii atât de mari şi cu colțuri? Ciudate ființe trebuie să fi trăit atunci! Dacă ochii erau atât de mari şi pătrățoşi, cum arăta capul? Ca o cutie imensă pe care veneau ochii ăştia în formă de cutii? Şi picioarele acestor animale erau tot aşa, ca nişte cutioaie sau erau normale?

Pentru că lumina se reflectă numai în linie dreaptă, imaginea care va ajunge pe peretele din cutie va fi răsturnată. Dar cu ajutorul unei oglinzi, o puteți scoate afară din cutie, o trimiteți în altă oglindă, apoi o proiectați pe orice altceva.

— Numărul Unu se descurcă excepțional, dar nici Cinci şi Opt nu stau prea rău, le strigă oamenilor Ajutorul.

— Hai, Zburătorule, desenează şi tu! aud o voce de copil.

O să îi mulțumesc, după Probă, că există, dar cred că acum e tare dezamăgit de mine. Din când în când mă uit la oamenii care mă privesc şi îi simt cum se întreabă de ce, în loc să pictez, stau şi potrivesc nişte oglinzi într-o cutie.

— Lasă cutia aia... trece timpul, ceilalți pictează deja, Zburătorule! strigă şi fata cu inimioara.

— Vrem să ne conduci în război, Zburătorule! Acum ți-a venit cheful de joacă? Lasă oglinzile!

Butoiaş s-a amestecat în mulțime şi doarme. După ce l-am ținut treaz toată noaptea să construim un lucru despre care amândoi credem că e nefolositor, e şi normal.

Scot limba din gură, aşa cum făceam când eram mic şi mă concentram să învăț pe de rost versuri din *Cartea Sfântă*... care acum a devenit *Cartea lui Poe*. Nu ştiu ce carte mai e acum, dar când eram copil, învățam versuri din ea. Orbeşte, fără să ştiu la ce îmi folosesc. Aşa cum fac şi acum un lucru orbeşte: încerc să fixez oglinzile pe cutie, ca în desenul din carte. După ce am zburat cu ajutorul lui Poe, am încetat să îmi mai pun întrebări. Doar urmez paşii, oricât de aberanți şi de imposibili mi s-ar părea.

— Numărul Zece credem că o să îşi ia zborul de ruşine la final! mă bate pe umeri Ajutorul. Haha, cred că a înțeles că e Proba de tâmplărie. Hahahhahaha!

Iar nu râde nimeni, ceea ce cred că e o uriaşă dezamăgire pentru ăştia doi, Ajutor şi Jude.

– Mda, e oficial: Numărul Zece, oameni buni, construieşteee o, o... cutieee! anunță el. Zburătorule, haha, oare ai înțeles corect care e Proba? Ştii că trebuie să pictezi un tablou sau speri să se facă singur? Haha!

Râsul ăsta e cel mai fals pe care l-am auzit eu vreodată. Până şi Judele din kijijiul meu mai scapă câte un sfert de râs adevărat când batjocoreşte pe cineva, dar ăsta...

Am potrivit şi cea de-a doua oglindă, tot înclinată, ca în desen, iar acum aşez bucata de pânză. Gata! Aş fi vrut să fac proba noaptea trecută, dar nu cred că mergea pe întuneric. Bun, acum, miraculos, în fața ochilor mei, pe splendida bucată de pânză albă, ar trebui să apară *proiectată imaginea,* adică la fel de splendidul ochi de apă, plus cascada, stânca şi oamenii. Ăsta era cuvântul: *proiectat.*

Conform explicațiilor scrise de Poe, dar venind de la David, *imaginea,* ar trebui să intre pe fanta de lumină, să se lovească de prima oglindă înclinată, apoi să plece ca bezmetica spre a doua oglindă înclinată, iar în cele din urmă să se oprească pe pânza mea. Aşa cum a călătorit sunetul prin sfoară, la fel ar trebui să călătorească şi imaginea printr-o fantă.

Mă aud ce spun? Te auzi, Amn?

Poate că sunetul e mai prietenos, ca oamenii, şi de aceea a vrut să călătorească, dar imaginea e mai timidă. Se poate?

Iau mâinile de pe cutie, cu gândul că imaginea s-ar putea speria de mine. Apoi mă dau trei paşi în spate, cu acelaşi gând: că nu vrea să vină din cauza mea.

– Şiiii iatăăă-l, a început să danseze în jurul cutiei. Zburătorul, auzi, ha! Cine ştie ce truc a folosit la zburat! Acum se vede cu adevărat că nu poate picta un cenote! Nici măcar schița cu cărbune nu a început-o!

Poate că trebuie doar să aştept ca imaginea să călătorească din fanta de lumină în cutie. Posibil că ea e mai lentă decât sunetul şi merge mai încet. Să am răbdare! Nu mă lasă Poe chiar acum.

Unu, doi, trei, patru....

Să îi dăm timp să călătorească! Poate că acum e în cutie şi încearcă să iasă înspre oglinda mea.

Cincizeci, cincizeci şi unu... o sută.

Nimic!

Acum mă dau aproape de cutie şi încep să o mişc. Am în cap că dacă fac asta, o să iasă de acolo. Probabil că de frică, văzând atâta lume, imaginea a preferat să rămână ascunsă. Într-un fel, o înțeleg, dar în alt fel, chestia asta mă duce la dezastru.

— Ieeeşi! scrâşnesc din dinți.

Dacă pierd şi Proba asta, o pierd pe Kay. Şi toate astea din cauza unei nebune care nu vrea să iasă din cutie. Apoi voi pierde şi conducerea celor de la mare, iar asta înseamnă sânge. Oricine va învinge, un musculos din ăsta fără creier sau taciturnul frustrat, va prelua conducerea şi îi va duce pe oamenii de la mare către moarte.

— Ieşşşşi acum! Imaginea mă-tii, ieşi acum odată!

Miza e mare, deja m-am enervat. Îi dau o palmă cutiei, sperând că nu mă vede nimeni.

— De ce abandonezi fără să pictezi, Zburătorule? aud o voce stinsă. Nimeni nu abandonează aşa...

Mă uit în jur, iar ce văd nu pare prea încurajator: tânăra a rupt uşor inima în bucățele şi se uită la mine cu ochii în lacrimi, Butoiaş sforăie, mulți râd, iar alții -

probabil cei care mă simpatizau cel mai mult - sunt cu gurile căscate şi nu le vine să creadă că am înnebunit.

— E un joc, le zic. O să vedeți!

Habar nu am ce spun, dar simt nevoia să le precizez că nu am luat-o razna. Nu chiar de tot!

Mă opresc puțin din cărat pumni cutiei şi încerc să le zâmbesc oamenilor care au crezut în mine. E greu, toți sunt dezamăgiți sau chiar scârbiți. Pe niciun chip nu se citeşte speranță. Sau poate pe unul? Pe fața băiețelului, aflat pe scări, undeva la o înălțime de trei oameni față de mine, este o mare pată de lumină! Ceea ce e ciudat, mai ciudat poate şi decât un nebun care speră ca o imagine să călătorească printr-o cutie până pe pânza sa.

Dar pata aceea... e cel mai straniu lucru de aici. Pentru că ea nu vine de nicăieri! Soarele e sus, da? Deasupra bolții, Amn! Concentrează-te! Iar băiețelului îi vine lumina de jos şi ajunge pe obrazul lui. De la mine vine! Ceea ce e cam imposibil, căci... doar dacă...

Pun mâna în dreptul oglinzii de deasupra cutiei, iar raza de pe fața lui dispare. Repet gestul ăsta de câteva ori, apoi mişc puțin cutia, iar odată cu mişcarea mea, pata de lumină se mută pe fețele celorlalți.

Este momentul în care îmi dau seama de două lucruri, care trebuiau să fie absolut evidente:

1. că am montat-o invers;

2. că sunt foarte, foarte prost!

— Zburătorul, oameni buni! urlă Ajutorul. Locul opt din zece! Acesta este cel pe care l-ați aplaudat două zile şi căruia i-ați scandat numele. Ba chiar ne amintim cu ruşine că unii dintre voi îl vedeau conducătorul nostru în lupta cu cei de pe dealuri. Ha!

Întorc oglinda, o potrivesc cu fața în jos, normal, apoi mă uit la pânză. Mă rog la John și înghit în gol: în fața mea, pe bucățica aia albă și dreptunghiulară, e IMAGINEA! E peretele din față. Mișc puțin de cutie, iar acum, pe pânză, a apărut *proiectată* și găuroaia din tavan. Încep să înțeleg cuvântul *proiectată*. Mișc în dreapta, văd în imaginea de pe pânză și mai mulți oameni de pe scări. De teamă, acopăr găurica prin care intră fanta de lumină, iar imaginea dispare.

Îmi vine să strig de fericire, dar n-o fac. Prefer să strig în mine, de trei ori.

Aș vrea să îi spun lui Kay că am reușit, să îi fac un semn de fericire, poate să îi strig *roți dințate!* Dar nu e. Măcar cu Butoiaș pot să împart fericirea! Nu pot. S-a trezit, dar o doamnă miloasă îl mângâie pe cap și îi dă să muște dintr-o pâine. L-am pierdut.

— Oameni buni! strig.

Iar oamenii buni, cei care se uitau numai la mine, par pentru o clipă că se întorc.

— Cu tot respectul pentru Ajutor, zic, Proba e atât de ușoară!

Câteva fluierături de la cei care în mod evident mă consideră deja dezamăgirea vieții lor. Nu mă las descurajat și continui:

— Oricine poate picta uitându-se la ce vede în fața lui, nu? Vezi cascada? Pictezi cascada. Vezi oamenii? Pictezi oamenii! Astfel de pictori sunt peste tot: pe străzi, prin taverne... Daaaaaar....

Fac intenționat o pauză extrem de lungă. Oamenii buni nu mișcă, îmi sorb fiecare cuvânt. Cred că sunt pe punctul de a îi recuceri. Dacă chiar reușesc să și pictez ceva, ai mei sunt!

— Daaaar, câți din lumea asta pot picta ceva din memorie? Câți pot reproduce din cap, fără să se uite la ce au în fața ochilor?

– Niciunul? îndrăzneşte fata cu inimioara şi cu lacrimi în ochi.

– Niciunul! spune altul. Pentru că e imposibil, ar fi ca şi cum ar picta un orb.

Greşit, dar pe aproape.

– Atunci, eu sunt orbul! le strig. Aleg calea cea mai grea şi sper să iasă. Rugați-vă la Jo... la Paul pentru mine!

O privire tăioasă din partea Judelui. La fel de tăioasă ca aceea de la Prima Probă, când îi vorbeam despre planete. Omul ăsta m-ar vrea dispărut, acum.

– Pictezi cu ochii închişi, Numărul Zece? mă întreabă în scârbă Judele.

– Da, Jude! Cu ochii deschişi poate oricine.

– Extraordinar, ați auzit oameni buni! zice. În scurt timp, Numărul Zece va încerca ceva absolut nou: să picteze fără să vadă! *Până atunci, nu uitați să consumați excepționalele cornuri cu marmeladă de la Casa Agricultorilor.* (îi citeşte asta unui om în negru) *Şapte dimineți din şapte, cornuri bune cu lapte, dar şi la cafea!* Revenim!

– Ce? zic.

E clar că şi ăsta a luat-o razna. O fi de la prea mult stat în picioare. Să tot fie o oră.

Iau din sac bucata de pânză neagră şi mi-o pun peste cap, exact aşa cum m-a învățat Poe. E ciudat pentru mine să desenez cu o pânză pe cap, îmi dau seama cum se vede din afară.

Mă aplec deasupra cutiei, scot cărbunele şi încep să desenez pe deasupra imaginii cuminți, care a poposit răbdătoare pe pânza mea, unde îl văd pe Jude cum intră între oamenii de pe scări. Nemernicul, joacă murdar! E convins că desenez din memorie, iar memoria mea nu îl cuprinde şi pe el pe trepte.

Apoi, dacă pictura mea nu l-ar conține și pe bulgărele auriu, pe Jude, probabil că ar fi cine știe ce mare jignire și m-ar descalifica! Ceilalți sigur îl vor îngrămădi de acum în tablourile lor.

Penibilul! O să îl desenez și pe el, deși nu merită. Ar merita să îl fac ca pe o mare bucată de balegă aurie. Ceea ce și e. Toți ăștia sunt la fel!

Gândurile rele îmi sunt alungate într-o clipă de un firicel aromat de vânt, care îmi mângâie plăcut nasul. Nucă de cocos, lapte proaspăt de cocos! Exact ca atunci, la râu. Pot să jur pe John că îi simt mirosul lui Kay, ca și cum ar trece acum pe lângă mine.

E doar imaginația mea, cred. E dorul.

Capitolul 51

Kayana

Lumea De La Mare. Anul 3615 (1303 după John).

Cu câteva ore mai devreme

— Să nu îți dai cu parfum de cocos când mergem la război, Kay! îmi zice tata și îmi aruncă o sabie.

— De ce?

— Dacă te-ai ascunde, te găsesc imediat. Ei nu au parfumul ăsta.

Are dreptate, știu asta de la Amn. Poate că eu nu sunt specială și nu mă iubește pe mine. De fapt, s-a îndrăgostit de parfumul meu! Gândul ăsta mă face să lovesc cu sabia destul de tare, dar tata parează.

Chiar și când mă antrenez prost, îmi dau seama că fac mai mult decât zece bărbați din lumea mea. Paul a lăsat pe lumea asta bărbați puternici - în Lumea De Pe Dealuri - și femei puternice - la noi. Niciodată nu am înțeles de ce în lumea noastră bărbaților li se spune *sexul tare*. Asta nu poate fi decât o reminiscență, o expresie rămasă din Lumea Veche, care acum nu mai are niciun sens. Bărbații sunt orice, sexul talentat la desen, sexul celor ce creează cele mai frumoase haine, sexul celor ce se machiază perfect, dar nu sexul tare!

Sunt pe plajă, mă antrenez împotriva voinței mele, într-o zi în care Amn trece prin ultima Probă, a patra. Tata mi-a spus că e mai important să fiu în formă decât să fiu spectator. Atacă:

– Cine vrei să te apere când n-o să mai fiu eu, Kay? Ăia cu pantalonași mulați?

– Tu vei fi mereu, tată! spun și îi parez lovitura de sabie.

Îl simt cum vrea cu toată ființa lui să plece acum, singur, la război, să îi calce în picioare pe cei de pe dealuri și să își apere Relicvele. În timp ce luptă, tot repetă versuri din *Cartea Sfântă*, îl invocă des pe Paul, mult mai des decât de obicei. Șiroaie de sudoare sărată îmi intră în ochi și în gură.

– Tată, putem să facem o pauză mică să ne clătim ochii?

– Kay, în bătălie nu există pauze. Crezi că nenorociții de pe dealuri vor spune: *Hei, conducător Kay, ne luptăm sau facem o pauză mică să-ți dai cu apă pe față?*

– Conducător Kay?

În timp ce se repede spre mine cu sabia, iar eu sunt nevoită să parez în dreptul stomacului, îmi zice:

– Nu eu voi fi conducătorul! Tu și soțul tău veți conduce lupta pentru că se pare că ne vor ataca după ce vei avea un soț.

Ne oprim, iar el se aruncă îmbrăcat în apa mării. Eu mă clătesc puțin pe ochi, apoi mă întind.

– Niciodată! îmi zice, în timp ce se repede pe la spatele meu și îmi pune lama sabiei la gât.

– Niciodată ce, tată?

– Niciodată să nu pierzi vigilența. Acum te puteam ucide.

– Ah, încă ne jucăm?

– Nu e o joacă. Dacă acum ar fi lângă tine un om de pe dealuri, te-ar face bucăți. Ai idee cât de periculoși sunt?

Aş vrea să îi spun că am idee. Şi i-aş mai spune că periculoşii ăia sunt copii, oameni fără muşchi sau graşi, iar pe toţi îi pot răpune cu două degete. Aş vrea să îl anunţ că nu are de ce să se teamă pentru mine, dar nu pot. Nu încă.

Ia arcul de jos, îmi dă mâna şi ne îndreptăm spre palmieri, unde vom trage cu săgeţile ca nebunii în nucile de cocos. Ore şi ore în şir... Ştiu, pentru că am mai făcut asta, dar mie tot mi-e milă de bietele nuci. Salvez una, pe care o mănânc aşa, necoaptă bine.

— Tată, vreau măcar să ajung la finalul Probei.

Se uită la mine puţin supărat, încearcă să mă atace cu piciorul, dar mă prind repede şi mă aplec, punându-l la pământ.

— Aşa, ai parat bine! zice, ridicându-se. Hai acum, te conduc eu.

Întotdeauna mi-a plăcut la cenote, dar locul ăsta m-a şi speriat. Poate e din cauza scărilor. Cine ar săpa în stâncă, de jur împrejur, nişte scări care nu duc nicăieri? Sau duc spre cer, dar nu e ca şi cum cineva chiar s-ar gândi să urce acolo.

Obişnuiam să vin aici când eram mică. Stăteam chiar pe limba asta de nisip, unde sunt pretendenţii, mă prefăceam că vorbesc cu peştii şi îmi plăcea să le cânt. Când rămâneam singură, ăsta era locul în care puteam cânta tot ce îmi trecea prin cap, auzindu-mă atât de bine, în zeci de ecouri.

Pretendenţii se descurcă destul de bine. Şapte, mai exact, pentru că trei sunt ca şi ieşiţi din luptă. E unul care are o pânză neagră trasă pe cap. Al meu. Habar nu am ce face acolo! Alt învins e Marcos, care desenează numai tâmpenii, cum ar fi: nişte chipuri de oameni aruncate undeva pe pânză. Fără corpuri.

E mult spus oameni, având în vedere că au urechi extrem de mari, gură diformă, jumătate de cap e văzut din față, iar jumătate din profil, şi din loc în loc apar nişte mâini şi picioare, te miri pe unde. Unei femei din desen îi izvorăşte cascada dintr-o jumătate de ulcică pe care o ține în brațe. Iar din ulcică, în loc de apă, curg nişte cai cu picioare lungi şi corn în frunte.

— Şi tu crezi că ai înțeles ce trebuie să pictăm azi? Cascada, stânca, oamenii... îl umileşte Ajutorul.

— Eu aşa îi văd pe oameni! se apără Marcos.

Trec pe lângă blondul cu păr lung şi barbă scurtă şi îi arunc scurt un:

— Şi ea te place...

Îl văd cum zâmbeşte, apoi ajung chiar lângă Amn, care se opreşte o clipă din pictat. Tresare. Mă abțin cu greu să nu îl ciupesc de fund, deşi poziția lui e perfectă. Din când în când mai scoate câte o mână afară, pipăie scăunelul de lângă el şi ia o cutiuță cu o culoare. Apoi mâna lui dispare pentru un timp, iar gestul se repetă. Pare nebun sau cel puțin seamănă cu unul. Acum îmi pare rău că i-am copiat experimentul *camera obscură* din carte. Nu îmi închipuiam că o să îl aducă aici. În loc să fac asta, mai bine îl învățam puțin să picteze!

Ajutorul merge pe scena de nisip alb din centru şi ridică solemn mâinile.

— Şiiiii, dragi oameni prezenți astăzi aici, vă reamintesc: cel ce va câştiga mâna urmaşei lui Hoor ne va conduce în marea bătălie în care ne vom apăra Cufărul! Proba a Patra, de astăzi, se încheie AICI, ACUM!

Toți cei de pe scări numără cu voce tare, iar glasul lor se izbeşte de pereți şi răsună extrem de puternic, aproape înspăimântător.

— 3, 2, 1, gata! Luați mâna de pe pensule, acum! strigă Ajutorul. PROBELE S-AU ÎNCHEIAT, DRAGI OAMENI EVOLUAȚI! NE APROPIEM CU FIECARE SECUNDĂ DE MARELE RĂZBOI, PE CARE SUNT SIGUR CĂ ABIA ÎL AȘTEPTAȚI!

Ciudat om și ciudate cuvinte a ales. Evoluați suntem toți, ha?!

Merge lângă tabloul Numărului Unu, care, trebuie să recunosc, a făcut un desen destul de apropiat cu realitatea. Mult prea bun ca să fie învins de cineva.

— Numărul Unu, să vedem, câte aplauze primește?

Tabloul este purtat pe scări de Ajutor, astfel încât să îl vadă toți, apoi el se reîntoarce pe cercul de nisip din mijlocul apei.

— Să vă aud!

Oamenii încep să strige, tare, cu demență, bătând din palme până la sânge. Le place, sunt în delir. Probabil că e cel mai bun tablou pe care l-au văzut la o Probă în ultimii mulți, mulți ani. Cel puțin, eu nu îmi amintesc să fi văzut ceva atât de bun.

— Aproape toți oamenii de aici, mai puțin șase, au aplaudat. Foarte, foarte multe aplauze primite! Trecem la Numărul Doi.

Doar vreo două perechi de palme, rătăcite. Insularul meu a terminat jumătate de tablou, apoi s-a plictisit și și-a aprins o țigară. Acum doarme, iar aplauzele îl cam deranjează.

— Și lumea se mai întrebă de ce avem ceva cu insularii! punctează Judele, iar publicul râde.

— De ce? se trezește acesta.

Următorii cinci primesc un număr mai mic de aplauze decât timidul, dar o duc și ei destul de bine. Ce e pe pânzele lor seamănă cu realitatea, sunt tablouri corecte şi bine lucrate. Fără niciun fel de suflet, aş spune, dar corecte. Trei dintre ei l-au pictat pe Jude cam înghesuit între cei de pe scări, dar e scuzabil, având în vedere că acesta a apărut mai târziu acolo.

Pierre a primit ceva mai puține aplauze, dar cred că problema a fost că aproape toți oamenii de pe scări desenați de el erau în pielea goală. În special bărbații.

— Să trecem la grozăvia asta! strigă Ajutorul, plimbându-se cu tabloul lui Marcos printre oameni. Urechile acestea sunt de oameni sau de liliac? Aceste buze aparțin căror animale? Şi de ce jumătate de cap este văzut din față şi jumătate pare din profil?

În timp ce vorbeşte, acoperă cu palma jumătăți de chipuri pictate, pentru a înțelege ce se întâmplă pe pânza lui Marcos.

— Nimeni nu ştie de ce arată aşa oribil toți! Numărul Opt, tu ştii?

— E un nou curent, aşa simt eu să pictez. E viziunea mea! Răspunde țanțoş Marcos, umflându-şi pieptul.

Pierre îi aruncă o privire galeşă. E mândru de el.

— Vizuina ta, deci, Numărul Opt! Să vedem câte aplauze face vizuina ta!

— Viziunea...

— Cum zici tu! Deci?

Ajutorul se uită înspre oamenii de pe scări, dar niciunul nu se osteneşte să îşi mişte palmele întru susținerea lui Marcos. Simt nevoia să o fac eu, tabloul său îmi spune ceva, e altfel. Neapărat, după concurs, trebuie să mă învețe tehnica asta! Ah, vine nenorocitul de război...

— Iată că omul cu vizuina ia zero aplauze! urlă sadic Ajutorul. Haha!

Unii râd. Bănuiesc că ăia mai proşti. N-au priceput nimic.

Urmează Numărul Nouă, care primeşte destul de multe aplauze. Cele mai puternice, însoţite de fluierături admirative şi de ţopăieli, sunt ale prietenei Afrika.

— Uuuuuurmează acum Numărul Zece, cel care pictează din memorie, aşa cum a zis! strigă Ajutorul. Zis şi Zburătorul! Să vedem dacă eşti şi Zburătorul, dar şi Pictorul! Haahaa!

Râde singur, pătruns total de gluma lui care nu ar face-o să râdă nici pe nevastă-sa. Iar eu, Kay, tocmai sunt pe punctul de a avea un soţ pe care nu-l suport. Şi o să-l omor, desigur, într-o zi. Glumesc! Sau nu...

Linişte totală. Judele se ridică în picioare, în timp ce Ajutorul apucă cu o mână pânza neagră ce acoperă tabloul.

— Urmează să vedem opera... celui care a susţinut că poate reproduce din cap, ca un orb, ceea ce vede. Urmează să vedem tabloul acestui încrezut, care mai ţineţi minte cum zicea: *Cu ochii deschişi poate oricine!*

Înfumuratul ăsta de Ajutor nu dă doi bani pe Amn! Vorbeşte stând cu spatele la el, ca şi cum nu ar fi acolo.

— Mda! Zburătorul, haha! Şi tabloul său care nu merită probabil nici măcar aplauzele unui singur om!

Cu un gest larg, exagerat de larg şi zeflemitor, trage de capătul pânzei negre, lăsând la iveală tabloul. Continuă să se uite la oameni şi strigă:

— Aceasta este marea porcărie care...

Dar mulţimea a început să se agite. Cei de sus de tot, de pe scări, mai au puţin şi cad, împinşi de oamenii din spate care vor să vadă tabloul mai de aproape. Murmur. Ajutorul se uită şi el înspre pânză şi rămâne nemişcat. Fata cu inima desenată pe o foaie începe iar să scoată strigăte ciudate şi să țopăie, iar câțiva pică în genunchi.

În clipele următoare, oamenii de pe scări încep să coboare în fugă şi se reped buluc înspre limba de nisip pentru a fi mai aproape de Amn.

Stați! intervine Judele de pe trepte.

Oamenii se opresc pentru o clipă. Unii. Alții continuă să înainteze puțin câte puțin, sperând că nu îi vede nimeni.

— Stați toți acum! Tabloul va ajunge la voi.

Rând pe rând, oamenii dau lucrarea dintr-o mâna în alta. Unii scot tot felul de sunete ciudate şi bolborosesc:

— A pictat asta FĂRĂ să vadă?!

Alții nu mai au grai. Cei mai mulți spun lucruri de genul:

— E identic, până şi numărul şuvoaielor de apă... dacă te uiți acolo...

— Cum de ştia că e şi Judele pe scări? El nici NU L-A VĂZUT!

— Tufişul acela care creşte pe stâncă, îl vedeți?

— ... şi tufişul l-a desenat!

— ... ca un orb, pe întuneric!

— Vedeți movila aceea de nisip de lângă perete?

— E acolo, o vedem!

— A făcut şi movila!

— E exact ca în realitate.

— Nu pot să cred!

– Strâmbătura Judelui e ca în realitate!

Ajutorul nu prea îşi mai găseşte cuvintele şi cred sincer că, după Proba asta, va trebui să plece pe Insulă să se regăsească pe sine. Se mai practică asta în lumea noastră, mai mult femeile o fac. Când se simt pierdute, merg pe Insulă o săptămână, dar în loc să se regăsească pe ele, se regăsesc cu câte doi, trei insulari odată, în cadrul sărbătorii anuale de împerechere.

Să vedem cine îl aplaudă pe Numărul Zece! zice fără niciun fel de entuziasm Ajutorul.

Palme peste palme, tropăieli şi strigături, chiuituri şi pumni în piept. Cea mai mare zarvă, cele mai nebune aplauze şi urale pe care le-am auzit eu în viața mea răsună acum în cenote. Scările, stâncile, totul este gata să se prăbuşească sub vuietul şi trepidațiile mulțimii înfierbântate. Aşa cum este gata să se prăbuşească şi Judele când toți, dar absolut toți, încep să strige cât îi țin puterile:

– ZBU-RĂ-TO-RUL! ZBU-RĂ-TO-RUL! Cine e conducătorul? ZBU-RĂ-TO-RUL!

Capitolul 52

Amn

Lumea De La Mare. Anul 3615 (1303 după John).

În urma Probei de ieri, mulțimea a decis să mai fie o ultimă Probă, decisivă, între mine şi Numărul Cinci. Deşi musculosul a câştigat întrecerea, având cu şapte floricele mai mult decât mine, mulțimea s-a dovedit a fi de neînduplecat. Când Ajutorul a anunțat:

— Câştigătorul este Numărul Cinci!

— ... oamenii din cenote i-au înconjurat pur şi simplu şi pe el şi pe Jude, iar numai soldații care îi păzeau au reuşit să îi calmeze.

— Zburătorul a coborât stânca! I-ați luat degeaba floricelele, trebuia să îi dați zece floricele! au strigat ei.

— Merită zece floricele!

— Cerem PROBA A CINCEA! ca în vremea lui Hoor.

— HOOR?! HOOR ERA... HOOR! a urlat Ajutorul. Pe când Zburătorul ăsta e... nimeni!

— Şi Hoor era nimeni înainte să câştige PROBA A CINCEA!

Apoi au cântat ore în şir, până la răsăritul Soarelui, o singură strofă, care îmi răsună şi acum în cap şi de care nu mai pot scăpa. E ca melodia aia pe care o auzi de sute de ori, până ajunge să te enerveze îngrozitor.

– Noi de aici nu plecăm
Pe duşmani să-i înecăm,
Nu mergem la război
Vrem Proba a Cincea pentru Noi!

Kijijiul Paul

– Zburătorule, şi pe mine mă poţi desena cu ochii închişi? îmi zice o fată pe care aş găsi-o destul de frumoasă, în alte condiţii.

Ce vreau să zic e că este frumoasă, dar că eu n-am ochi pentru ea. Oricum, în Lumea De La Mare am văzut că fete frumoase sunt peste tot, oriunde te-ai uita. Sau poate sar mai repede în ochi datorită faptului că umblă aproape dezbrăcate?

Oriunde merg în Paul, lumea vine după mine. Zeci de perechi de ochi mă privesc, în fiecare clipă, în ceafă. Iar oamenii din faţa mea îmi fac loc, se dau la o parte în timp ce înaintez pe străduţele din centru. Unii înclină capul. Am senzaţia că oamenii mă tratează şi cu teamă, şi cu respect, în acelaşi timp. Ceea ce e ciudat.

Mai devreme, am încercat să îmi fac nevoile într-o tavernă, pentru că în ciuda părerii generale ale urmăritorilor mei, sunt şi eu un om cu nevoi, nu sunt John. Chiar, John îşi făcea nevoile? Oricum, m-am trezit cu cel care servea la mese mergând după mine în spatele tavernei, unde e toaleta, şi rugându-mă să îi scriu câteva rânduri pentru fiul său. Exact când îmi dădeam pantalonii jos.

– Să scriu acum sau după ce îmi fac nevoile?

– Când vrei, mi-a zis senin.

Am vrut după. *De la Zburătorul pentru micuţul Budibum, cu drag.*

Apoi m-am aşezat la o masă, în singura tavernă goală de pe stradă, iar în clipa următoare s-a umplut. Când am intenţionat să duc la gură cana cu bragă, nu am reuşit pentru că între mâna mea şi gură s-au interpus doi oameni, care voiau să le scriu ceva pe o foaie. Nu înțeleg de ce toți oamenii de aici vor să le aştern cuvinte pe foaie, nu am mai întâlnit acest obicei.

Mi-a spus o fată, Ema, în timp ce îi scriam: *Da, o cunosc pe Ema şi e o fată deosebită! Zburătorul,* că ei obişnuiesc să ceară mesaje numai de la cântăreții care vin de pe Insulă. Pentru că aceşti artişti le dau o stare de visare şi cântă atât de bine, iar fetele sunt îndrăgostite de ei până peste cap.

Fata din cenote, cea cu foaia cu inimioara, mai are două prietene, iar toate trei mă urmăresc peste tot, la câțiva paşi de mine. Butoiaş se mai întoarce din când în când să verifice dacă sunt acolo, iar ele se opresc, oftează şi îşi dau coate.

– Zburătorule! Poți să zbori peste casa mea?

Da, din când în când oamenii îmi cer să zbor! Iar eu mă scuz de fiecare dată că nu am piramida la mine. O doamnă m-a întrebat dacă pe Soare au cartofi dulci, pentru că e moartă după cartofii dulci. Altul a vrut să ştie dacă e posibil să îi facă o casă pe Lună amantei, dar cel mai drăguț a fost un tânăr care a spus că vrea să îi aduc o stea pentru iubita sa, că i-a promis.

– Mă duci şi pe mine pe Soare? Când Soarele e aproape de Lună, poți să sari de pe una pe alta? m-a întrebat cineva.

Acum, când trec de casa asta în toate culorile, cu ferestre în forme de instrumente muzicale, am după mine o coadă de douăzeci sau treizeci de oameni, de mi-e şi frică să îi număr.

– Cincizeci şi şase s-au făcut! zice Butoiaş. Dar înainte să intrăm pe strada asta erau patruzeci.

Dacă mă apuc să calculez, îmi dau seama că până la apus voi avea după mine cel puțin câteva sute, de care îmi va fi imposibil să scap. Mă opresc într-o piațetă din fața unei taverne cu multe flori și mă cocoț pe o bancă de piatră.

— Oameni buni, le zic.

Și oamenii buni se opresc și se uită la mine în tăcere, de la distanță de câțiva pași.

— Simt că trebuie să vorbesc cu voi puțin, să îmi spuneți două vorbe, apoi să meargă fiecare la treaba lui. Sunt și eu obosit, sunteți și voi obo...

— Ai atins Cufărul Tuturor Tainelor? zice fata cu inimioara.

Nu știu cum să răspund la asta, de aceea prefer să tac și să zâmbesc tâmp. Butoiaș face același lucru, deși la el nu e greu. Orice zâmbet îi iese tâmp.

— Zburătorule, ai atins Cufărul Tuturor Tainelor? repetă prietena fetei.

— Da, da, vrem să știm de unde ai aceste puteri? spun mai mulți.

— Să desenezi fără să vezi...

— Să zbori până la stele... Cum poate măcar ajunge un om atât de sus?

— Să suprapui atâtea pietre?! Numai un om care a atins Cufărul Tuturor Tainelor se poate umple așa de energie.

— Zburătorule, ești nemuritor? Poți să te readuci la viață?

Îi las să amestece întrebări, să spună ce au pe suflet și să se potolească. Odată, Baba mi-a zis că în Cufărul Tuturor Tainelor e secretul lumii noastre. E sensul existenței, e clarificarea supremă, e răspunsul la întrebarea: *De ce trăim noi pe lumea asta?* În el este esența tuturor celor care sunt pe Pământ de la John încoace, din lumile Veche și Nouă.

— Unde e Cufărul? mă întreabă un bătrân din mulțime. Sunt bolnav, tușesc și scuip ceva verde... aș vrea să îl ating.

— Tataie, nu mai mânca iarbă! îi răspunde un puști, iar ceilalți râd sau îi ceartă pe ăia care râd.

Tușesc, ca și cum aș vrea să spun ceva, și constat că acest simplu gest are un efect magic. Toți închid gurile și se uită la mine ca niște cățeluși, așteptând să le arunc un oscior. Le fac semn cu mâna să se așeze, iar ei urmează întocmai. Apoi le fac semn să se ridice și iar să se așeze. Aș putea face asta o oră, până ar obosi toți și nu m-ar mai urmări, dar mă abțin.

— Oameni buni, observ că gâfâiți după o așezare și o ridicare! Nu sunteți antrenați deloc. Voi ar trebui să mergeți și să vă antrenați pentru război, nu să stați după mine!

Nimeni nu zice nimic.

— Sigur, am zburat până la Soare! Am pus pietre în cel mai înalt turn făcut vreodată, am pictat fără să văd, dar lucrurile acestea nu ne vor ajuta când ne vor ataca inamicii. Mergeți la voi acasă și antrenați-vă pentru război. Pentru că, da, vor veni peste noi!

— Da? zice mirat Butoiaș.

— DA! îi răspund.

Nu e prea isteț, dar știam asta. Un bătrân își scoate pălăria de paie de pe cap și zice, tremurând tot.

— Ai zburat la Soare, de unde i-ai văzut venind pe necredincioșii de pe dealuri?

— Vor veni! îi răspund.

— Ți-a transmis Paul asta?

— Important e că vin, iar noi nu suntem pregătiți.

— Așa e! Tinerii noștri se distrează și cântă, iar ei ne vor ataca. Și tu cu ce luptători vei merge în război, Zburătorule? Dar celălalt?

— Voi lupta cu voi! le răspund. Voi veți fi luptătorii mei! Şi va trebui să aveți încredere deplină în mine.

— Avem! De aceea suntem aici.

— Veniți în acest loc peste două zile. Atât! Acum sunteți deja...

— Nouăzeci şi doi, îmi şopteşte Butoiaş.

— Nouăzeci şi doi, wow! Voi veți salva Lumea De La Mare şi Relicvele. Dar şi cei care vi se vor alătura aici, în această piațetă, în fața acestei taverne cu flori. Mergeți şi dați de veste să ni se alăture oameni! Revin!

Apoi am luat-o la fugă, iar Butoiaş a luat-o la rostogolire, spre marginea kijijiului, unde, peste puțin timp, trebuie să mă întâlnesc cu bravii luptători din Lumea De Pe Dealuri. Mă uit la ei şi îmi dau seama că ar ieşi o luptă interesantă între cei de mai devreme, de la mare, şi ei.

— Ce ați aflat? îi întreb după ce îmi trag puțin sufletul.

Nu pot să nu observ că le prieşte lumea asta nouă. Pielea aceea albă a oamenilor de pe dealuri, aproape neatinsă de razele soarelui, e acum roşie sau neagră. Unii şi-au cumpărat pantaloni de in, brățări şi tricouri colorate, iar acum arată mult, mult mai veseli. Parcă ar fi alți oameni.

— Nu avem veşti prea bune, Învățătorule! îmi zice rece şi apăsat cel mai slăbănog şi mai înalt dintre ei. Oamenii de la mare spun că printre ei este un atotputernic.

— Mult mai puternic decât Hoor.

— Un bărbat care vede pe întuneric, completează un bătrân.

— Eram la un han, încercam să scot niște informații despre Relicve de la o fată extrem de periculoasă, dacă înțelegeți... zice dintr-o suflare Dolofanul știrb, unul mai șmecheraș.

Ceilalți râd, iar șmecherașul face cu ochiul. Așa grăsuț cum e, cred că a dat mulți free să *scoată informațiile* alea.

— Cât te-a costat?

— E de vină farmecul meu... Așa, și mi-a zis fata asta că între ei e un bărbat care poate lupta cu mâna goală cu un rechin și să îl învingă. Dacă îl mușcă pe rechin, îl rupe în două! E atât de puternic încât mulți se jură că l-au văzut arătând cu degetul spre Soare, iar Soarele s-a mișcat mai la dreapta. Și se mai spune că dacă închide ochii mai mult timp, se face noapte.

— Eu am auzit, completează altul, că Judele lor îl urăște și îl vrea mort.

— Imediat mort! Se teme că lumea îl place.

S-au aprins și vorbesc tare, unul peste altul, descriind o ființă magică de care până și mie mi-ar fi teamă.

— Cine o fi? îmi șoptește înspăimântat Butoiaș.

Mă uit la el și realizez că inteligența n-a fost niciodată punctul lui forte. Dar măcar e loial și pare foarte, foarte sincer.

— Cine crezi? îl întreb, în timp ce pe fundal luptătorii mei povestesc cum omul ăsta magic a luat o stea în mână și a aruncat-o în foc, apoi a hipnotizat o balenă privind-o în ochi.

Și bărbatul ăsta, strigă Slăbănogul, poate ridica un bloc de piatră cu un deget! Un vânzător de la tarabă m-a convins că bărbatul a venit la el, i-a ridicat taraba, cu toate fructele și legumele, și a ținut-o în plutire. Și atenție, nu a folosit mâinile, nici picioarele!

— Dar ce? întreb, şi îmi pare rău că am pus întrebarea asta imediat ce îmi iese pe gură.

— Ori puterea gândului, ori şarpele!

Ceilalţi sunt plini de respect pentru marele şi atotputernicul om care face toate lucrurile astea.

— Sigur, omul ăsta, nemernicul, a atins Cufărul Tuturor Tainelor! Altfel nu putea fi atât de groz... de nemernic.

— Sigur! îi confirm.

— Mai muuult ca sigur!

— Are putere de la Cufăr, clar!

Butoiaş tremură tot şi întreabă:

— Cine e? Cum îi zice?

— ZBURĂTORUL! îi răspunde unul, mai mult în şoaptă.

Butoiaş dă din cap speriat, apoi se uită la mine şi se luminează la faţă. Poate că tatăl său s-a grăbit la naştere şi trebuia să îi spună Tâmpiţelul.

— Ce facem, Învăţătorule?

Mă gândesc o clipă şi nu e chiar rău. Se tem. Trebuie să folosesc asta în avantajul meu.

— Plecăm înapoi în Lumea De Pe Dealuri! le spun. Mergeţi voi să le spuneţi grozăviile astea. Să le spuneţi că nu se pot pune cu un astfel de om, care ar face terci 60.000 de soldaţi şi 5000 de mercenari. Chiar, să le spuneţi cum un om ca ăsta poate zbura cu o sută de mercenari odată până la Soare, apoi să le dea drumul de acolo! Vă îndoiţi de asta?

— După ce au povestit oamenii, nu!

— Să le spuneţi celor de pe dealuri, să îi spuneţi Judelui din John, că degeaba vin cu caii! Că omul ăsta are puterea Cufărului şi poate hipnotiza armăsarii, iar ei nu vor înainta. Credeţi asta?

— Dacă face asta cu balenele, de ce nu ar merge şi cu armăsarii?

— Şi spuneți-le că războiul e pierdut dacă îl încep acum! Să îi repetați Judelui, până înțelege, că nenorociții ăştia de la mare sunt mult prea puternici conduşi de acest om. Cum ziceați că îi spune?

— Zburătorul! şoptesc câțiva temători.

— ... conduşi de acest Zburătorul. Şi să insistați ca Judele să mai aştepte până vin eu cu o soluție mai deşteaptă!

Mă gândesc că, bun, pe cei de aici îi pot învinge Kayana şi prietena ei, legate la ochi, chiar şi dacă ele luptă într-un singur picior. Dar luptătorii ăştia bronzați ai mei pot fi buni la ceva: să îi bage în sperieți pe cei din lumea mea.

— Şi tu, Învățătorule?

— Eu şi Butoiaş rămânem în lumea acestor oameni răi, acestor brute cu femei rele şi muzică făcută să ne adoarmă simțurile. Rămânem încă două zile să căutăm Cufărul Tuturor Tainelor. Asta s-ar putea să fie şansa noastră!

Mă privesc destul de tăcuți şi îi simt că parcă n-ar pleca. Adică, în mod normal, până acum ar fi luat-o deja la pas înspre casele lor.

— Plecați şi nu uitați să îi spuneți Judelui să mă aştepte două zile. Vin cu un plan!

În continuare, linişte. Şi nicio grabă. De parcă le-aş fi spus: *Şi acum stați!*

— Plecați! Hai, hai... le fac semn cu mâinile.

— Ştii? rupe tăcerea Slăbănogul. Azi, eu şi cu el am găsit o plajă superbă. Groaznic de superbă. Adică groaznică! Acolo cred că îşi vor aduna armata, Învățătorule. O iguană stătea la soare pe un bolovan albastru, două fete îngrozitoare, aproape dezbrăcate, se scăldau în apă. Înspăimântători aceşti oameni! Una dintre fete m-a numit pretendent, dar nu ştiu ce înseamnă asta. Apoi ne-au invitat să ne plimbăm cu bărcuţa, am ajuns pe o Insulă, unde le-am masat pe spate cu lapte de cocos... Oribil! Eu aş mai sta să văd până unde merg cu mârşăvia şi ce capcane vor să ne mai întindă.

— Şi eu aş sta, completează prietenul său.

— Oribil! zâmbesc.

— Cu adevărat oribili aceşti duşmani! Aş rămâne şi să văd dacă se strânge armata lor pe plaja aia. Şi dacă da, vin în fugă acasă să anunţ!

— Sigur, zic. Numai să le masezi în fiecare zi pe fetele acelea cu lapte de cocos. Observă atent dacă au piele şi carne, ca noi! Sau dacă, nu cumva, după ce se ia coaja, adică primul strat de piele, rămâne fructul bun de mâncat.

— Am înţeles, Învăţătorule! spune serios.

— Şi dacă îţi dai seama că sunt fructe, să vezi bine şi ce fructe sunt, da?

— Cum îmi dau seama de asta, Învăţătorule?

— Studiind sâmburele, bineînţeles!

— Notat!

Mult prea serioşi aceşti oameni! Mult, mult prea...

— Am glumit, nu-s fructe. Rămâi doar şi observă dacă se strânge armata.

— Şi eu aş rămâne încă două zile! spune Dolofanul ştirb. Aş mai vrea să o trag de limbă pe fata aia periculoasă. Pentru informaţii...

— Şi eu! intervine unul mai bătrâior, cam la 35 de ani. Vreau să studiez atent mişcările de dans ale fetelor, din fiecare seară, de la taverne. Cred că le execută special, ca tehnică de luptă, să ne ameţească soldații! Am nimerit şi la o petrecere pe plajă unde se pare că se antrenau în jurul unui foc, atât fetele, cât şi băieții, dansând aproape goi. Cred că aceste mişcări ar putea să ne ameţească până şi armata noastră de mercenari, sunt foarte periculoase! Eu, până la vârsta mea, nu am mai văzut aşa ceva!

— Rămân! spune un altul. Am întâlnit bărbați care mânuiau o armă nouă şi cred că destul de periculoasă. Se întreceau între ei într-o piațetă, urlau, se certau, se înfierbântau, iar învinsul era să îl ia la bătaie pe învingător, de nervi. O armă de care nu am mai auzit, se numeşte gherghef. Ciudată armă!

— Şi eu stau în Lumea De La Mare încă două zile! Când îi văd pictând fără griji pe străzi şi dansând pe la taverne, îmi dau seama că, sub aerul ăsta liniştit şi relaxat, se pregăteşte ceva! Realizez că ei ne-o coc şi vor să ne atace.

— Rămân şi eu cu el! Dintr-odată se pot ridica de la mese, pot lăsa instrumentul acela cu corzi şi să apuce un arc!

— Aş mai sta şi eu câteva zile, să mă fac că mă distrez cu ei. Mai am câțiva free şi am auzit că mâine seară e o petrecere în alt kijiji, Penny Lane, unde pleacă o grămadă de gunoaie din astea de tineri inamici. Cică vine nu ştiu ce cântăreț renumit de pe Insulă să le cânte, iar ei vor dormi la corturi două nopți, vor consuma alcool ca depravații şi vor fuma ca şerpii. Aş sta să văd măcar ce înseamnă asta: *vom fuma ca şerpii.* Şerpii din Lumea De Pe Dealuri nu fumează, iar dacă ai lor pot fuma, înseamnă că îi pot antrena să facă şi alte lucruri. Cum ar fi să ne înjunghie cu un cuțit, pe la spate!

– Rămâi şi tu, îi zic. E important să vezi ce înseamnă *vom fuma ca şerpii*. Poate ei vorbesc cumva cu şerpii. Trebuie să ştim! Bine gândit.

– Eu am mers la ei în Agora, unde era o fată care stătea singură, zice cel mai grăsuț. Am intrat în vorbă cu ea, tot aşa, să o trag de limbă, apoi a început să îmi spună poezii, să îmi mărturisească, având o voce respingător de melodioasă, că îi place să se plimbe pe malul mării, când se ridică Soarele deasupra marginii Pământului. Şi... mi-am dat întâlnire cu nemernica mâine dimineață. Vreau să văd dacă mă ucide când o întreb unde e Cufărul. Şi mie mi-a zis să îi fiu pretendent, ce o mai fi însemnând şi asta... A zis că sunt singurul.

Am plecat o sută unu la război.

O sută, plus eu, trimişi să cucerim Lumea De La Mare, care, se pare, a ajuns să ne cucerească ea pe noi. Dar nu prin sabie sau prin arc, ci prin fete frumoase, taverne, plaje, dans şi muzică.

În final, am rămas optsprezece.

Optsprezece luptători care să se întoarcă acasă şi să îi spună Judelui cât de înspăimântător este în Lumea De La Mare şi că practic e imposibil să cucereşti, cu zeci de mii de luptători şi cinci mii de ucigaşi, o lume pusă pe dans, cântec şi făcut gherghef.

– Mi-am dat seama de un lucru, le spun. Gherghelful ăsta e cea mai tare armă a lor!

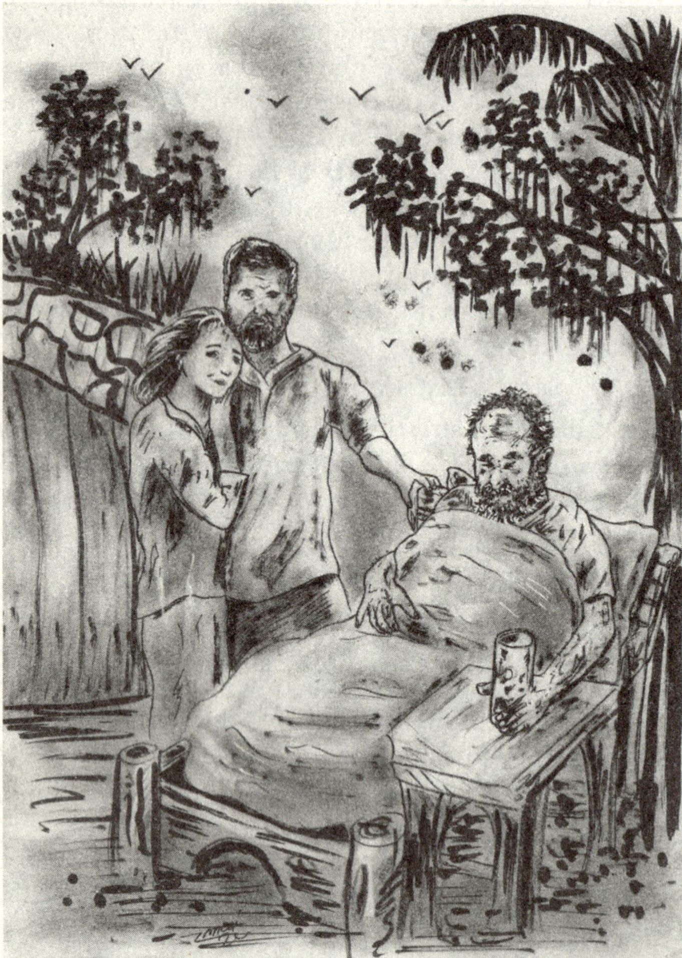

Capitolul 53

David

Lumea De Pe Dealuri. Vara anului 40.

— Mi-am dat seama de un lucru, spune Vocea. Gherghetul ăsta e cel mai frumos lucru pe care l-ai făcut.

Stă întins pe un pat, în mijlocul curţii, aşa cum a cerut, şi mângâie pătura colorată cu care este acoperit, ţesută de Poe. Îmi amintesc de bărbatul viguros, care acum patruzeci de ani se căţăra în copac şi le vorbea oamenilor despre noua lume. Ţin minte câtă răbdare a avut să ne ajute să nu o luăm razna, în condiţiile în care eram o lume de idioţi. Şi în mare parte suntem şi acum. Ne-a învăţat să ne facem case, să nu murim de frig, să ne construim oraşe. Simt cum fiecare picătură de energie ne-a fost dedicată nouă, celor ce îl iubim. Oamenilor.

— Tu vei fi următorul Jude, David!

M-a luat prin surprindere şi nu sunt capabil să spun nimic. Nu m-a interesat vreodată şi recunosc că nici acum nu mă pot gândi la asta. Nu acum, când Vo îşi duce ultimele zile din viaţă. Văzându-l întins pe patul unde doarme de câteva nopţi, înconjurat de florile sale - pe care el şi Poe le-au îngrijit cu dragoste - parcă mă uit la un tablou. Unul dintre acelea despre care îmi povestea Poe, din Renaştere, cu un bărbat pe patul de moarte, înconjurat de cei apropiaţi, în genunchi.

— Mi-am dat seama, șoptește, că sunt fericit că am apucat să trăiesc în libertate patruzeci de ani. Sunt recunoscător pentru asta, foarte recunoscător pentru șansă. Singura problemă e că nu știu cui să îi fiu recunoscător. Roboților, că au luat-o razna și au distrus Lumea Veche, dându-mi șansa să trăiesc... aici? Virusului care i-a făcut să o ia razna? Unei divinități din Lumea Veche să îi mulțumesc? Cărei divinități? Înțelegi?

Într-un fel. Dar nu am vrut să îl supăr, așa că am dat din cap.

— Înainte, oamenii erau recunoscători zeilor, iar asta le dădea liniște, îi făcea să se simtă împliniți. Știau, David, că pleacă din lumea asta, iar după aceea, undeva, un zeu va avea grijă de ei și îi va plasa într-o lume și mai bună. Eu sunt ateu, noi toți cei care am trăit în Lumea Veche suntem atei, David.

Aș vrea să îi spun că este așa, dar din nou, nu vreau să îl supăr, așa că mă opresc. Zilele trecute am auzit în Agora cum un tânăr, de maximum 20 de ani, implora Zeul Ploii să vină mai devreme anul ăsta ca să i se facă strugurii, iar altul zicea că un zeu așa puternic nu are timp de el. Cei mici nu știu că, pe vremuri, noi eram zeii. Noi și roboții, cei care controlam vremea. Și nici nu trebuie să afle.

— Nu toți! continuă Vocea. Cei tineri încep să creadă în zei, în forțe pe care ei nu le înțeleg și nu le pot controla. Un tânăr a venit la mine și m-a întrebat câți zei există în afară de Zeul Soare, care în mod evident dă căldură, și Zeul Tunetului, care mai omoară păcătoși. Nu și-a pus nicio clipă problema că ăștia nu ar fi zei reali.

— Asta ne-am dorit, Vo, să nu știe nimic din Lumea Veche. Tu îmi spuneai că așa erau oamenii la început, căutau zei legați cu fenomenele naturale... Asta ne-am dorit, să o luăm de la zero.

— Asta, da...

Tuşeşte abia auzit, apoi îl ajut să se ridice în fund, punându-i încă o pernă sub spate. Simt în mâini oasele sale ciolănoase, abia acoperite de carne. Mă sperie şi îmi stârneşte mila corpul său, care este acum la fel de greu ca al unui mieluşel. Încerc să nu îi arăt şi mă străduiesc să nu îmi tremure mâna de plâns. Pentru că plâng, dar în mine. Înainte să renasc în Lumea Nouă, nici măcar nu ştiam că pot plânge.

— Am subestimat dorința continuă a oamenilor de a avea pe cineva deasupra lor, David. Un zeu! Unul, în fața căruia să răspundă când fac rău, să îi pedepsească, să îi recompenseze când fac bine. Să le promită o lume mai frumoasă după moarte. Oamenii au nevoie să se roage la cineva, David, atunci când sunt bolnavi. Cum sunt eu acum. Asta le-ar da speranță, nu e puțin lucru.

Oftează lung şi ațipeşte, iar eu mă reped să îl învelesc până la bărbie. Vânticelul de vară adie printre copăceii şi frunzele din curte, aducându-ne mirosuri amețitoare. Dar Vo nu pare că le mai simte, nu şi azi. Poe se apropie de noi cu o cană de ceai în mâini, dar îl vede ațipit şi o pune pe scăunel, alături.

Aşteptăm. Stăm şi ne uităm la el, la pletele lui, la părul cândva foarte des, din care acum au mai rămas câteva firicele.

— Poe, ai venit...

Ca şi mine, îi poate recunoaşte mirosul oricând.

— David şi Poe... vorbeşte cu ochii închişi. Am şi eu ceva să vă mărturisesc: cutiuța muzicală...

Ăsta e momentul în care amândoi tăcem şi sperăm să nu spună ceea ce vrea să spună. Un fior îmi trece prin piept. Mă simt îngrozitor de rău că atunci, acum patruzeci de ani, l-am mințit.

— ... cutia fetei mele... cutia bravului soldat Will...

O lacrimă îi curge în colțul ochiului, dar nu are putere să o şteargă. O las acolo, mă fac că nu văd.

— ... ştiu că e îngropată undeva.

— Bunicule...

— Ştiu! zâmbeşte. Şi e bine că e aşa.

Ne înghițim vorbele, nu am putea spune nimic inteligent acum. O strâng de mână pe Poe, iar ea face acelaşi gest, dar cu mult mai multă forță.

— În plus, şi eu am ceva să vă mărturisesc, zice stins Vo. Pe vremuri, când Poe era copil, mergeam cu ea la râu.

— Îmi amintesc fiecare drum, bunicule...

— Iar la acel râu ne simțeam liberi. După patruzeci de ani de Lume Nouă, e greu să transmiți unui om că au existat vremuri în care libertatea însemna să permiți unui copil să bea apă dintr-o sticlă de plastic, ştiu...

Poe începe să plângă.

— Poe, nu am putut... zice cu lacrimi în ochi. Te-am văzut îngropând-o, am scos-o din nisip şi nu am putut...

Poe îşi acoperă fața cu mâinile şi plânge în hohote.

— Unde e, bunicule?

— Am făcut un cufăr de lemn şi am pus-o bine, în pământ, la păstrare, sub chiparos.

Soarele stă să apună şi, odată cu el, şi Vo. Mâna îi este rece, din ce în ce mai rece, şi simt cum viața i se scurge încet prin vene.

— Eu sunt ateu, revine Vo. Îmi dau seama că voi fi îngropat în pământ, într-o capsulă de lut, iar din mine își va hrăni seva un copac.

— Bunicule, spune Poe printre hohote de plâns, încă nu e momentul să vorbești așa...

— Poe... e timpul! spune hotărât. Știi, poate cer un lucru egoist, dar mă gândesc că aș vrea să știu că după moarte nu va rămâne din mine numai un îngrășământ pentru sol. Știu că e în mersul lucrurilor, că din materia mea organică pământul se hrănește, vietățile de sub pământ se hrănesc, apoi păsările le mănâncă, iar ele sunt mâncate la rândul lor de alte prădătoare sau de oameni. Știu că totul se reciclează, că materia nu se pierde. Din punctul ăsta de vedere, eu nu pier. Eu mă transform. Sunt materie: o bucată mare de carne, oase și piele! Pentru natură, eu sunt echivalentul unui porc, Poe.

— Nu îmi place să vorbești așa...

— Un porc de mică greutate, după cum vedeți.

Încearcă un zâmbet.

— Dar, egoist vorbind, Poe, aș vrea să știu că voi fi mai mult de atât după moarte. Aș vrea să cred că într-un fel va rămâne din mine și altceva, în afară de trup: sufletul. Știu că n-a fost dovedit că există, au fost măsurători ale roboților... Știu... dar e zeul meu. Sufletul e zeul meu, la care mă rog! E invizibil, deci e la fel ca toți zeii! Așa că mă pot ruga la el să mă ducă în altă lume, nu? Vreau să mă ajuți în acest sens, Poe...

— Ce vrei să fac? șoptește Poe resemnată.

— Să mă îngropați la Marele Râu. Să plantați, așa cum obișnuim, un copac care să își tragă rădăcinile din mine. Chiparos ar fi bun, ăștia trăiesc mult. Apoi aș vrea să îngropați alături de mine cartea voastră.

Mă uit la Poe, ea se uită la mine, şi nu prea ştim ce să facem. Sigur, am putea să negăm că Poe scrie de zor la o carte, dar ce rost ar avea să mințim un muribund?

– Bunicule...

– V-am văzut de câteva ori, Poe. Şi în plus nici nu era nevoie, doar te cunosc.

Încearcă iar să zâmbească, de data asta îi iese puțin, iar amândoi simțim că avem aprobarea lui. Şi mai mult, că am avut-o întotdeauna, fără să ştim.

– Ştiu ce am crescut, Poe... Aş fi fost dezamăgit dacă n-ai fi scris.

– Ştiu, bunicule...

– Sunt convins că prima carte a fost despre muzică sau poezie, nu? Despre ce a fost, iubita mea nepoată?

– Beatles.

– Ai ales bine... Să laşi oamenilor cântece frumoase, asta e cea mai bună moştenire. Şi a doua?

– A doua carte e aproape gata, bunicule, şi este despre...

– Ştie despre ce este, o întrerup.

Poe se opreşte şi se uită la mine mirată, apoi realizează ce spun şi dă din cap.

– Sigur că ştie...

Vocea întinde o mână şi mă strânge încet, încetişor, cu putere mai mică decât a unui sugar. Poe îi întinde cealaltă mână, iar asta îl face fericit.

– Ştie tot! zic. Pentru că toate invențiile pe care le-am trecut în carte, toate micile descoperiri care au schimbat lumea, vin de la el. De aceea mi le-a povestit.

Vocea tace. Simt cum firicelul de putere care mai era în el e aproape să îl părăsească.

— E numai bine să o îngropați cu mine, șoptește. Cartea voastră… E numai bine.

Capitolul 54

Kayana

Lumea De La Mare. Anul 3615 (1303 după Paul).

Închid cartea lui David şi a lui Poe, în momentul în care îmi dau seama că nimic din ea n-o să ne ajute în război. Sigur, în afară de experimentele pe care le-am făcut deja, sunt o grămadă de sfaturi despre oameni şi cum ar trebui să ne purtăm să nu pierdem *minunăţia asta de planetă*. În treacăt, am văzut că ne-au scris despre cum ar trebui să avem grijă de celelalte animale, cum ar trebui să refolosim ce aruncăm şi să nu dăm foc câmpurilor şi pădurilor.

Mă ridic din pat şi mă uit pe fereastră. În faţa colibei mele sunt acum sute de oameni. Au dormit toată noaptea, direct pe nisip sau pe pături, cu gândul de a mă apăra. Aşa spun ei, dar la miezul nopţii, câţiva mai slobozi la gură s-au scăpat că de fapt cei mai mulţi vor să îl vadă pe Zburător. Toţi ştiu că va sosi în zori. Iau pătura de pe pat, o pun pe umăr şi ies între ei. Două femei binevoitoare îmi fac loc să mă întind între ele.

— Crezi că va veni pe jos, Kayana, sau va sosi de acolo? mă întreabă o fată cam de vârsta mea, cu mulţi pistrui, arătându-mi stelele.

Sunt conştientă de faptul că mai mult de jumătate dintre fetele din kijiji sunt îndrăgostite în momentul ăsta de Amn. Ăsta ar fi un lucru bun, dacă ele ar putea să meargă la luptă şi să se sacrifice pentru el. Având în vedere că nu știu să lupte, îndrăgosteala asta nu îmi folosește la nimic. Ba chiar mă enervează.

– Am vrea să mergem la război cu voi, Kayana! Să îl apărăm… adică să vă apărăm.

Grozav! Va fi așa cum a zis tata: o să avem o armată formată din bărbați care își taie boașele când mânuiesc sabia, plus niște fete îndrăgostite. Lumea mea e în siguranță!

Afrika doarme alături de Numărul Nouă, care, odată eliberat de sarcinile Probelor, a redevenit un bărbat liber. Am aflat că îl cheamă Karlsson, iar visul său e să amenajeze grădini. Să facă delulețe, să potrivească armonios florile, arbuștii și aleile. Știe, desigur, că nu există o astfel de meserie, dar asta nu îl împiedică să viseze. Cine ar fi suficient de nebun să plătească alt om ca să îi amenajeze grădina?

Altă fată se apropie timid de pătura mea, după ce mama ei îi face semn să aibă curaj și să nu se oprească. Ajunge în cele din urmă, se întinde lângă mine, mă zgârie pe umăr și spune cu un sfert de glas:

– Dacă Zburătorul va fi soțul tău, crezi că și copiii voștri vor putea zbura?

Din fericire, mai avem puțin până la răsărit, iar atunci voi scăpa de toate întrebările astea.

În zori, Judele, Ajutorul, Numărul Cinci și alți zeci de conducători de luptători vor veni pe plaja din fața colibei mele să stabilim planul. Pe de o parte, vom merge la luptă cu doi conducători: Amn și Numărul Cinci. Pe de altă parte, în afară de mine, de tatăl meu și de încă vreo cinci care chiar știu să lupte, cei doi conducători nu prea au pe cine conduce.

În zori

Judele din Paul soseşte într-o trăsură cu doi cai care au pe cap armuri de fier ce le lasă doar ochii la vedere. În jurul trăsurii, aleargă opt băieți în costume negre, care, chipurile, ar trebui să îl apere de un atac. Dar nu prea îi văd în stare, având în vedere că jumătate sunt aproape leşinați. Oricum, Judele, practic, nu poate fi apărat, fiind o țintă mare şi aurie, vizibilă de pe cel mai înalt munte care ar exista în lumile noastre.

— Scaun! strigă Ajutorul, care a sosit călare, în fața Judelui.

Doi bărbați în costume negre execută imediat, iar un scaun de la mine din colibă este plantat în mijlocul plajei. În câteva clipe, ne aşezăm şi noi, muritorii, de-a stânga şi de-a dreapta scaunului, cu fața la el. Treptat, plaja se umple cu alți zeci de comandanți de război. O specie pe care nu o înțeleg pentru că ăştia, plini de floricele în piept şi de free în buzunare, nu au fost niciodată în război. Comandanții, nişte laşi pe care tata nu îi suportă şi despre care spune că la prima săgeată de arc o iau la fugă, lăsându-şi luptătorii singuri.

— Numărul Cinci şi… unde e Zburătorul? începe Judele.

— Uite-l…

I-l arăt pe Amn, care vine însoțit de Butoiaş. Amândoi abia îşi târăsc picioarele şi se vede după fețele lor că au un chef nebun de război.

— Nici măcar nu s-a ostenit să doarmă, să fie odihnit pentru război! bâjbâie cu dispreț Ajutorul.

Dar nimeni nu se oboseşte să-l bage în seamă.

— Bine ați venit la întâlnirea de dinaintea Marelui Război! strigă Judele, iar bărbații în negru încep instinctiv să aplaude.

Apoi, probabil îşi dau seama că *război* nu e chiar de bine şi se opresc.

— Începem cu Şeful Comandanţilor.

Un bărbat în cămaşă de război turcoaz, plină de decoraţii în formă de floricele - de sus până jos, pe faţă şi pe spate - face o piruetă, ieşind din grup.

— Am vorbit cu toţi comandanţii, aseară. Am analizat bătăliile anterioare. Practic, le-am pierdut pe toate, dar în ultima dintre ele, Hoor a reuşit să ne salveze două Relicve. Am studiat bătălia şi ne-am dat seama că victoria noastră a fost o întâmplare. Sau a fost Hoor unic, ca să fim mai precişi. Apoi am studiat şi bătăliile pierdute şi am ajuns la o concluzie destul de clară: nu ştim nimic. Nu ştim absolut nimic despre câţi oameni de pe dealuri vor ataca, cum, când. Nu atacă de fiecare dată cu acelaşi număr de oameni, în acelaşi loc. În ultimii două sute de ani, nu prea s-a repetat nimic.

— Şi ce ne-aţi sfătui?

— Ca sfat, e simplu, permiteţi să spun concluzia comandaţilor: decât să stăm să ne apărăm şi să plutim în incertitudine, mai bine îi atacăm noi! Măcar aşa ştim unde, cum, când. Şi avem şansa să îi luăm şi prin surprindere.

— V-ar face praf! sare Amn.

Când strigă asta, o sută de fete şi fecioare din public oftează zgomotoase, făcându-l pe Judele din Paul să tresară. Le-a vorbit Zburătorul, oooh, ce drăguţ!

— Aici ne aşteptăm rândul, Zburătorule! zice dur Judele. Iar fetele care gem sunt rugate să se abţină. Să nu uităm, Zburătorule, că eşti aici de pe poziţia a doua, deci vei vorbi al doilea. Acum vorbeşte cel care a luat cele mai multe floricele la Probe. Numărul Cinci, cum propui să facem?

Musculosul, Numărul Cinci, face un pas în față, iar eu mă gândesc cât de mare e acum pălăria pentru el. Când l-am văzut ridicând o căruță cu o singură mână, mi-am dat seama că nu există un om mai puternic, dar când l-am auzit vorbind, mi-am dat seama şi că nu există mai prostănac.

— Ce propui, fiule? îl încurajează Judele. Alături de Zburător, având-o pe Kayana în dreapta, pe tatăl ei în stânga, vei conduce lupta. Tu vei fi Înaltul Comandant!

— Propun...

Toată lumea aşteaptă să vadă ce le va spune noul Comandant suprem, şeful şefilor luptătorilor, cel care îi va salva de la înfrângere. Dar el tace.

— Ce propui, Numărul Cinci?

— Propun...

— Poți întreba un prieten, dacă nu ştii exact.

— NU! Propun SĂ LE RU PEM GÂ TUL!

Apoi, încins de ce a spus, îşi rupe singur tricoul de pe el, umflându-se ca un păun. Câțiva oameni, probabil la fel de inteligenți, căci mai avem şi noi proşti, ridică pumnii deasupra capului, cuprinşi de entuziasmul Musculosului.

— Mda... acum e rândul celui care a obținut mai puține floricele, dar se află aici datorită publicului. Zburătorule, ce tactică vei aborda?

Amn stă puțin pe gânduri, apoi înaintează până lângă Judele nostru, pentru a fi văzut mai bine de toți. Ce frumos e! Chiar şi aşa, cu pantofii rupți în picioare, cu pantalonii plini de praf şi cămaşa făcută zdrențe, care abia îi mai stă pe umeri.

— Sunt mulți, Jude! zice. Prea mulți pentru noi şi prea buni. Sunt cincizeci şi ceva de mii, plus cinci mii de mercenari.

— De unde ştii?

— Pentru că acum vin de la ei.

La anunțul ăsta, se aud din mulțime multe *ceee?!*, însoțite de câteva *cuuuum?!* şi alte sute de *oooooo!* Simt că în momentul ăsta comandanții se uită urât la Amn şi mi-e frică să nu îl acuze de trădare, aşa că fac câțiva paşi şi merg lângă el.

— Eu ştiam că merge! le spun.

— Kayana, ultima din neamul lui Hoor, e adevărat? Ți-a spus? întreabă Judele.

— E adevărat. Cum să ne luptăm cu un duşman pe care nu îl cunoaştem? Cum? De aceea l-am rugat să meargă să vadă câți sunt şi unde stau ascunşi.

— Ce ai aflat, Zburătorule? Ai zburat până acolo?

— Nimic bun, Jude. Sunt câți v-am zis, dar nu asta e problema. Oamenii de pe dealuri nu sunt de neînvins, dar mercenarii... mercenarii sunt nişte ucigaşi! Nu iartă nimic. Sunt născuți în tabere de luptă, crescuți acolo, înrăiți. În fiecare zi li se spune cât de răi sunt oamenii de la mare şi că Lumea De Pe Dealuri merită Relicvele. Şi că pentru asta trebuie să ucidă tot!

— Ooou! se sperie fetele.

— Jude, nu au milă! O mie dintre mercenarii ăştia, în condiții normale, ar cuceri Lumea De La Mare în mai puțin de o zi.

— Avem şi noi luptători! strigă Judele.

— Pe tatăl Kayanei, atât! Plus pachetul ăsta de muşchi fără creier şi încă o sută de băieți care îşi aduc goblenurile pe front! Fiți realişti!

Judele pleacă capul sau aşa mi se pare mie.

— Ne vor călca în picioare! strigă Zburătorul, făcându-i pe cei din public să intre în panică. Apoi, după ce ne vor cuceri, vor ajunge la tine, Jude, care le vei spune unde e Cufărul, unde e Tricoul lui Paul. Pentru că te vor tortura până le vei spune!

— Voi rezista! Nu mă voi da de gol!

— Îți vor rupe degetele, Jude! țipă Amn.

— Voi rezista!

— Te vor atârna cu capul în jos de o sfoară!

— Ooooo! strigă toți.

— Voi rezista!

— ... şi îți vor trece pe la nas prăjituri după prăjituri, una după alta, însiropate, cu miere, cu nucă de cocos, cu ananas. Iar saliva îți va curge râuri, râuri, ca acum...

— Destul! strigă Judele, ştergându-şi balele cu mâneca. Ce propui, Zburătorule? Să ne lăsăm învinşi?

— Să mă lăsați să merg la ei şi să stabilim să ducem un război cum n-a mai avut loc. Un război altfel, în care armele noastre vor fi pictura şi țesutul. Ce ştim să facem!

Nici eu nu prea înțeleg cum vine asta, dar sper că are ceva în cap. Mă gândesc la cartea lui Poe şi a lui David, nu îmi amintesc să fi pomenit vreunul despre un război altfel.

— Jude, continuă Amn al meu, aş vrea să le propun să ducem o bătălie în Zona Neutră, unde să nu fie distruse case, unde să nu fie afectați cei care nu participă la război. Nu e păcat ca fetele astea, copilele astea, să fie asediate de mercenari?

Arată înspre ele, iar fetele gem din nou. Sunt convinsă că două dintre ele îşi imaginează acum că au coitus cu Zburătorul meu, altfel nu ar geme în halul ăsta! Le e imposibil să se controleze.

— Aş vrea să ne luptăm o mie la o mie! spune Amn răspicat. O MIE DE LA MARE CONTRA O MIE DE PE DEALURI! Să vedem dacă vor.

— Hmmm, interesant, îşi mângâie Judele barba.

Apoi ridică privirea şi zâmbeşte. Nimeni nu îşi dă seama cu cine vorbeşte, probabil cu o pasăre albă şi zgomotoasă, care tocmai trece pe deasupra sa.

— Zburătorul a propus o bătălie cu verzii, de o mie la o mie de oameni. În numele lui Paul, ce se va întâmpla? Greu de spus! Rămâneţi şi veţi vedea!

Mulţimea acum chiar că e descumpănită, dovadă că unul mai mucalit chiar zice:

— Dar unde era să plecăm?

Însă Judele nu îl bagă în seamă şi, după ce un bărbat în costum negru îl şterge cu prosopul pe faţa transpirată, continuă:

— Vă reamintesc propunerea Zburătorului: o bătălie de o mie la o mie, în Zona Neutră. Vă sună cunoscut? În felul ăsta, Judele din Paul e protejat. Şi Judele din John la fel. Şi cei care nu participă la luptă vor fi la adăpost: cei foarte mici şi foarte bătrâni, plus fetele! În afară de Kayana, urmaşa lui Hoor, evident.

Mai mult ca sigur, Judelui îi este atât de frică de război, încât a luat-o razna şi a început să repete lucruri care s-au spus chiar puţin mai devreme. Ori poate i-a luat-o razna stomacul de când i-a făcut Amn poftă de prăjituri?

— Şi acum, oameni buni, strigă Judele vesel, înapoi la viaţa obişnuită din Lumea De La Mare! Cu mine vă revedeţi peste două zile, la Marele Râu! Asta numai dacă Zburătorul va reuşi să îi convingă pe cei din Lumea De Pe Dealuri să avem un război de o mie la o mie. Nu uitați, mizele sunt Cele Două Relicve! Cine va învinge va pune mâna pe marea recompensă: Cufărul Tuturor Tainelor!

Bărbații în negru aplaudă ca la teatru, iar lumea e puțin bulversată. Cum să ne întoarcem la viața obişnuită acum, când războiul e atât de aproape?

La finalul întâlnirii, Judele îi spune lui Amn:

— Dacă vor fi de acord, propune-le ca bătălia să aibă loc peste două zile, la răsărit. Numărul Cinci va lupta şi el alături de tine, dar tu stabileşti tactica. El e praf!

Se întoarce spre Musculos şi îl întreabă:

— Nu-i aşa, tinere?

— Ce înseamnă pa chet?

— Pachet?

— Pa chet de muşchi fără creer, aşa a zis ăsta. Ce e asta?

Capitolul 55

Amn

Lumea De Pe Dealuri. Anul 3615 (1303 după John).

— O mie contra o mie! îi zic.

Judele din John, zis şi Marele Auriu, mă priveşte cu un soi de silă. Ceilalţi, care au funcţia de Jude în celelalte şapte kijijiuri ale Lumii De La Mare, s-au pus pe scaunele înalte, cu numele lor gravate pe spătar, la masa mare şi hexagonală. Nu te-ai fi gândit niciodată că vor aduce aici, la intrarea în Zona Neutră, în tabăra luptătorilor, o masă mare, de lemn masiv. Nici nu vreau să mă gândesc de unde au cărat-o şi cum!

— ... o mie de la noi, o mie de la ei, în Zona Neutră, insist. La Marele Râu.

Sunt mic, mic de tot, la masa asta gigantică. Scaunul meu este făcut intenţionat mai scund. I-au tăiat din picioare! Procedează aşa pentru ca omul care vine să îi întâlnească pe cei opt mari Aurii să se simtă absolut dominat şi neînsemnat. În plus, blatul mesei este mai subţire în partea mea, iar pe măsură ce se îndepărtează de mine devine tot mai gros şi mai înalt, astfel încât ochii mei sunt la acelaşi nivel cu mâinile de pe masă ale Judelui din John, aflat în celălalt capăt.

Mă scoate din minţi faptul că trebuie să mă uit în sus la toţi ăştia.

— Zici că sunt periculoşi şi ne pot bate? rupe un Jude tăcerea.

— Zic! Zboară şi fac lucruri nemaiîntâlnite. Unul dintre ei a suprapus, cu mâinile goale, douăzeci şi nouă de blocuri de piatră, fiecare greu cât un taur!

— Şi soldații întorşi din lumea lor ne-au spus că sunt puternici, intervine alt Jude. Deci e adevărat?

— Este.

Intenționez să îl sperii, dar nu pare deloc a se pierde cu firea. Probabil şi din cauza faptului că nu îl interesează prea mult. Doar nu îşi riscă el viața mergând la război, ci proştii!

— Se pot compara ei cu mercenarii noştri? zice alt Jude. Crescuți, înrăiți de mici, învățați să lupte de dimineața până noaptea. Nimeni nu mai e ca ei, Învățătorule! Se pot compara ăia de la mare cu ei?!

— Se pot.

— Şi de ce ar trebui să acceptăm o mie la o mie?

— Pentru că dacă îi vom bate, vă vor da Relicvele! Nu ăsta e scopul?

— Ei au propus asta? Nu e o capcană?

— Da, Jude! îi răspund. Ei au propus-o.

— Putem vedea Cufărul înainte?

— Cufărul va fi lângă voi, cei care veți asista împreună la bătălie. Cei opt Aurii de la noi, plus cei şase de la ei.

— Cei opt ce? sare Judele din John.

— Cei ce au funcția de Jude, am vrut să zic. Voi toți veți sta acolo, la un pahar de vinuț bun, cu nişte fructe, la masă. Poate luați chiar masa asta la război, cred că încăpeți paisprezece. Asta, în timp ce noi ne luptăm pe viață şi pe moarte pe lângă voi, pe acolo. Ce ziceți?

Bulgăraşii aurii n-au prins ironia. Se uită unul la altul, iar din schimbul ăsta de priviri eu sunt singurul care nu înțelege nimic. Cei care bat tobele par totuşi a pricepe ceva, drept care încep să lovească pielea întinsă cu bețele de lemn. Se simte tensiunea fierbinte în aer.

După alte câteva momente de tăcere, Judele din John, şeful nemernicilor, zice, din capul celălalt al mesei:

— Imediat vom vota, după o scurtă pauză de gândire.

Băieții în negru se aruncă asupra mesei şi încep să îi aranjeze pe Aurii. Unul îi aşază altuia haina, altul peruca celui de lângă el, mai e unul care îi dă cu o cremă pe față Judelui din John. Le sunt aduse căni cu apă, struguri şi alte fructe. Apoi bărbații în negru se îndepărtează toți, cam în acelaşi timp, iar Judele din John continuă:

— A sosit momentul votului: vom avea sau nu vom avea o bătălie de o mie de oameni de pe dealuri împotriva a o mie de oameni de la mare?

Tobe. Şi fete nemişcate. După ceva vreme, primul Jude ridică în aer degetul mare, lăsând să îi strălucească în văzul tuturor marele ghiul auriu. Al doilea ridică acelaşi deget, dar îndreptat în jos. Rând pe rând, avem trei degete cu ghiul - în sus, patru - în jos.

— Votul meu e decisiv. Vă reamintesc: fiind Judele capitalei John, valorează CÂT DOUĂ VOTURI! Totul este conform legilor Lumii De Pe Dealuri. Iaaaaaaar votul meu este…

Tobe. Unii soldați închid ochii, de emoție.

— Este…

Parcă e nebun! De fapt, ce parcă? Cum ar putea fi normal la cap un om care prelungeşte acest moment până la agonie? Deschide gura, în sfârşit:

— Este... nu uitaţi: *Lumea e plină de pericole! Pentru a vă proteja când sunteţi în natură, alegeţi să vă ungeţi pe corp cu cremele din resturi de ceapă şi frunze de dafin făcute de familia Lore şi Al! Cumpăraţi două şi primiţi două şi jumătate!*

Pauză luuuungă, timp în care se uită nemişcat şi concentrat într-un punct fix, la un copac. Parcă ar face pe el, aşa se strâmbă.

— Iaaaar acum, votul meu esteeeee: DA!

Aplauze ale bărbaţilor în negru, urmate de aplauze mult mai pline de entuziasm ale ostaşilor.

— Cu 5-4 rezultat final, vom avea o bătălie între o mie de oameni de pe dealuri versus o mie de oameni de la mare! Armata Verde, condusă de Burkel - comandantul mercenarilor - şi Armata Turcoaz, condusă de...

Judele din John rămâne puţin pe gânduri, apoi realizează că nici măcar nu ştie cu cine luptă.

— Învăţătorule... Cine îi va conduce pe cei de la mare?

— Vor fi doi. Nu s-a decis câştigătorul.

— Aha! Şi Armata Turcoaz a celor de la mare, condusă de cei doi, care, oricine ar fi, vor fi nimiciţi!

Burkel, un colos de om, cu şaptesprezece pachete de muşchi peste cele şaptesprezece pachete de muşchi de dedesubt, se apropie de masa noastră. Pe lângă Burkel ăsta, Musculosul din Lumea De La Mare pare un copil sărman, hrănit doar cu pâine şi apă. Iar pâine doar o dată la două săptămâni. O felie.

Se aruncă în genunchi şi pământul tremură puțin.

– Jude, e o onoare! Vreau să vă asigur că Lumea De Pe Dealuri îşi va recupera ceea ce merită de drept: Tricoul lui Paul şi Cufărul Tuturor Tainelor. Să nu vă îndoiți de asta! Ne vom lupta până la ultima picătură de...

– Da, da. Ştim! zice Judele din John plictisit.

Judele se ridică în picioare. Şi când zic în picioare, zic pe masă, dar în picioare. După o mişcare de aproape dans, aş putea zice, de care chiar nu îl credeam în stare, agită mâinile deasupra capului şi strigă:

– IATĂ, A VENIT ŞI MOMENTUL PE CARE TOATĂ LUMEA DE ACASĂ ÎL AŞTEAPTĂ DE ATÂTA TIMP: SĂ ÎNCEAPĂĂĂ RĂZBOIUUUL!

Capitolul 56

Kayana

Lumea De La Mare. Anul 3615 (1303 după Paul).

O amintire:

După ce am venit din excursia de la Păstrător, l-am întrebat pe tata despre ultima Relicvă. Mi-a spus:

— Kay, Cufărul Tuturor Tainelor nu a fost văzut de nimeni de peste cincizeci de ani. Nimeni, în afară de Păstrător şi de Jude, bineînţeles. Unii spun că e ascuns în acelaşi loc cu Tricoul lui Paul, alţii că e la mare distanţă de el, pentru ca necredincioşii să nu pună mâna pe amândouă. Ultimul om care a văzut ce este în Cufăr a fost Hoor. L-a deschis în timpul bătăliei, cu gândul de a ascunde comoara din el.

— Şi ce a spus, care exact e comoara?

— Cuvintele lui exacte, pe care le-a repetat până în ultima clipă, au fost: «Înăuntru e o minune care te umple de energie şi te poate readuce la viaţă!»

Apoi l-am întrebat pe tata de ce nu l-au readus pe Hoor la viaţă şi mi-a spus:

— Nu poţi readuce la viaţă un om pe care l-a înghiţit pământul!

Iau cartea şi mă cuibăresc în braţele lui, aşa cum am văzut la puii maimuţelor. Umerii mei, exact între umerii lui, iar el rezemat de peretele din sala Marelui Comandament de Luptă. A se citi: camera mea.

– Zburătorule, îţi place ce ţi-am pregătit? Scot de sub pernă o căciulă roşie cu floricele albe. Are ochii decupaţi şi un ciucurel. Mă abţin cu greu să nu râd şi reuşesc.

– Cu asta plănuieşti să mă ascund ca să nu mă recunoască, Kay?

– Îţi place, Amn? clipesc des.

– Având în vedere că e făcută de tine e minu... NU!

– Biiine, fie! zic şi scot de la spate o mască turcoaz.

Se luminează la faţă.

– Să scriu şi un Z pe ea, Zburătorule?

– Sigur, ar fi ceva! Şi pe pelerină, la spate. Fă unul mare, mare de tot! Dacă tot râzi de mine, râzi până la capăt...

Lumea noastră este atât de pregătită de război, încât n-are nici măcar un loc unde să se adune conducătorii înainte de bătălie. Sigur, bărbaţii din kijijiul meu au propus ca Marele Comandament, adică Înaltul Comandant şi Comandantul Adjunct, în acest caz eu şi Amn, să ia deciziile în biroul Judelui. Din fericire, tata le-a spus că primul loc pe care l-ar ataca necredincioşii ar fi biroul, aşa că e mai sigur la noi în colibă. Sau oriunde altundeva, chiar şi în gura rechinului. Aşa le-a spus.

– Uite, Kay, îmi zice Amn. Ţine pumnul aşa!

Îmi lipeşte palmele şi mă pune să le împreunez pentru a forma o bilă, ceva mai mică decât băşica de Bal.

— Pământul ar fi pumnii tăi, Kay... Lumânarea e Soarele. Pe jumătatea asta de Pământ (îmi arată jumătatea luminată) ajung razele, iar pe cealaltă nu (atinge uşor jumătatea neluminată de pe pumnii mei, iar asta mă face să tresar). Ce înseamnă asta?

— Că stau în brațele tale, iar capul ți-a luat-o razna din nou?

— Că pe jumătate de Pământ e zi, pe cealaltă e noapte, Kay!

— Aha! Sau asta.

Sigur nu l-am ales după trup? Nu m-am lăsat păcălită de mâini, gură, ochi, buze, vocea caldă şi... Sigur era şi isteț?

— Omule de pe dealuri, în mod ciudat ajuns şi conducătorul celor de la mare, m-am mai gândit la asta cu Pământul de formă rotundă. Cred că Afrika are dreptate: dacă Pământul e ca un măr care se învârte repede, un purice care sare perfect în sus de pe coaja mărului, ar trebui să cadă de fiecare dată în alt loc. Nu? (îi arăt) Uite, sare de aici, mărul se învârte, puricele cade aici.

Tace. L-am încuiat. Nu ştiu cum de am putut să cred măcar pentru o clipă aşa o prostie, că Pământul e rotund. Acum sunt convinsă că Poe şi David au râs de noi la pasajul ăsta.

— E ca o farfurie, Amn!

— Mă mai gândesc. Ştiu că e rotund, dar nu înțeleg de ce puricele ăla nemernic cade în altă parte.

E clar, l-am ales pe cel mai prostuț de la ei! Dar măcar sărută bine şi sunt îndrăgostită de el.

— Hai să citim, Comandant Adjunct!

— Să citim, Înalte Comandant:

Încheiem aici cartea noastră, care mâine dimineață, peste câteva ceasuri, va fi îngropată alături de bunicul meu, mult iubitul Vocea sau Vo, aşa cum îl alinta fata noastră, Ma, şi băiatul nostru, Edgar.

Vo a fost un om minunat, primul Jude al Lumii Noi, cel fără de care omenirea nu ar fi supraviețuit. Ultimele pagini ale cărții noastre sunt scrise cu lacrimi, pe repede înainte, în noaptea de dinaintea îngropării lui.

David zice că v-am dat versurile şi partiturile, dar că el nu le-a înțeles. Apoi mi-am dat seama că dacă el nu le-a înțeles, nici voi n-o să o faceți, chiar dacă sunt scrise în cel mai simplu mod din lume: doar cu notele de bază. Fără timpi, fără cheia sol, fără nimic altceva, pentru că nu mă pricep mai mult.

Chiar şi aşa, probabil că notele muzicale vă par nişte semne de nedescifrat, aşa cum ne păreau nouă pe vremuri hieroglifele şi cuneiformele. Aşa că fiți atenți: liniile acelea lungi formează un portativ, semnele sunt ceea ce se cheamă «note muzicale», iar fiecare se cântă aşa: DO, RE, MI, FA, SOL, LA, SI, DO.

Do Re Mi Fa Sol La Si Do

– Ştiam eu, Amn! Ştiam eu că melodiile acelea din carte nu pot fi atât de proaste!

– Adică ne cântăm greşit imnurile?

– Absolut!

Mă desprind din braţele lui pentru a-l putea privi în ochi.

– Cred că ştiu ce zice Poe. Ascultă: DO, RE, MI, FA, SOL, LA, SI, DO! îi cânt. Notele astea..., semnul ăsta se cântă ca şi cum ai cânta DO, înţelegi? Iar ăsta ar trebui să sune ca MI.

– Ajută asta?

– Ajută mult! Pot cânta LA, LA, LA şi să cânt primul LA ca pe DO, al doilea ca pe RE, al treilea ca pe MI. Înţelegi? E LA, LA, LA, dar sunt trei feluri de LA!

M-am entuziasmat, dar sunt conştientă de faptul că nu ştiu să îi explic mai bine şi că nimeni nu ar înţelege. O să aprofundez, ceea ce înseamnă că probabil n-o să am linişte până nu mă prind exact care e treaba. Mă cuibăresc la loc în braţele lui.

N-o să vă complicăm teoria muzicală, de altfel nici nu sunt în stare. Dar suntem convinşi că de aici încolo veţi dezvolta voi.

Acum trebuie să vă spun şi despre cel din urmă obiect, pe care vi l-am lăsat într-un cufăr. De fapt, iubitul nostru Vo vi l-a lăsat...

Închid repede cartea şi parcă mi-e frică să mai citesc. Tremur toată şi înghit în gol, iar emoţiile au pus stăpânire în întregime pe corpul meu. Şi nu este vorba numai de cele date de apropierea de Amn.

Vom afla ce reprezintă Cufărul Tuturor Tainelor! Câte generaţii s-au întrebat ce este în el... Câţi oameni au căutat încontinuu răspunsul acesta... Câţi artişti de pe Insulă i-au dedicat cântece... Cel mai frumos cântec pe care l-am auzit eu până acum e unul care se intitulează *Tu ești ca un cufăr, mă readuci la viață.* Dansam de fiecare dată când îl auzeam. Câți gânditori din lumea mea nu i-au dedicat scrieri? Câți filosofi nu au vorbit în Agora zile și zile la rând despre Cufăr...

Iar noi, acum, suntem pe cale să aflăm ce e înăuntru.

– Nu cred că pot să citesc acum! îi spun lui Amn.

– Bun, zice gânditor, deci nu citim despre Cufăr. Oricum nu știu cu ce ne-ar fi ajutat în război.

– Când am împlinit 40 de anotimpuri, Înalte Comandant, am fost în misiune! Ne-au încolonat pe toți, ne-au legat la ochi și am mers două zile fără să vedem nimic. Prin păduri, prin câmp... Nu ne dezlegau la ochi nici când ne făceam nevoile sau când mâncam. Știi cât de greu e să mănânci legat la ochi, Amn? Ca să nu mai zic de cealaltă treabă.

– De ce v-au legat?

– Ca să nu vedem unde locuiește Păstrătorul, evident! Și în cazul unui atac al vostru, al celor de pe dealuri, să nu fim în stare să le spunem unde sunt ascunse Relicvele! Am văzut atunci, în excursia aceea, Tricoul lui Paul. Apoi fiecare dintre noi, copii și adulți, am sperat că Păstrătorul ne va arăta și Cufărul. L-am întrebat și ne-a spus că *nu este posibil*. Apoi a adăugat: *E un obiect cu puteri atât de mari înăuntru, încât niciun muritor nu poate rezista. Până și pe Hoor l-a înghițit pământul în cele din urmă.*

Iar acum, dintr-odată, ar trebui să aflu ce este în Cufăr. Dar dacă nu-s pregătită pentru asta?

– Nu cred că-s în stare, omule de pe dealuri. Să citim asta după război, te rog!

Mă strânge în brațe, stă puțin pe gânduri, apoi îmi zice răsuflând ușurat.

— De acord, nici eu nu pot. Şi în lumea mea s-au scris poezii şi cântece despre Cufăr... E cea mai mare întrebare la care nimeni nu a găsit răspuns. Cred că e prea mult şi pentru mine să aflu acum ce e înăuntru. Dacă m-aş şoca, probabil că nu aş face faţă în război, iar acolo ar trebui să am mintea limpede.

Îl sărut lung pe Înaltul Comandant, mulţumind în gând lui Paul că nu a insistat să citim acum pasajul acesta. N-aş fi suportat. Redeschid cartea şi citesc ultima pagină:

Această carte este scrisă pe o hârtie care rezistă mii de ani, fabricată de David după o reţetă din Lumea Veche, deci nu va fi mâncată de carii. Cerneala va rezista tot atât de mult, aşa că nu vă faceţi griji.

— Carii? Oamenii mâncau cărţi, Kay?

— Asta m-am întrebat şi eu ...

David zice că e posibil ca voi, cei care citiţi acum, să fiţi chiar urmaşii urmaşilor noştri, cine ştie? «Poate chiar o fată cu steluţă o adorabilă, ascunsă în spatele genunchiului drept», îmi spune. Dar oricine aţi fi, sperăm că veţi folosi ce aţi învăţat pentru a da mai departe şi altora.

Carte dedicată memoriei dragului de Vo, care de mâine se va transforma într-un chiparos.

Poe şi David.

Capitolul 57

Amn

Zona Neutră. Anul 3615 (1303 după John).

MAREA BĂTĂLIE

La Răsărit, aşa cum a fost vorba, ne-am strâns la Marele Râu. O mie de mercenari din Lumea De Pe Dealuri şi o mie de luptători de la mare.

Prima întrebare a tuturor a fost de ce râul cel mare nu e mare, dar Judele din John le-a spus că anul ăsta a secat din cauză că Relicvele nu sunt ale lor. Pe când celălalt Jude, din Paul, le-a zis oamenilor din lumea de la mare:

— Doar vi se pare că e mic! Toate apele par mici pe lângă marea cea mare, lăsată de Paul lumii noastre!

Iar eu arăt ca un mare comandant pregătit de petrecere: cu masca turcoaz pe ochi şi cu un fel de pelerină, de aceeaşi culoare. Fustă şi pantaloni mulaţi am refuzat să port, motivând dureri de glezne de la proba cu pietrele. Cât despre pelerină, Kay a luat-o în serios şi a pictat un Z pe ea. Sper să apuc ziua în care o să i-o plătesc.

Păsările nemuritoare sunt mai agitate şi mai flămânde ca niciodată, iar asta îmi dă o stare cumplită de nelinişte. Ca nişte prădători, ne pândesc din înaltul cerului, aşteptând ca unii dintre noi să îşi lase morţii pe câmpul de bătălie. Sigur, nimeni nu a văzut vreodată o pasăre coborând pe pământ, în afară de ai mei - dacă ceea ce am auzit e adevărat -, dar trebuie să se hrănească și ele cumva. Toți credem că mănâncă noaptea și sunt atât de rapide atunci când coboară, încât nimeni nu le poate vedea.

La marginea câmpului de luptă s-a întins masa mare. Cei paisprezece dolofani, toți cei care îndeplinesc funcțiile de Jude în kijijiurile din ambele lumi, s-au pus pe mâncat și pe băut împreună. Puțin mai devreme, unul dintre grăsanii aurii de la mare a zis că are chef de muzică. Îi alunecă mai bine mâncarea cu muzică, așa a zis. Prin urmare, un Jude din Lumea De Pe Dealuri s-a conformat și i-a poruncit Ajutorului său să cânte.

— Tricoul lui Paul și Cufărul Tuturor Tainelor vor rămâne aici până la finalul războiului! i-a anunțat pe toți Judele din John.

— *All you need is love!* a confirmat și Judele din Paul.

— Învingătorul ia tot!

Păstrătorii din ambele lumi stau pe două scaune înalte, cu ochii pe cele două Relicve. Au bărbi lungi și cămăși albe până-n pământ și, dacă nu aș ști că vin din lumi diferite, aș putea să bag mâna în gura rechinului că sunt frați.

— Următorul! strigă un Păstrător. N-o să stăm toată ziua!

Luptătorii din ambele tabere îngenunchează acum, rând pe rând, în fața Tricoului lui Paul și a Cufărului Tuturor Tainelor. Cei mai mulți dintre ei scot sunete de admirație profundă atunci când le vine rândul.

— Următorul!

Eu sunt. Îngenunchez în fața cufărului. O cutie de lemn pătat, cu nuanțe mai închise şi mai deschise. Pare a fi de măslin, deşi nicăieri în *Cartea Sfântă* nu e specificat. Superb de simplu, fără niciun fel de sculpturi pe el şi cu un lacăt imens de fier. Aşadar, aşa arată! Încerc să îmi aduc aminte tot ce am învățat despre el de-a lungul timpului. Mă energizează? Sigur, simt ceva. Ori este doar puterea gândului meu? Apoi îmi zic că am făcut bine că nu am citit ce au scris Poe şi David. Nu cred că aş fi suportat dacă aş fi citit pe acolo că este o banală cutie în care păstra Poe pâinea sau cine ştie ce. La ce simț al umorului avea Poe, ar fi fost în stare! Când ajung în fața tricoului lui David, mă cuprind mai multe emoții decât aş fi crezut. Sigur, nu e tricoul lui John, dar e al unui om care ne-a scris o carte şi m-a învățat lucruri cu care să înving în Probe. Cumva, mă simt mai apropiat de el decât de Paul sau de John.

E bine că gândesc aşa? Asta mă face necredincios?

— Următorul!

Vine rândul mercenarilor să îngenuncheze. Apreciez, după îmbrăcăminte, că trei sute sunt călăreți, iar restul sunt pe jos.

— Ce arme au, Amn? mă întreabă Kayana.

— Orice ar avea, fie şi numai bețişoare cât degetul, ne fac praf.

Apoi începem să ne îndepărtăm unii de alții.

De o parte sunt ei, o mie de masculi verzi, fiecare dintre ei de două ori mai mari decât mine, ca şi cum nu ar fi tot oameni. Conducătorul lor este animalul numit Burkel, care acum dă câte o palmă zdravănă fiecărui mercenar, după care namila lovită scutură din cap şi urlă. Presupun că e un ritual de intimidare, ca să vedem noi la ce lovituri grele pot rezista fără să clipească.

De cealaltă parte, suntem noi: eu, Kay, Musculosul, tatăl Kayanei şi încă nouă sute nouăzeci şi şase de speriați cu pelerine turcoaz. Şi când zic speriați, exact la asta mă refer. Unora le tremură picioarele când le văd pe namile lovindu-se, iar bâțâiala asta arată rău, mai ales când porți pantaloni mulați pe glezne. Altora nu le tremură nimic, asta probabil şi pentru faptul că nu prea înțeleg ce caută aici. Când am ales cei o mie de oameni, am avut un singur criteriu:

– Cine vrea să facă parte dintre cei o mie?

Iar cele mai multe răspunsuri au fost:

– Vreau eu! Dar nu acum, la bătălia viitoare.

– Mă doare piciorul, v-aş încurca.

– Trebuie să îmi termin ghergheful, o să rămân în kijiji! Am o idee genială!

– Cui să îi las prăvălia?

– Şi cine îmi culege fructele?

Am strâns vreo sută nouăzeci şi şase. Plus opt sute pe care Butoiaş i-a recuperat din piața în care mă aşteptau. Se strânseseră deja câteva mii bune, dar am ales numai bărbații, chiar dacă fetele păreau cele mai dornice să meargă la război alături de mine.

Aşa că acum avem nouă sute nouăzeci şi şase de, nici nu ştiu cum să le zic, dar inconştienți ar fi cuvântul cel mai bun. Inconştienți care acum merg cu spatele plecat şi fără pic de încredere în ei înspre Lumea De La Mare. Trebuie ca armatele să se îndepărteze una de alta, la distanță de o oră, apoi să aşteptăm.

Merg târându-şi picioarele, iar unora le atârnă pensulele şi culorile de pictură din buzunare, altora sforile pentru gherghef, de care nu se despart niciodată. Câţiva dintre ei sunt surzi, au ridicat mâna din greşeală când i-am întrebat. Alţii au vrut pur şi simplu să scape de neveste şi ar fi mers oriunde, inclusiv la război. Dar acum le pare rău. Sunt şi din aceia care au visat să impresioneze fetele cu o participare la luptă, pentru ca mai apoi să se întoarcă în Paul cu pieptul plin de decoraţii-floricele, iar în felul ăsta să devină populari. Unul dintre ei, micuţ şi cu bube până şi pe pleoape, mi-a spus că dacă fetele l-ar plăcea, nu l-ar deranja nici dacă şi-ar pierde un picior şi un ochi. Dar cei mai mulţi dintre ei, mai mult de jumătate, chiar au crezut că sunt bine antrenaţi. Mulţi s-au luptat singuri cu arborii de cauciuc sau cu palmierii sau au făcut exerciţii în spatele casei. Niciunuia dintre ei nu i-a trecut prin cap, la un moment dat, că ar putea să se antreneze şi cu o armă. Drept care acum, mă tem mult mai mult să nu se sinucidă din greşeală decât de un atac al mercenarilor.

— Amn, sper că ai un plan pentru treaba asta, nu?

— Am, Kay? Sigur că am, dar care?

— Ce ştim noi să facem mai bine? le zic luptătorilor mei.

— Să luptăm! strigă ei, ca un cor de pisici şi de capre.

Suntem la aproape un ceas de armata mercenarilor, aşa cum am convenit, şi aşteptăm sunetele trompetelor.

— Nu ştim să luptăm, le zic. De altfel, suntem cei mai proşti luptători din câţi există.

Tatăl Kayanei mă aprobă rotindu-şi tare şi repede capul, ceea ce mă încurajează să le vorbesc în continuare, dar mă şi ameţeşte puţin.

— Ştim să desenăm! continui. Ştim să pictăm! Ştim să facem floricele la gherghef şi prăjituri! Sucuri de fructe... Ştim să dansăm şi să construim! Ne pictăm casele şi Agorele cu o viteză uimitoare, iar ele arată senzaţional. Asta ştim să facem!

— Şi lup tăm! strigă Numărul Cinci.

— Nu te ajută la nimic dacă lupţi singur, Musculosule! În cel mai fericit caz, vei răpune doi-trei uriaşi din ăia. Apoi ne fac praf.

— Dar ră pun cin ci!

— Mult prea puţin, gigantule! Haideţi să folosim armele noastre! Ce ziceţi?

— La ce te referi, Zburătorule? Ne înveţi să zburăm?

— Nu chiar. Mă refer la ce ştim toţi să facem. Am un plan, le zic, dar el va funcţiona numai dacă toţi sunteţi cu mine. Sunteţi?

Pauză.

— Sunteţi cu mine?

— Suntem! zice tatăl Kayanei.

— Suntem, normal! spune şi Kayana.

— Suntem, spun glasuri răzleţe.

— RESPECTAŢI ÎNTOCMAI PLANUL MEU?

— Respectăm.

— Respectăm...

— Respirăm! confirmă şi Numărul Cinci.

— ATUNCI VOM ÎMPĂRŢI ARMATA ÎN DOUĂ: ARMATA PICTORILOR ŞI ARMATA ŢESĂTORILOR!

Merg la Kayana, o iau de mână şi i-o ridic în aer:

— Ea este comandantul pictorilor! zic. Ea vă va spune unde şi ce să pictaţi.

— Dar nu ne-am adus pânze!

— Cum să pictez fără pânzele făcute de mine?!

Vociferează destul de zgomotos. Când e vorba despre artă, oamenii ăştia nu fac niciun compromis! Ridic mâna pentru a-i opri şi strig:

— Pe copaci şi pe stânci veţi picta!

— Interesant! zice unul cu o şuviţă lungă.

— Neconvenţional, adaugă cel de lângă el.

— Jumătate dintre voi vor picta oameni pe copaci! Important e să fie oameni, în uniforma noastră de acum. Dacă nu aveţi un chip anume în minte, vă puteţi picta unii pe alţii. În mărime naturală, cu arme în mână. Am nevoie să pictaţi muuuuult şi repede!

— Eu ştiu să fac oameni repede!

— Şi eu!

— Perfect! O ascultaţi pe Kayana, ea vă spune pe ce copaci să pictaţi. Ceilalţi veţi scrie mesaje. Kayana, urmaşa lui Hoor, vă va dicta mesajele. Ele vor fi rele, foarte rele, cu scopul de a le aminti mercenarilor despre cum i-a rupt în bătaie Hoor şi de a îi enerva cât mai mult: *HOOR VĂ RUPE OASELE DACĂ VENIŢI; HOOR A ZIS CĂ SUNTEŢI NIŞTE URIAŞI FĂRĂ CREIER; HOOR N-A MURIT! VĂ AŞTEAPTĂ DUPĂ COLŢ!; DACĂ URMEZI SĂGEATA, ARMATA LUI HOOR O SĂ TE FACĂ BUCĂŢELE!* Aţi înţeles?

— Putem să scriem şi *HOOR A AVUT COITUS CU SORA VOASTRĂ*?

— Orice îi va enerva! îi răspund. Dar neapărat să însoţiţi mesajele de săgeţi care să indice direcţia aceea.

Le arăt cu mâna.

— Plecați! Acum!

Cinci sute de luptători-pictori, aleşi aproape imediat de tatăl Kayanei şi de Kayana o rup la goană, ca nişte militari. Cu şoldurile ondulate, cu mâinile pe sus, ca nişte adevărați soldați. Partea bună e că ajung în cele din urmă la copaci şi încep să picteze cu o viteză incredibilă.

— M-am înşelat! le spun celor rămaşi. Gherghefu! e o armă şi încă una foarte importantă! Am râs degeaba de voi.

— Armă? Sau artă? spune un tip cu voce subțire. Poate nu ştii diferența, Zburătorule?

— Armă! Voi, cei cinci sute de țesători incredibili, va trebui să faceți o plasă. Cea mai mare plasă din câte au existat vreodată pe lume! O plasă care să țină de aici şi până acolo.

Le arăt cu mâna o stâncă din zare.

— Folosiți ce vreți: gherghef, împletitură de mână a sforii, ce ştiți voi! Nu mă pricep, sunteți liberi să vă folosiți imaginația. Important e să faceți cât mai repede această plasă URIAŞĂ!

— Putem să facem şi floricele? întreabă fericit unul dintre ei.

Fără floricele, vă rog! Plasa trebuie să fie făcută repede, incredibil de repede, nu avem timp de floricele. Ochiul plasei trebuie să fie cam atât, cât degetul mic. Nu mai mare, ați înțeles?

— Daaaa! strigă fericiți şi plini de energie.

— Pare că, într-adevăr, s-au energizat după ce au văzut Cufărul. Nieee, pe cine păcălesc? Este doar fericirea pură de a face ce le place.

— Şi eu? strigă Numărul Cinci.

— Tu, uriaşule, vei merge cu mine şi cu tatăl Kayanei. Vei aduna cei mai mari bolovani pe care îi găseşti, apoi îţi voi spune ce trebuie făcut. Poţi căra bolovani, uriaşule?

— Este peştele-balon un umflat?

O să iau asta ca pe un da.

Capitolul 58

Kayana

Zona Neutră. Anul 3615 (1303 după Paul).

MAREA BĂTĂLIE

Înainte să auzim trompetele, deja eram la două sute de oameni desenați pe copaci. Unii arată atât de bine pe scoarța lor, încât și eu îi iau drept reali și le vorbesc când trec pe lângă ei.

Kayana, urmașă a lui Hoor, pe ăsta ce scriem?

– *MERCENARULE, N-AI TU CURAJ SĂ URMEZI SĂGEATA ASTA!*

— Și pe cel de lângă?

– *CINE E CEL MAI PROST MERCENAR? TU EȘTI!*

— Aici?

– *IA-O LA STÂNGA, DACĂ VREI SĂ-ȚI DEA ZBURĂTORUL BĂTAIE!*

Două sute de copaci, dar în ritmul ăsta, vom ajunge la cel puțin două mii, până vin.

— Kay!

— Omule de la... strig fericită. Adică, tu, comandante Zburător! Înalt Comandant sau cum era...

— Chiar nu pot da jos pelerina asta?

— Nu încă! îi răspund serioasă. După căsătorie, da, în fiecare seară! Aşa că ai face bine să ai un plan bun, ca să apucăm.

Roşeşte. E atât de drăguț că îi văd roşeața aia din obraji pe sub masca strâmbă, încât nu îmi pot lua ochii de la el.

— Apucăm, Kay! Dar aş da masca jos, nu-s obişnuit cu…

— Amn, dacă îți cade masca, probabil că te vor recunoaşte ai tăi şi…

Lasă capul în bărbie, trist, iar eu simt nevoia să-l mângâi pe obraz.

— Ştii, Amn, m-am prins ce a vrut să zică Poe despre muzică, e uimitor! Imnul nostru e chiar…

— Cu plasa cum stăm? mă întrerupe. Abia aştept să îmi spui mai târziu despre muzică.

— Amn, nu îți face griji! Cred că într-o oră puteau face cu uşurință una de două ori mai mare.

Apoi pleacă pe urmele tatălui meu şi ale Numărului Cinci.

Trebuie să recunosc că bărbații ăştia care fac plase sunt incredibili. La ce viteză uimitoare au, cred că ar putea confecționa la gherghef un fular pentru fiecare copac din pădure, în mai puțin de o oră. Sau ar putea face un covor mare, de aici până la defileul din depărtare, tot în acest timp. Frumos e că, din când în când, câte un luptător gherghefar nu se poate abține şi trânteşte o floricică între ochiurile plasei.

— Cine a făcut floricica? zic.

— Cred că… era acolo, răspunde unul.

— S-a făcut… singură?

— Poate, nu ştiu.

Mercenar
STÂNGA
te aștea

— Floricica înseamnă pierdere de timp! Haideți, haideți!

După ce pleacă Amn, alerg când la pictori, când la gherghefuri, ca o nebună. Mă rog la Paul, în fiecare clipă, să izbândim şi planul lui Amn să fie bun. Ce mă enervează mai tare este că de undeva, din depărtare, se aude muzică. Îmbuibații ăia de la masă petrec, în timp ce noi ne dăm de ceasul morții şi probabil că vom fi călcați în picioare. Patru sute de soldați desenați pe copaci. Începem să stăm bine.

— Mai am loc aici să scriu ceva, Comandante Adjunct! zice unul extrem de serios.

– *BOULE, AI GREŞIT DRUMUL? UITE SĂGEATA, URMEAZ-O, DACĂ AI SÂNGE ÎN TINE!*

— Am înțeles!

O trompetă se aude de undeva de departe. Apoi câteva bătăi de tobă şi iar trompeta. Din mii de piepturi de gorile mercenare răzbate un strigăt de luptă. Iar acum? Paul cu mila.

Capitolul 59

Amn

Zona Neutră. Anul 3615 (1303 după John).

MAREA BĂTĂLIE

Musculosul nostru, Numărul Cinci, este incredibil!

În timp ce tatăl Kayanei cară câte doi bolovani odată, el duce câte şase, iar uneori câte opt. În ceea ce mă priveşte, abia reuşesc să ţin pasul cu tatăl Kayanei, căruia aş putea să îi zic Tată-Socru, dar mi-e frică să nu mă trezesc cu o suliţă în cap.

— Unde veţi locui dacă îi învingem, Numărul Zece? mă întreabă din senin.

Scopul nostru este să construim o macara, apoi să ducem cât mai mulţi bolovani sus, pe marginea defileului. Pe unii îi culegem chiar de acolo, dar pe alţii suntem nevoiţi să îi luăm de mai jos.

— Nu m-am gândit la asta, Tată-So...

Îmi dau seama că spun o prostie şi mă opresc în ultima clipă.

— Urmaşul lui Hoor, adică! repar cât pot din greşeală.

— Poţi să-mi spui Horn!

Un lucru e cert: cei din Lumea De La Mare nu au foarte multă imaginaţie când vine vorba de nume.

Adică, să fim serioşi: *Horn, urmaşul lui Hoor?!* Se poate mai rău de atât? Simt că sunt pe cale să zâmbesc, iar asta nu se face în condițiile de război de acum, aşa că îmi muşc puternic buza de sus.

Horn, urmaşul lui Hoor, aruncă bolovanii şi merge să aducă alții.

— La ce te gândeşti, Zburătorule?

— Mă gândeam, îi zic... Să vă spun cu sinceritate?

— Cum altfel? mă străpunge cu privirea şi aruncă un pietroi mare în grămadă, dar eu îl simt direct în țeasta mea, zdrobind-o.

— Atunci Horn, urmaşul lui Hoor, mă gândeam sincer...

— Ascult! spune cu răceală.

— La cum îi chemă pe ceilalți bărbați din neam.

Lasă jos pietroaiele şi se apropie de mine, fixându-mă ca pe o pradă sigură. Da, ochii de la el i-a moştenit, ba chiar şi bărbia! În schimb, privirea asta de taur nervos nu i-a transmis-o lui Kay. Din fericire.

— Hren-străbunicul, Hoor-bunicul, iar tata era Hamn. Normal!

Acum este momentul meu, ăla în care orice buză mi-aş muşca, orice aş face, orice gând trist mi-aş rechema din amintiri, e imposibil să nu râd. Şi o fac. Mă simt atât de prost şi ştiu că greşesc grav. Până la urmă sunt doar nişte nume! Dar pur şi simplu, râsul ăsta dement nu vrea să se potolească.

Mai întâi, Horn, fiul lui Hamn, nepotul lui Hoor şi strănepotul lui Hren, mă priveşte serios şi rece, apoi, într-un final, îl văd cum mustăceşte pe la colțurile gurii. Iar asta îmi dă curaj şi râsul iese în valuri.

— Mă simt prost acum, vă cer iertare, îi spun serios, după care mai pufnesc o dată.

— Şi noi râdem de asta.

— Şi nu vă... încurcaţi?

— Uneori, redevine serios. Am câteva întrebări, sper să nu mi-o iei în nume de rău, dar Kayana e tot ce am.

— Bineînţeles.

— Ce meserie ai?

— Învăţător.

Urmează tortura, e clar.

— Câţi copii vrei să aveţi?

— Câţi o vrea John.

— John?

— Paul! Paul.

M-am bâlbâit. Nu e a bună!

— Câte ore dormi, Zburătorule?

— Până se ridică Soarele deasupra liniei Pământului.

— Pământul ăla despre care ne-ai zis la Prima Probă că e ca un măr?

— Era o glumă! zic fără să clipesc.

— Nu a râs nimeni!

— Am greşit gluma.

— De câte ori mănânci pe zi?

— De tre... de două ori şi jumătate. Mănânc puţin.

— Greşit! Un bărbat are nevoie de hrană să fie puternic.

Mi-l arată pe Musculos, care a început să doboare copacii, aşa cum i-am cerut. Apoi pare a se răzgândi:

— Dar e adevărat că mâncarea multă nu prea ajută la minte. Aţi copulat?

Înghit în sec şi i-l arăt pe Musculos, apoi răspund şoptit. Nu am putere să vorbesc mai tare.

— Nu e genul meu.

— Tu şi fata mea!

— Nu, Hern, Horl… Horn!

— V-ați unit gurile, ați lipit buzele şi ați schimbat saliva?

— Ne-am uni… ce?

— V-ați sărutat, Zburătorule? îi tremură glasul.

Pot să jur pe John că plânge când spune aceste cuvinte. Sunt alături de suferința lui de tată, chiar îmi vine să îl îmbrățişez pentru faptul că o brută, un nemernic, i-a sărutat fata. Dar în acelaşi timp îmi vine să râd cu lacrimi.

— Puțin de tot, Horn, urmaş al lui Hoor…

— Prost de tot! zice accentuând cuvintele. N-o să o las pe Kay să te ia de soț până nu vede cum săruți! Un bărbat care sărută prost nu poate lăsa urmaşi.

— Aha, în cazul asta ne-am cam…

— ATÂT! urlă la mine brusc. Să o lăsăm aşa!

— Am înțeles!

— Ce construim aici, Zburătorule?

— Se numeşte MACARA. Cu ea vom lua mult mai repede pietrele de acolo, de jos, şi le vom aduce sus. Muşchiuleț va sta jos, la poalele stâncii, şi va încărca pietrele în macara. Eu voi învârti de manivelă, iar...

— Manivelă?

— Manivelă, da. Iar tu, urmaş al lui Hoor, vei fi sus, pe stâncă, unde vei descărca pietrele.

Muncim pe rupte, poate cea mai grea muncă pe care a făcut-o până acum în viața lui corpul meu de Învățător, dar reuşim să urcăm, cu ajutorul macaralei, piatră după piatră, în vârful stâncii.

— Aşa ai făcut în Probe, deci... îmi spune Horn.

— Aşa... Uite-i că vin!

Cinci sute de soldăței-pictori aleargă prin pădure, în direcția noastră. Din stânga lor vin şi gherghefarii, tot spre cinci sute de capete, ținând la piept prețiosul obiect al muncii, iar deasupra capului, cu o mână, plasa uriaşă. Odată, când eram mai mic, am văzut nişte şerpi târându-se cu viteză înspre râu, unduindu-şi corpurile în toate direcțiile. Asta e mişcarea! Şolduri legănate, eleganță în mişcări, ca la un spectacol de dans. Kayana este singura care aleargă bărbăteşte, probabil a moştenit asta de la tatăl Horn.

Fiecare viteaz are un strigăt de război aparte, gata să bage în sperieți orice adversar. Le-a zis Kayana cu o seară în urmă să îşi aleagă un animal şi să îi imite strigătul fioros. Având în vedere că toți adversarii rag ca nişte cimpanzei furioşi, ne-am gândit să îi intimidăm şi noi cumva. De aceea, unii şi-au ales privighetoare, alții papagal-zambilă, iar unii motănei şi şoricei. În fine, armata noastră pare acum o grupă de copii de 8 anotimpuri, fiecare strigând ce vrea pe limba sa, unduindu-şi şoldurile şi aruncând picioarele în toate direcțiile.

— Toți aici sus! îi chem.

De undeva, din depărtare, se aud nişte răgete înfiorătoare, însoțite de strigăte de luptă. Le ştiu prea bine din lumea mea. Când eram mic şi jucam Bal, iar mercenarii se antrenau la distanță de câteva dealuri, auzeam exact ce aud acum. Țin minte că atunci când începeau să ragă, ne opream speriați din joc şi reîncepeam numai după ce ne obişnuiam puțin.

– MOARTEEE! MOARTEEE! se aude.

Trebuie să recunosc, e cel mai înspăimântător strigăt pe care l-am auzit vreodată. Nici nu se compară cu ce am auzit când eram copil.

– MOARTEEEEE!

Pictorii mei îngenunchează din instinct, iar unii, cei mai mulți dintre ei, își acoperă urechile cu mâinile.

– Tu, tu și tu!

Dintre curajoșii care nu și-au acoperit urechile, aleg trei care tremură mai puțin. Socoteala e simplă: cu cât tremuratul e mai mic, cu atât au mai multe șanse să nu cadă din copac.

– Luați oalele astea și sforile lungi. Unul sus în copacul ăla - de lângă pădure, unul în ăla - cel mai apropiat de intrarea în defileu, iar tu în acesta - de pe dealul cocoșat. Vă urcați în ei și aveți grijă să luați fiecare câte o oală.

– Facem mâncare în copac? mă întreabă unul, pe bună dreptate.

– Treaba asta se cheamă Plimbă-Sunet și merge așa.

Iau repede o oală, o pun la urechea unuia și mă îndepărtez până se întinde sfoara. Pun gura la oala mea și zic:

– Sunetul se plimbă de la gura mea la urechea ta!

Avem cu un om mai puțin, din cauză de leșin. Sper să își revină până ne atacă, dar sunt puține șanse. Aleg altul, în locul său, și le zic:

– Sunetul se plimbă pe sfoară, trebuie doar să vorbiți în oală! Ați înțeles?

Cei trei dau din cap, în același timp, oarecum șocați. Oarecum mai mult șocați.

— Mergeți fiecare în copacul său, le zic. Cât mai sus, și aveți grijă să fie firul întins între mine și voi!

Le arăt alte trei oale, pe care o să le țin lângă mine.

— Și țineți mereu oala la ureche! Ați înțeles?

— Da, Prea Comandante...

— Da, Mare Comandante...

Ăștia nici măcar nu îmi știu funcția! În fine, asta ar fi cam ultima problemă.

— Ceilalți, ajutați-mă să blocăm ieșirea din defileu cu lemne și pietre!

Zis și făcut. Cel mai important lucru în momentul ăsta este ca mercenarii să se enerveze cât mai rău citind semnele de pe copaci. Să scoată foc pe ochi și pe nas, dacă se poate! Nu știu dacă este chiar înțelept din partea mea să îi enervez așa, dar sper că furia o să le ia mințile.

— MOARTEEEEE! rag nervoși.

Odată, când eram copil, o bășică de Bal a ajuns în preajma unuia dintre ei. Era lângă râu, dezbrăcat la bustul gol, iar mușchii lui ne speriau îngrozitor. Avea în brațe pietre de râu, zeci de pietre, și încerca să le ridice deasupra capului. În momentul în care bășica de Bal l-a atins, a scăpat toți bolovanii, iar unii i-au căzut pe picioare. Atunci a scos cuțitul și l-a îndreptat către noi, dar văzând că suntem copii, s-a abținut. În schimb, a înjunghiat cu ură bășica, de sute de ori, lovind cu multă forță și urlând *Moarteeeee!* Atât de mult s-a războit cu biata bășică, încât la final au rămas din ea numai bucăți mici cât unghia. Am plecat toți spre casele noastre, dar de pe dealul următor l-am văzut pe goriloi cum încerca să doboare un copac gros, tot cu cuțitul. Iar până am ajuns noi aproape de kijiji, a și reușit.

Începem să blocăm cu pietre ieşirea din defileu, în timp ce în depărtare, mercenarii dau lupte grele cu copacii. Zbierete îngrozitoare, săbii, suliţe. De fapt, chiar acum, are loc prima mare bătălie. Şi e cumplit. Copac după copac cade, făcându-se una cu pământul.

— MOARTEEEEE!

Le fac semn alor mei să stea culcaţi, să nu poată fi văzuţi de departe. Am ajuns toţi sus, pe marginea stâncilor defileului. Mai puţin cei trei plimbători de sunet. Duc o oală la gură şi spun celui mai apropiat dintre ei.

— Se văd? Se văd?

Acum sigur că îl întreabă pe celălalt, iar acela pe ultimul.

— Se văd, se văd, Zburătorule! Se luptă cu copacii.

Arborii continuă să cadă sub sabia lor nemiloasă. Ţinând cont de gemetele care se aud, cred că sunt şi primele victime dintre mercenari.

— Unii mor, le cad copacii în cap! îmi spune Kayana, care are a doua oală la ureche.

Am mustrări! E păcat de o pădure de madrono atât de frumoasă, de atâţia pomi distruşi! Dar promit să îi sădesc la loc. Totul e pentru o cauză bună.

— Zburătorule! Zburătorule! strigă în oală cel din primul copac.

Îl şi văd cum îmi face semne disperate să ascult.

— Zburătorul sunt! Ce fac? Ce fac?

— Dărâmă ca proştii copaci, ce să facă? Şi semne, le fac praf şi urlă la ele. Unii le lovesc cu cuţitele, alţii cu capul. Sunt nervoşi rău.

Duc oala la gură şi îl aştept să o ducă la ureche.

— Au picat mulţi?

Acum el duce oala la gură. Într-o zi, va trebui să inventez ceva pentru a putea asculta şi vorbi la oale în acelaşi timp. O să îi zic: Plimbă-Sunet Dublu! Mă mai gândesc la nume.

– Zburătorule, Comand... Înalte, nu au căzut mai mult de zece copaci în capul lor! Maximum zece au căzut, aşa că tot vin spre voi vreo nouă sute nouăzeci.

– Au luat-o toți în direcția săgeților?

– Aşa pare, da.

Sigur aşa e, pentru că aud imnul oribil al Lumii De Pe Dealuri. Melodia aceea îngrozitoare care, pot să jur pe John, m-a făcut să am coşmaruri în copilărie, mai ales după ce am fost siliți să o ascultăm în fiecare zi de şcoală.

– Nu aşa se cântă! îmi şopteşte Kay, de la dreapta mea.

– Poftim?

– Nu aşa se cântă, Amn! E total greşit să o cânte cineva aşa.

– Ştii cum, Kay?

– Asta îți ziceam. Am descifrat portativul şi acele DO, RE...

– Şşşt!

Gorilele se apropie din ce în ce mai mult, au ajuns la câțiva paşi de defileu. Horn, urmaşul lui Hoor, cu cea de-a treia oală la ureche, zice:

– Omul de pe deal îmi spune că au ajuns la ultimele săgeți desenate, cele de dinainte de defileu.

– La care, mai precis?

– La ultima! Aia cu *INTRĂ ÎN DEFILEU DACĂ VREI SĂ MORI! AI CURAJ, MĂ, ŞOBOLAN FRICOS DE MERCENAR?!*

— Sunt sub noi, le spun.

Oştenii mei sunt bine. Doar că unii clănţăne din dinţi, alţii tremură de-a binelea cu tot corpul, iar tatăl Kayanei încearcă să îi potolească printr-o metodă plină de blândeţe: o palmă scurtă şi puternică, drept pe obraz! Iar dacă soldatul continuă să tremure, primeşte suplimentar şi un picior în bărbie. Nu, că n-au căzut mulţi sub lovituri! Doar vreo două sute. Dacă cineva din Lumea De La Mare l-ar vedea acum, cum merge pe vine pe la fiecare luptător şi îi cară cel puţin o lovitură, ar putea băga mâna în gura rechinului că tatăl Kayanei luptă de partea mercenarilor.

— Şşşşt! le fac semn alor mei.

Acum da, am cea mai tăcută armată din lume!

Mă uit în vale şi, în sfârşit, le văd pe gorile intrând în defileu. Nu ştiu de ce, dar par mult mai mulţi decât noi. Probabil din cauza dimensiunilor. Oricum, o mare de haine verzi, suliţe, cai şi pachete de muşchi înaintează printre cele două stânci înalte, în vârful cărora suntem noi.

După ce intră mai puţin de jumătate dintre ei, se opresc. Ezită. Mă dau mai aproape, pe marginea stâncii, şi mă ascund după un tufiş. Au ajuns în dreptul scrisului uriaş, făcut direct pe piatră: *HAIDEŢI PÂNĂ LA CAPĂTUL DEFILEULUI. ACOLO SUNTEM NOI, CARE VĂ RUPEM CURUL ÎN BĂTAIE!*

Să se fi prins că e o capcană? S-au prins.

— S-au oprit toţi. Şi cei din spate, şi caii, îmi spune în oală.

Par a se întoarce. Îl văd pe conducătorul lor cum ridică mâna şi le face semn să o ia înapoi. Ăsta e un dezastru! Au înţeles că în capătul defileului nu îi aşteaptă ceva bun. Îl zăresc pe conducătorul Burkel, cu mâna în aer, făcându-le semn să nu înainteze niciun pas.

— Kay? îi șoptesc.

— Se întorc? Ce ne facem?

— Kay, mergi acolo și cântă!

— Să ce?

Îi arăt capătul defileului, acolo unde sunt deja Musculosul și o sută de pictori.

— Mergi lângă Musculos și cântă!

— Ce? Până acum nu m-ai lăsat să îți spun de portativ, iar acum îți arde de...

— Kay, ai încredere! Cântă!

— Ești nebun! N-am cântat niciodată cu atâția oameni treji în jur! Pe Insulă dormeau toți sau erau fumați!

— Dacă nu o faci, ne vor învinge, vom muri, iar noi nu vom fi niciodată împreună!

— Ce să cânt?

— Orice! Și cât mai tare, cu mâinile la gură.

Dar e prea târziu. Până ajunge Kayana la ieșirea din defileu, gorilele verzi aproape că s-au retras.

Războiul e pierdut! În scurt timp ne vor găsi și, mai mult ca sigur, ne vor face așchii de foc, pe fiecare în parte. Iar eu i-am dezamăgit pe toți și... am pierdut mâna Kayanei. Și viața. Am pierdut tot. Și am ratat și șansa de a avea un socru cu adevărat de coșmar! Nu mai e nimic de făcut!

– *There's nothing you can do that cant't be done...*

O voce care îmi ridică părul din cap răsună în defileu. Atât de suavă, de frumoasă, ca susurul unei ape de izvor într-o zi liniștită de primăvară. Iar melodia parcă ar fi...

– *Nothing you can sing that can't be sung...*

— Sigur e imnul nostru?

Adică versurile sunt clar aceleaşi, dar melodia e altfel, cu totul altfel. Nici nu găsesc cuvântul! E... e... senzațională!

Practic, când o ascult îmi vine să dau din cap, iar corpul meu parcă ar vrea la dans.

– *Nothing you can say, but you can learn how to play the game...*

Kayana? E vocea ei. Sigur e? E, că doar eu am trimis-o să cânte!

Sunetul probabil călătoreşte, aşa cum l-am învățat să o facă pe sfoară, şi se loveşte acum de pereții defileului, din unul în altul, apoi ajunge la noi. Iar ceea ce aud e minunat.

Aproape că am uitat de gorile! Mă uit în jos şi le văd cum aruncă o ploaie de săgeți înspre bolovanii cu care am blocat ieşirea din defileu.

It'e easy.

Nothing you can make that can't be made...

Încă o ploaie de săgeți declanşată de gorile înspre adversarul imaginar de pe stâncile din stânga şi din dreapta lor, apoi comandantul Burkel ridică o mână, iar ei se opresc.

Hai, Kay, cântă! Nu te opri!

– *No one you can save that can't be saved...*

Cei de lângă mine, chiar şi cei loviți greu de tatăl Kayanei, mişcă din picioare. Îi simt cum ar vrea şi ei să se ridice şi să danseze.

– *Nothing you can do, but you can learn how to be you in time...*

Mercenarii iau cu asalt adversarul invizibil: bolovanii. Sunt atât de nervoşi, încât se reped toți, urlând ca apucații, înspre capătul defileului. Nimic nu mai poate opri urgia. De la mare la foarte mare, gorilele împing cu capul în grămada de bolovani și lovesc nervoase cu săbiile.

Aștept.

Încă puțin.

Ridic mâna.

Hai, hai, ajungeți toți lângă ieșire!

– *It's easy…*

John, ce bine cântă Kay! Până la urmă, cât de frumos era imnul nostru, dacă știai să îi citești muzica!

În sfârșit, cei o mie de mercenari sunt înghesuiți la ieșire, lovind ca animalele în pietre și vrând să iasă.

– *ALL YOU NEED IS LOOOOVE!* se aude un cor de probabil o sută de oameni, din care îi recunosc clar glasul Musculosului, care pronunță *liov*.

Urmează, în această ordine: mercenarii sunt dezorientați, dar comandantului Burkel îi vine ideea că oamenii care cântă ar putea fi sus, pe stânci.

– *ALL YOU NEED IS LOOOOVE!* când și eu, iar împreună cu mine și tatăl Kayanei.

Un mercenar strigă:

– Acolo!

Și arată cu mâna în sus, în direcția mea.

– *ALL YOU NEED IS LOVE!* se aude corul de la Kayana.

– Și acolo! arată Burkel cu mâna.

Apoi toți o mie, și țesătorii, și pictorii, încep să cânte cât îi țin puterile.

– ALL YOU NEED IS LOVE

– *ALL YOU NEED IS LOVE*

– *LOVE IS ALL YOU NEED!*

Cea mai frumoasă melodie pe care am auzit-o eu vreodată! La semnul meu, aruncăm bolovanii astfel încât să blocăm şi ieşirea.

– LOVE, LOVE, LOVE!

– LOVE, LOVE, LOVE!

Mercenarii s-au prins că sunt prizonieri în defileu, iar aproape jumătate dintre ei au scos frânghii şi ciocane şi au început să urce pe pereți. Trebuie să recunosc că nu credeam că un om poate urca atât de repede pe o stâncă. Nu îmi imaginam că se poate.

– LOVE, LOVE, LOVE!

ALL YOU NEED IS LOVE!

– MOARTEEEEE!

Cântăm şi dansăm, ceea ce e absolut de nemaipomenit de extraordinar de foarte tare, iar asta ne dă o stare bună. Adevărul e că te poți lupta cu mercenarii, dar cu muzica asta e aproape imposibil.

– ACUUUUUUUM! urlu cât mă țin puterile.

În timp ce minunatul cor a ajuns la partea cu *LOVE, LOVE, LOVE!*, uriaşa plasă cade peste falnica armată verde a mercenarilor furioşi. În mai puțin de câteva clipe, cât ai zice *meduzele nu se pot călări* (aşa mi-a venit), gorilele sunt prinse în ațe.

– LOVE, LOVE, LOVE,

ALL YOU NEED IS LOVE!

– Cântați cu noi, le strig gorilelor. E şi imnul vostru!

Dar obțin numai nişte înjurături şi cuvinte urâte adresate mie şi străbunilor mei, din partea lor, înfuriați că nu reuşesc să iasă din plase.

De acum încolo, pare o joacă de copil. Cum reuşeşte un mercenar să iasă din plasă şi începe să se caţăre pe perete, cum le fac semn cu mâna pictorilor să dea drumul la vale bolovanilor peste el. Nu spun că nu avem ţintă, mai ales că din patru-cinci sute de bolovani îl nimeresc cel puţin doi. Pentru cât de antrenaţi sunt ai mei, eu cred că e chiar o reuşită.

Oricum, cu muzică merge totul mai bine! Apreciez că am scăpat de cel puţin o sută de verzi, care acum au căzut pe pământ răniţi şi gem de mama focului. Ceilalţi au rămas încurcaţi în aţe.

— Vă predaţi? strig.

— *ALL YOU NEED IS LOOOOOOOVE!* cântă toţi ai mei.

Încă vreo două sute de mercenari, aşa apreciez, reuşesc să scape din plasă, dar cad sub bolovanii noştri. Celorlalţi le este imposibil să iasă. Acum, marea armată cuceritoare arată cam neajutorată.

— Sunt noduri speciale. Duble! îmi spune unul dintre gherghefari. Le folosim la rechini. Cu cât încearcă cu mai multă forţă să scape, cu atât mai repede se strânge plasa în jurul lor.

Sute de oameni care nu îşi mai pot mişca mâinile sau picioarele, iar alţii care îşi urlă durerea.

— Vă predaţi?

— Niciodată! urlă Burkel.

— Atunci încercaţi să ieşiţi!

Ghinion! Următoarea încercare se soldează cu imobilizare totală. Acum, plasa le strânge mâinile, picioarele, corpurile, iar unora chiar şi gurile.

— Burkel, fii deştept! îl strig. Dacă veţi continua, o să muriţi!

Din cauza faptului că are o sfoară în gură, nu e în stare să zică mare lucru, aşa că geme.

— Burkel, conducătorul armatei Lumii De Pe Dealuri, te întreb acum ultima dată: VĂ PREDAȚI?

Burkel mişcă din cap în sus şi în jos de câteva ori.

— Se predau! le urlu alor mei fericit.

Niciunul din tabăra mea nu se bucură.

— Se predau! le zic.

— Nu se predau, a dat din cap doar în jos.

— Ahaa, asta era!

— Burkeeel, dacă te predai, roteşte capul până îți spunem noi să te opreşti!

Burkel se conformează, iar împreună cu el toți fac mişcarea asta.

În momentul ăsta, cei de lângă mine strigă fericiți: *AHOOOOOI, AM ÎNVIIIINS!*, apoi țopăie de bucurie şi se strâng în brațe. Unii sunt atât de fragili, încât îmbrățişarea tatălui Kayanei le lasă urme adânci. Alții îşi dezbracă rochiile turcoaz şi pantalonii mulați şi dansează fluturându-le deasupra capului.

Mai sunt şi unii, adică eu, care ar vrea să sărbătorească victoria cu perechea. Nu ar fi nimic mai frumos acum decât să o îmbrățişez pe Kay. Eu, salvatorul! Eu, eroul Lumii De La Mare, despre care cu siguranță se vor cânta cântece, se vor scrie cărți. Comandantul Amn - cel căruia i se vor dedica sute de poezii.

Şi alerg spre ea.

— *ALL YOU NEEED IS LOOOOOVE!* reîncepe din toate piepturile. Aşa că o iau la goană pe cărarea din vârf, de lângă stânci.

Şi alerg. Vine spre mine.

Păsările se rotesc deasupra noastră, iar acum par cu sutele.

– ALL YOU NEEED IS LOOOOOVE!

Oamenii sunt mai fericiți când cântă imnul în forma asta!

Şi alerg, mai am puțin şi ajung la jumătatea distanței.

Este aproape de mine.

– ALL YOU NEED IS LOVE...

Aproape că nu mai am suflu.

– SHE LOVES YOU, YEAH, YEAH, YEAH!

SHE LOVES YOU, YEAH, YEAH, YEAH! cântă absolut toți.

Mai am puțin. Abia reuşesc să trec de țesătorii care agită gherghefurile deasupra capului. Kay aleargă, făcându-şi loc cu greu printre pictorii fericiți.

Suntem la câțiva paşi unul de altul.

Sar spre Kay. Sare spre mine.

Ne prindem de mână şi strigăm fericiți unul la altul.

– ROȚI DINȚATEEEEEE!

– ROȚI DINȚATEEEEE!

Închidem ochii şi ne sărutăm, iar eu mă rog la John să nu mă vadă tatăl ei. Dar nu cred că ne mai putem opri. Mă trânteşte pe pământ, apoi ne rostogolim la vale încetişor, iar buzele noastre refuză să se desprindă, în timp ce muzica ce vine de la ai noştri ne gâdilă urechile.

– Victorieeeee! se aud oamenii de la mare, dirijați de Horn.

Ne oprim puțin pe dealul cocoşat, iar ea începe să țopăie cu mâinile în aer, strigând acelaşi cuvânt, *Victorie!*, apoi sare iar pe mine şi continuăm să ne rostogolim ca nebunii. N-am fost niciodată mai fericit şi mi-e greu să cred că voi putea fi vreodată.

Bănuiesc că am atins cu spatele un copac sau ceva, pentru că simt că mă opresc în ceva tare. Dar în timp ce o sărut, în imposibilitatea de a mă opri sau desprinde, simt cum copacul se dă la o parte. Probabil că şi el a recunoscut doi eroi victorioşi şi vrea să îi cinstească în felul ăsta. Chiar dacă sunt încins la maximum, îmi dau seama că este puțin probabil ca un copac să se dea la o parte, aşa că deschid puțin un ochi. Observ că suntem undeva în întuneric, iar primul gând este că am căzut într-o peşteră. Chiar mă împac cu ideea asta - nu e cel mai rău lucru din lume să fii într-o peşteră doar cu iubita ta - dar dintr-odată două uşi se închid SINGURE, în fața mea.

— Kay…

Iar partea cea mai ciudată la faza asta e că o uşă se închide din dreapta, iar cealaltă din stânga, unindu-se la mijloc. Mi se pare! Clar că îmi imaginez!

— Kay, tu ce vezi?

Se opreşte din a mă săruta, apoi o aud mirată:

— Când am ajuns într-o grotă?

Nici nu apucă bine să termine ce are de spus, că grota începe să se mişte, ca şi cum ar fi plecat cu noi cu tot la vale.

— Amn… am murit?

Asta trebuie să fie explicația! Am murit, iar peştera asta care tremură din când în când pare că ne duce undeva, unde vrea ea. Probabil în adâncul Pământului sau în *Submarinul Galben*. Mă ridic în picioare şi o apuc înspre locul unde am văzut puțin mai devreme cele două uşi, dar după primii paşi, mă izbesc cu capul de ceva tare.

— *Ați ajuns la stația: Defileu, cu peronul pe partea stângă!* spune o femeie pe care nu o vedem.

Bănuiesc că şi ea este în peşteră, pe lângă noi, numai că nu îmi dau seama unde. Auzim un piuit, apoi uşile se deschid nervoase, fără ca lângă ele să fie un om care să le tragă.

— Cred că am murit, Kay.

Coborâm din peştera stranie şi facem câţiva paşi, până ce în faţa ochilor noştri apar două linii uriaşe de metal. Pe stânga lor este o stradă nu foarte lată, pe care ar intra câţiva oameni, iar pe dreapta este un perete cu un afiş de sticlă cu o flacără înăuntru, pentru că luminează: *Staţia Defileu*.

Mă uit la Kay şi îi spun că nu aşa mă aşteptam să arate *Submarinul Galben*, dar nu apuc să îi aflu părerea pentru că un şarpe mare de metal vine pe cele două linii de fier. Este un şarpe roşu, cu ferestre peste tot, cât milioane de şerpi la un loc. Absolut înfricoşător prin mărimea lui! O ascund pe Kay în spatele meu, apoi ne lipim de peretele din stânga străzii, în timp ce şarpele uriaş opreşte în dreptul nostru. În treacăt, vedem prin geam cum el a înghiţit un om. Doi. Zeci de oameni, care ne privesc de la ferestre. Mai multe perechi de uşi ciudate se deschid la fel, în stânga şi în dreapta, iar un domn în haine înflorate, care se ţine de o bară de metal, ne întreabă, văzându-ne şocaţi:

— Urcaţi sau...

— Poftim?

— Se vor închide uşile! ne spune supărat.

De undeva, din interiorul şarpelui, aleargă spre uşă un bărbat în negru, pe care mi se pare chiar că îl recunosc ca fiind prezent la una dintre Probe.

— Ei sunt cu noi! îi zice celui în haine înflorate, după ce se opreşte în dreptul uşii, gâfâind.

— Noi? întreabă Kay. Noi nu suntem cu nimeni.

– Kayana, urmaşa lui Hoor, şi Amn, din Lumea De Pe Dealuri, spune omul în negru, zâmbind. Aveți încredere, urcați şi vă voi explica tot.

– Dom'le, urcă sau nu urcă? spune supărat bărbatul cu haine de plajă. Cât putem sta pe loc pentru ei? Suntem plecați de o săptămână de acasă, aş vrea să ajungem şi noi!

Ne arată cu mâna spre o doamnă plinuță, îmbrăcată tot în haine colorate, care seamănă cu ale insularilor, având o pălărie de paie pe cap. Lângă ea, o fetiță şi un băiețel colorează concentrați pe nişte cărți, scoțând limba.

– Urcă, urcă! îi răspunde amabil bărbatul în negru, apoi ne invită în şarpe.

În interiorul reptilei, oamenii par destul de relaxați, ceea ce mă face să cred că totuşi nu suntem în pericol. Fetița care colorează ridică privirea o clipă, apoi mă vede şi face ochii mari, extrem de mari, şi îi dă un cot fratelui său.

– Băăăi, fraiere, el e!

Fratele său ne priveşte imediat şi strigă uimit:

– Maaaamă, nu îmi vine să cred! Şi ea!

Plecăm de lângă aceşti copii stranii şi înaintăm cu grijă prin şarpe, conduşi de bărbatul în negru. Odioasa reptilă închide uşile şi începe să se târască cu noi în burta ei, cu o viteză atât de mare, încât pe fereastră nu putem zări mai nimic, în afară de nişte torțe albe, din când în când, pe lângă care trecem cu viteza gândului. Oamenii de pe scaune sunt îmbrăcați de plajă, cam ca insularii, dar cu valize măricele lângă ei. Unele dintre valize au şi roți, iar asta e foarte neobişnuit, dar şi ingenios în acelaşi timp. Când ne văd, câte unii se luminează la față şi încep să ne aplaude. Observ că mulți oameni care stau pe scaune sunt bătrâni, mult mai bătrâni decât ce înțelegeam eu prin cuvântul *bătrân*, iar cei mai tineri stau în picioare şi se țin de barele de metal.

— Uite... îi spun speriat lui Kay şi îi arăt în stânga, sus.

Din spatele unui geam, doi oameni ne zâmbesc dintr-un tablou: eu şi Kay.

— Ceee?! spunem amândoi, în acelaşi timp.

Chipurile seamănă perfect cu realitatea! Al meu a fost realizat de un pictor extrem de talentat care mi-a făcut portretul pe ascuns, într-o zi, când le predam elevilor mei, în şcoală.

— Nu îmi amintesc de niciun pictor care să fi fost la ore... îi spun lui Kay.

— Tehnica asta cu care m-au realizat e... senzațională! Semănăm atât de mult cu noi... reali!

Kay a fost pictată pe malul mării, cu spatele gol şi o fustă care abia îi acoperă fundul, privind în sus, către apus. Sub fețele noastre scrie mare: *Probele Dragostei - în fiecare zi.*

— Ce facem? mă strânge Kay de mână.

— Îl urmăm, poate vom ajunge...

Îl strig pe bărbatul în negru, care merge impasibil în fața noastră.

— Hei... unde ne duci?

Întoarce capul la noi zâmbind şi spune calm:

— În vagonul celălalt, e rezervat pentru noi. Să nu stăm cu toți...

Alte două uşi se deschid şi nimerim în ceea ce bărbatul a numit *vagon*, care nu pare a fi cu nimic diferit de cealaltă parte a stomacului şarpelui în care am intrat mai devreme. Numai că aici sunt doar bărbați în costume negre.

Unul dintre ei îngrijeşte o pasăre rănită, iar când ne apropiem de el, îmi dau seama că este o pasăre nemuritoare. Ceeeeeeee?!

– Tu vezi ce văd, Amn?

Nu am putere să răspund, aşa că dau din cap şi mă holbez ca prostul la bărbatul care probabil e Tămăduitor de animale. El îi şterge cu o pensulă una dintre cele patru aripi. E prima dată când văd o pasăre nemuritoare de aproape!

– Unde sunt ochii şi ciocul? mă întreabă Kay.

Cred că e pentru prima dată când oricine din lumile noastre vede una. Oricine, în afară de părinții mei, aşa cred. Aripile ei nu par chiar aripi, ci seamănă cu nişte simple pene, patru, iar corpul păsării nu are, oricât de mult am încerca să găsim, nici gât, nici cap.

Bărbatul ne simte, ridică privirea la noi şi spune:

– I s-a rupt elicea…

– E rănită rău? îi zic.

– O să scape? sare Kay îngrijorată.

– S-a stricat! ne răspunde. Probabil a dat într-un copac sau e de la vânt, cine ştie? Dacă dădea un om de la voi cu o piatră în ea, am fi aflat.

– Cum?

Păi erau imediat trecuți la pierderi colaterale şi afla– m, în sensul ăsta.

Nu pricep nimic, dar simt nevoia să mai întreb o dată:

– O să fie bine?

– Da, da, se repară! Şi dacă nu se repară, luăm alta, dă-o încolo! Sunt proaste, nu se mai fac cum se făceau pe vremuri!

Nu apuc să îl mai întreb nimic, că şarpele se opreşte şi deschide alte uşi, iar cei în costume negre se îngrămădesc să iasă pe ele. Ne bucurăm să scăpam de odioasa reptilă şi ne îndreptăm spre ieşire. Omul nostru ne spune:

— Haideți, aici e stația noastră!

Aproape că suntem luați pe sus şi împinşi în altă peşteră, care de data asta e luminată, ba chiar sunt şi nişte cercuri strălucitoare în ea. Unul verde - care înconjoară cifra 3 - şi mai multe roşii - care înconjoară -1, 0, 1, 2 şi 4. Ne îngrămădim toți în peşteră, inclusiv omul cu pasărea în brațe. Un piuit - exact ca acela de mai devreme, din prima peşteră - apoi uşile se dau la o parte, iar în fața noastră apare o tânără îmbrăcată în haine frumoase şi sclipitoare, făcând-o pe Kay să scoată un sunet admirativ.

— Bine ați venit! zice.

— Bine am...

Suntem în întârziere, ne spune repede. Intrăm în câteva secunde...

— Intrăm? zic.

— Undeee?

— Haideți, haideți! ne ia de braț. Veți înțelege imediat, dar să ne grăbim puțin.

Mă uit în toate direcțiile. Suntem în interiorul unei case mari, asta e clar. Probabil pe un hol pe care sunt zeci de tablouri cu oameni incredibil de bine pictați. Mă recunosc pe mine, când eram copil, pe Baba, pe micuța Midori, comandantul mercenarilor, Judele din Paul... şi nu pricep nimic.

— Aceeaşi tehnică de pictură, Amn! Cine sunt oamenii ăştia?

— O să aflați acum, spune fata cea frumoasă şi ne ne invită să păşim alături de ea într-o sală mare cu multe rânduri de scaune.

— Aici, stați aici! Amn în stânga mea, iar Kay în dreapta. Baftă! spune repede, apoi pleacă grăbită.

Oameni pe scaune, de jur împrejur. E ca şi cum amândoi am fi în mijlocul unui mare Amfiteatru, iar nişte indivizi ciudați, cu părul ridicat şi perciuni destul de mari, ne privesc zâmbind.

— Omule de pe dealuri, îmi zice Kay cu tremur în glas, ce Agora e asta? E din lumea ta?

— Speram să zici că e din a ta...

Sunt şi femei în Amfiteatrul acesta, cu părul lung şi frumos aranjat şi picioare la vedere, stând tot pe scaune. Au rochii până deasupra genunchilor, cu încrețituri la talie. N-am mai văzut croieli ca...

— Zece, nouă, opt, şapte...

Un bărbat pe care nu îl vedem numără în sens invers, ceea ce înseamnă că orice oameni ar fi, nu sunt la fel de evoluați ca noi la Matematică:

— ... trei, doi, unu, ŞI!

Toți cei din Amfiteatru încep să aplaude.

Bărbați, femei, ridicați în picioare, bat din palme într-o veselie, până ce un tânăr agită mâinile prin aer şi le face semn să se oprească. Deasupra noastră, zboară păsări nemuritoare albe şi zgomotoase. Asta, deşi suntem undeva înăuntru, într-o sală mare şi plină de stele agățate de tavan. Două dintre aceste stele îşi trimit razele înspre mine şi Kay, orbindu-ne pe moment. De nicăieri, se aude o voce de femeie:

— Nu vă opriți, doamnelor şi domnilor! În sfârşit, au ajuns la noi cei care merită aplauzele dumneavoastră! Eroiiiiiii sunt AICI!

Cei din sală se conformează, aplaudând şi fluierând cu mult mai multă pasiune. Îi vedem greu, deoarece razele stelelor încă ne orbesc, dar începem să ne obişnuim. Unii dintre ei se îmbrățişează, iar alții sar de pe un picior pe altul de bucurie. În special, cei care agită în mâini bucăți mari de hârtie pe care sunt scrise numele noastre.

O altă stea începe să lumineze pe tavan. O femeie brunetă, cu părul lung, intră în raza ei de lumină şi se apropie de noi. E frumoasă, foarte frumoasă. Are o rochie cu spatele decupat, mulată pe talie şi vine zâmbind spre mine, în timp ce toată lumea din Amfiteatru amuțeşte.

Mersul... parcă l-aş şti.

— Bine ați venit, Amn şi Kayana!

Ne ştie...

Şi gropițele... cea din obrazul drept seamănă cu a mea!

Nu ştiu de ce, dar brusc şiroaie de lacrimi încep să îmi curgă pe obraji.

— Mama?

Kay mă strânge şi mai tare de mână.

— Amn! îmi răspunde ea.

O să aveți timp să vorbiți imediat! se aude o voce puternică.

A patra stea se aprinde pe tavan. Este mai puternică decât celelalte şi are o rază care îl luminează numai pe acest bărbat, care stă cocoțat pe un scaun, deasupra noastră, a tuturor. Nu ştiu cine este, dar se pare că are puterea de a controla lumina stelelor, ceea ce nu e puțin lucru. E îmbrăcat într-un costum alb, cu guler ridicat și pieptul dezgolit. Are perciuni mari și un fel de creastă de cocoș, dar din păr negru.

— Darwin a vorbit, oameni evoluați! zice cu voce puternică bărbatul în alb. Iar Amn și Kay sunt cei mai dezvoltați din neamurile lor!

Sigur am murit, altă explicație nu e! Adică lucrurile care se întâmplă acum nu pot fi reale. Sau când ne sărutam și ne rostogoleam, ne-au intrat în gură cumva ciuperci din acelea care te fac să o iei razna cu gândul. Ce zice ăsta?! Cine e Darwin?

— Nu uitați: toate aceste emoții puternice, continuă el, sunt posibile numai la noi, la:

Toți în același timp strigă:

— PROBELEEEEE DRAGOSTEEEEEEEI!

Ha? zic eu în gând.

— Ha? zice și Kayana, dar cu voce tare.

— Vom avea timp să vorbim după! Vă explic! zice mama zâmbind.

Mama? Ce ciudat e să spun asta.

— Dăm legătura în Zona Neutră, conducătorului Lumii De Pe Dealuri! spune ceremonios bărbatul în alb. Te ascultăm, Jude, cum se simte acolo înfrângerea?

Pe un dreptunghi uriaș, ca o ramă neagră, apare un tablou viu. Mai precis, vedem în tablou, de sus, masa hexagonală a petrecăreților - a celor paisprezece ce au funcții de Jude - plină de mâncare și de băutură. Problema e că imediat ce tabloul apare, oamenii din el încep să se miște, ceea ce ne face pe mine și pe Kay să ne aruncăm la podea. În legătură cu podeaua: e transparentă. Iar pe sub ea se văd niște stele. Alte stele. Ciiiiine sunt oamenii ăștia?! Suntem deasupra stelelor?!

– Cine sunteți? urlu către tablou. Unde ne aflăm aici?

– Aaaaa, Învățătorule! îmi face cu mâna din tablou Judele din John. Îmi pare rău pentru purtare, aşa e în show...

Apoi mă ignoră.

– Ceeee? zice viitoarea mea soție, strângându-mă de mână.

Kay îmi arată o femeie care stă pe scaun, în sală cu noi, şi îi face cu mâna. Iubita mea, şocată, întinde mâinile spre femeie şi vrea să meargă la ea, dar nu poate.

– Daaaa, oameni evoluați de acasă! revine Judele din John, urlând din tablou. Dragostea celor doi, Kayana şi Amn, a învins! Ei sunt oamenii care au reuşit să se ridice deasupra lumilor din care fac parte şi să evolueze. Ei au adus pacea în lumea celor neevoluați!

– Ce frumos, Jude! îl întrerupe bărbatul în alb. Cum este atmosfera acolo?

– Atmosfera este destul de încordată în rândul celor de pe dealuri. Înfrângerea nu le pică prea uşor, mai ales că porneau favoriți. Dar ce a reuşit acest tânăr, Amn, este uimitor. Niciun om neevoluat nu a mai câştigat până astăzi un război pentru cealaltă lume!

Aplauze. Câteva fete îmi strigă numele.

– El şi dragostea pentru Kayana au făcut minunea posibilă! completează Judele din ramă.

– Şiiii, intervine bărbatul în alb cu perciuni uriaşi. Acum să dăm o raită şi pe la învingători! Pentru că vom vorbi mult despre ce s-a întâmplat în aceşti ani. De mâine îi vom avea invitați pe Kay şi pe

Amn şi vom comenta cele mai importante momente. Toate acestea numai la...

— PROBELE DRAGOSTEEEEI! strigă toți.

— Da! le confirmă. Jude de la mare, în tabăra învingătorilor, cum e?

Alt tablou viu dreptunghiular se deschide în apropierea primului. De acolo ne vorbeşte Judele de la mare.

— Nimeni nu credea în victorie aici! Niciodată, în ultimii cinci sute de ani, cel puțin, nu a fost diferență de valoare mai mare în favoarea verzilor. Cu toate astea, echipa lumii mele a învins. Mă bucur sincer pentru noi şi pentru marele premiu! Victoria a fost posibilă datorită iscusinței Îndrumătorilor şi calităților acestor tineri senzaționali care ne-au condus armata.

— Tinere Amn, tânără Kayana, învingătorilor, zice bărbatul în alb, sunteți gata să vedeți Marele Premiu?

Eu şi Kayana ne uităm unul la altul şi parcă am vrea să fugim. Sigur am vrea să fugim. Numai că ne dăm seama că, de câte ori vrem să facem un pas în stânga sau în dreapta, ne izbim de ceva invizibil. Nu putem.

— Ce premiu? strig. Noi nu am luptat pentru premiu! Şi de ce ne țineți prizonieri?

— Haha! râde perciunatul cu crestă. Nu sunteți prizonieri! Câmpul energetic ce vă ține în acel loc e temporar şi e activat doar pentru că trebuie să stați în pozițiile respective să puteți fi văzuți de o țară întreagă. Dacă vă mişcați, nu vă mai vede nimeni de acasă.

Bărbatul în alb se întoarce spre public, cu tot cu scaunul său uriaş, şi le zice:

— Uneori uit că nu sunt chiar atât de evoluați.

Publicul râde. Se pare că asta a fost o glumă bunicică.

– Sunteți nebuni? strigă Kay, dar n-o bagă nimeni în seamă.

În ceea ce mă privește, este evident că sunt nebun pentru că numai un nebun ar putea vedea astfel de lucruri. Sau un om care s-a lovit la cap. E clar că delirez de la o lovitură puternică, probabil am primit în cap o săgeată în timpul bătăliei. Duc palmele la tâmple, dar nu simt nicio rană, iar pe degete nu am urme de sânge. Perciunatul anunță:

– Șiiiii Mareleeee Premiiuuuuu esteeeee....

Judele De La Mare dansează în tabloul viu, cu Cufărul Tuturor Tainelor în brațe, și preia vorba:

– Mareleeeee Premiuuuu esteeee... oferit de sponsorul nostruuuu!

Deschide încetișor Cufărul Tuturor Tainelor.

Nici n-am cuvinte să spun câte emoții am în acest moment! Chiar dacă mă aflu într-un loc pe care nu îl înțeleg, chiar dacă nu pricep cum de mama este lângă mine, chiar dacă mă simt ca o maimuță la care se uită toate femeile în rochii frumoase și bărbații în costume albe cu gulere ridicate, totuși sunt pe cale să trăiesc un moment unic, senzațional: să văd ce e în Cufăr!

Obiectul pentru care s-au purtat războaie, timp de peste o mie de ani, va fi acum, în câteva clipe, în fața ochilor mei și ai lui Kay, iar Judele de la mare e pe cale să ni-l dezvăluie:

– Marele Premiuuuuu esteeeeee, esteeeeee: publicitate!

Toate stelele din tavan se aprind brusc.

O grămadă de oameni în negru aleargă la mama, la bărbatul în alb și le dau cu pensule pe față sau le pun în mână niște oale de sticlă cu ceva băuturi. Doi bărbați îmi dau mie și Kayanei cu o pensulă un praf pe față. Ne opunem, iar ei se strâmbă și își dau ochii peste cap.

— Whatever, voi o să arătați rău! zice unul dintre ei.

— Tâmpiților! se aude bărbatul în alb, care urlă la doi tipi în negru. Mi-ați dat iar cafea cu zahăr! Am zis clar: za-ha-ri-nă! Și ce e cafeaua asta cu gust de căcat din cana mea?

Alt om în negru ne întreabă dacă vrem să bem ceva, iar eu îi spun că aș vrea să fiu liber. Mă asigură că mai sunt trei minute și suntem liberi, iar eu aleg să îl cred. Oricum n-am altă variantă.

— Un minut! strigă unul dintre ei.

— Dați foarte, foarte bine, sunt mândră de voi! îmi spune mama. Transmiteți emoție autentică!

— Maa, cine-s ăștia?

— Ce se întâmplă? întreabă și Kay.

— Vă spun după, acum sunt mândră că mi-ai urmărit indiciile. Am avut emoții că nu ți-am desenat bine chiparosul în camera ta și nu o să îl găsești, dar...

— Douăzeci de secunde.

Stelele care ne luminează pe noi și steaua care îl luminează pe bărbatul în alb se aprind.

— Zece!

Aplauzele răsună peste tot.

— 3, 2, 1...

Iată-ne din nou împreună cu voi! spune bărbatul în alb, în uralele mulțimii.

Duce cana la gură și bea puțin:

— Mmm, ce aromă inconfundabilă, cum numai cafeaua *Cafesso*, care este și sponsorul nostru, are!

Dau legătura repede în Zona Neutră pentru a vedea care este Mareleeeee Premiuuuu de laaaa...

Toți odată:

– Probeleeeee Dragosteeeei!

Judele din tabloul viu deschide încetişor, ca un melc bolnav, Cufărul orientat spre noi.

– Ăsta e momentul! Simt că pot leşina de emoții!

Odată dat la o parte capacul, Judele de la mare vâră mâna înăuntru şi scoate de acolo, încet, foarte încet, un obiect ciudat şi transparent. Huh?

– Amn, ce e asta? mă întreabă viitoarea mea soție.

N-am un răspuns.

Parcă ar fi o sticlă. Chiar este. Doar că ciudățenia e că nu e de sticlă. Mai mult ca sigur că este un material necunoscut nouă, care vine probabil din Lumea Veche. Inima stă să îmi sară din piept.

– Din ce material e? o întreb pe mama.

– Plastic, şşşt! Suntem în direct.

– Sponsorul nostrruuuu, strigă Judele din tablou, cea mai bună băutură răcoritoare din lumeeee care, după cum ştiți toți:

Toată lumea strigă în acelaşi timp:

– TE UMPLE DE ENERGIE ŞI TE READUCE LA VIAȚĂ!

– Întocmai, confirmă Judele, arătându-ne din tablou ce scrie pe sticlă: COLA - TE UMPLE DE ENERGIE ŞI TE READUCE LA VIAȚĂ!

Apoi roteşte obiectul din capăt care ar trebui să fie ca un dop de plută, numai că nu e de plută, apoi ni-l arată. Pe el scrie:

— 5.000.000 DE FREE - MARELE PREMIU! ŞI O VIAȚĂ ÎN LUMEA EVOLUATĂ, OFERITE DE COLA!

Scântei încep să zboare din interiorul unor tuburi argintii, ca şi cum cineva ar face focul înăuntru. O grămadă de bucăți de hârtie aurie zboară din toate părțile în direcția noastră, până ne intră peste tot, în gură, în urechi, pe sub haine. Alți bărbați în negru au scos cu zgomot dopurile unor sticle şi aruncă înspre noi cu un lichid necunoscut, dar destul de bun la gust.

Oamenii de pe scaune coboară lângă noi, sunt luminați dintr-odată de multe stele şi încep să cânte. Alții, care au stat în întuneric până acum, lovesc cu putere în tot felul de instrumente. Două fete în chiloți vin lângă noi cu un panou aproape cât ele de mare, pe care scrie cu litere uriaşe: 5.000.000 DE FREE, MARELE PREMIU! În vacarmul ăsta, în nebunia asta totală, mama prinde o măciucă aruncată de un bărbat în negru, o pune la gură, ridică puțin fusta şi începe să cânte şi să danseze:

— *Hai ia un pahar cu vin,*
O Lume întreagă se deschide,
Este show-ul lui Darwin
Probele Dragosteeeeei!

Încerc să îmi dau o palmă.

Încă una!

Apoi o rog şi pe Kay să mi-o dea pe a treia, în timp ce mama cântă şi dansează, în acelaşi timp cu publicul şi cu trei fete în fuste scurte apărute de nicăieri.

Individul cu perciuni se ridică în picioare, face şi el câteva mişcări de dans de lângă scaunul lui cel mare, apoi strigă, încercând să acopere vacarmul general şi muzica:

— Ce drăguuuț! TE UMPLE DE ENERGIE ȘI TE READUCE LA VIAȚĂ! Nu le vine să creadă că au câștigaaaat! Ne revedem de mâine seară, strigă el să acopere aplauzele. Viața obișnuită își reia cursul în cele două lumi. Nu uitați! Pe Amn și pe Kayana îi așteaptă o viață minunată alături de noi, în LUMEA EVOLUATĂ!

— O ce? zic.

— Ăștia sunt mai prăjiți decât ăia de pe Insulă! concluzionează Kay.

Dar bărbatul în alb nu se lasă întrerupt și continuă:

— De mâine, vom vedea imagini retrospective, de la naștere până azi, și le vom comenta împreună cu Amn și Kay, care vor fi invitații noștri!

— Noi mâine vom fi acasă! strig. O luăm și pe mama și plecăm de aici!

— De acum sunteți oameni evoluați, nu mai plecați! Mai aveți multe de aflat despre lumea voastră cea nouă, dar nu vă grăbiți! Acum timpul ne presează, trebuie să ieșim din emisie.

Vorbește repede, foarte repede, ca și cum l-ar grăbi cineva și ar trebui să spună toate lucrurile astea dintr-o suflare.

— După discuțiile cu învingătorii, nu uitați: un nou sezon va începe, ne vom întâlni cu două noi personaje, gata să le ia locul lui Amn și Kayanei! Deocamdată au două luni de zile, abia au apărut pe lume, iar în scurt timp îi veți cunoaște! Veți vedea cum vor evolua, cum vor trăi, cum își vor face prieteni și inamici, cum vor găsi sau nu indiciile și se vor întâlni. Show-ul darwinist, cel mai bun din lume, fără concurență, va fi reluat MÂINE, la aceeași oră! Până atunci, noapte bună, oameni evoluați! *Love me tender* tuturor!

MARELE PREMIU
PROBELE DRAGOSTEI
5 000 000 FREE

Lumea începe să se oprească din aplaudat, iar bărbații în negru îi îndrumă să iasă din Amfiteatru. Apar și două femei în halate albastre care eliberează pe podea niște obiecte rotunde cu trompe ce sug bucățile de hârtie, făcând curat. Rând pe rând, oamenii care au stat pe scaune ies pe o ușă, iar odată cu ei și cei în negru, în timp ce stelele se sting.

– Să știți că nu sunt chiar cinci milioane, îmi spune mama. După impozit, rămân vreo trei și jumătate.

Apoi mama se uită la noi și strigă:

– Hei, îi eliberează cineva și pe ei de aici? Heeei, regia, i-ați uitat?

După ce auzim un piuit scurt, mă simt liber. Pot merge pe podea fără să mă mai țină nimic într-un punct fix. La fel și Kay. Ceea ce e foarte bine. Îmi venea să o rup la fugă, dar brusc nu mai simt nevoia să fac asta pentru că nimic nu mă mai ține cu forța. Aș vrea mai degrabă să primesc niște răspunsuri:

– Mamă, trei milioane... despre ce vorbești? Nu am nevoie de banii nimănui!

– O să ai, e greu să trăiești aici fără bani, veți vedea! spune răzând.

– Mamă, nu știu ce e aici și dacă e real, dar... e și tata?

Tace.

– Mamă, e și tata aici? Hai să fugim în lumea noastră! Eu, tu, tata, Kay. De ce mai stăm?

Continuă să tacă și lasă privirea în pământ.

– Mamă?

– Amn, legat de asta... Nu sunt mama ta!

– Dar sigur că ești, doar...

– Sunt doar o Îndrumătoare.

Ha? Haaaa? Haaa?

— Am fost trimisă în lumea ta să îți las las indicii. Ca şi ea.

Ne-o arată pe femeia din public, care tocmai iese pe uşă.

— Mătuşă? strigă Kay. Ştiam eu!

— Îndrumătoare, nu mătuşă, spune femeia şi înclină capul. Îmi pare rău dacă ai crezut altceva... Am fost racolată de mică, am ştiut mereu.

— De aia dispăreai întotdeauna? spune Kay.

— Trebuia, veneam la training aici şi... Într-un show darwinist sunt permise două Îndrumătoare, una pentru fiecare lume.

— Show...

— ...ce?! Şi părinții mei unde sunt? strig.

— Pierderi colaterale, spune încet fosta *mamă*.

— Pierderi colaterale, dă din cap şi *mătuşa*.

— Adică?

— Adică, spune *mama* şovăitoare, nu este permis nimănui din lumile voastre primitive să intre în contact cu dronele de filmat, cu tehnologia... Vă dați seama că am putea compromite absolut tot dacă, de exemplu, cineva din lumea primitivă de pe continentul vostru, ar şti că noi existăm?

— Tata auzea ce aud şi eu! Ştia că Pământul are o rumoare, nu era nebun! Nici mama! Niciunul nu era nebun! strig la ea.

— Da, da, auzea metroul. Şi voi l-ați auzit, Amn şi Kay, dar nu ați mers mai departe încât să încercați să săpați şi să descoperiți o stație, nu?

E drept, nu am făcut asta. Mai ales pentru că habar nu aveam ce înseamnă o stație.

— Ei au făcut-o! În special mama ta, era tare neastâmpărată, deşi am încercat să îi spun... A continuat să se întrebe, să sape până a dat de lift şi...

— Asta a fost prima greşeală, a spus tristă *mătuşa* Kayanei.

— Avem patru staţii de metrou în lumea primitivă, atât am hotărât să construim. Una este la Defileu - în Zona Neutră, de unde v-am preluat. Celelalte două sunt la marginile kijijiurilor John şi Paul, unde mai coboară oamenii în negru, care merg la muncă detaşaţi în lumile voastre, sau cei care sunt Jude, adică co-prezentatorii. Iar ultima staţie e pe Insulă, unde cei de pe continentul nostru, în special corporatiştii stresaţi, merg în concedii. Cei mai mulţi merg la festival. Dar şi familiştii merg! Două concedii am petrecut şi eu acolo. Am fumat zece zile la rând, a fost o experienţă totală!

Încep să mă enervez rău, dar rău de tot. Sunt prea multe, mult prea multe lucruri noi, atât pentru mine, cât şi pentru Kay. Şi cuvinte de neînţeles.

— Totuşi, unde e tata? Cum adică pierderi colaterale?

— Au fost... terminaţi! răspunde *mama*. Vă daţi seama că orice om neevoluat şi-ar fi pus întrebări dacă ar fi descoperit o dronă, nu?

— Asta a fost a doua greşeală, întăreşte *mătuşa*.

— ... iar tatăl tău, Amn - poţi fi mândru de el - a reuşit să doboare cu o singură piatră o dronă, numai pentru că avea o bănuială că nu e pasăre!

— Iar pedeapsa pentru asta este, spune încet *mătuşa*...

— ... este terminarea lor, trecerea la pierderi colaterale, să spunem! Vă conducem la hotel şi vă spun mai multe pe drum, adaugă *mama*.

Ne zâmbeşte, apoi ne arată cu mâna o direcție.

— Voi chiar ați crezut că John şi Paul sunt zei? Hai să luăm liftul! ne zice ea în timp ce ne împinge de la spate.

Mergem din nou cu peştera călătoare, apoi trecem printr-o uşă măricică, ce se deschide, iar în fața noastră apar nişte case suprapuse uriaşe. Ca şi cum ar fi clădirea turnului cu ceas, dar de zeci de ori mai mari. De sute de ori mai mari.

— Cine a făcut aceste construcții?

— Blocurile? întreabă fosta mamă. Se numesc BLOCURI.

Nu are rost să pierd prea multă vreme cu această fostă mamă, e evident că îşi bate joc de noi. De când am nimerit în mijlocul acestor oameni ciudați, ea ne spune numai vorbe din care nu pricepem nimic. O iau de mână pe Kay şi ne îndreptăm în viteză înspre unul dintre acele blocuri imense.

O trăsură acoperită îmi taie brusc calea. A apărut de nicăieri, fără să se audă nici măcar un nechezat, un tropăit, nimic. Iar partea ciudată, privind-o cum se duce, este că nu are cai.

— Vrei să te sinucizi? strigă fosta mamă. Hei, Amn, treci încoace!

— Trăsurile fără cai de la Trecerea de Pietoni! strig şi alerg fascinat în urma lor.

Peste câțiva metri, ajung să văd şi Monumentul, aşa cum arată el în realitate. Probabil că aici este Trecerea de Pietoni originală, cea pe care strămoşii noştri au desenat-o în cărți! U I M I T O R! Simt nevoia să îngenunchez.

LOVE ME

Încă o trăsură fără cai, roșie, din care vine muzică. Probabil că sunt câțiva instrumentiști înăuntru. Apoi încă una, cu două stele rotunde care se aprind și se sting în fața mea, în timp ce se aude o goarnă.

— Bă, ești tâmpit, vrei să te calc? Mergi pe trotuar!

Apoi alte trăsuri, de toate culorile: albastre, galbene, roz, verzi. Unele mai mici, altele mai mari. Una chiar imensă, roșie, uriașă, cât trei elefanți la un loc. Un animal îngrozitor și fioros pe nume *bus*, în care s-au urcat niște oameni.

— Amn, mi-e frică!

— Și mie, dar încerc să mă țin tare.

— Ești cu mine, Kay! Hai să vedem despre ce e vorba...

Câțiva pași mai încolo apare un alt Monument. Altă Trecere de Pietoni?! Sunt două? Trei! Încă una, puțin mai încolo. Alta.

De fapt, câte Monumente ale Trecerii de Pietoni sunt? CÂTE?!

O apucăm în goană înspre una, iar un bărbat în costum albastru, cu o pălărie ciudată - ca un clopot cu pene - și cu fluier în gură, ne apucă de haine. Nimeni nu mă apucă pe mine de haine, iar cu atât mai puțin pe iubita mea! Îi iau mâna de pe mine dintr-o mișcare, apoi îi dau un picior și îl arunc la pământ.

Mătușa Kayanei aleargă spre mine, mă ia de mână și îmi spune:

— E în regulă, Amn! E în regulă! strigă ea. A vrut să vă salveze de mașini! Domnule ofițer, ei sunt cu noi...

Bărbatul în costum albastru se luminează la față și strigă fericit:

— EL E?! E CHIAR EL?!

Mă uit în spate şi nu e nimeni.

— Domnule ofițer, ne iertați! vine şi *mama* în fugă. Ne-au scăpat, este vina noastră! Uităm că nu-s chiar evoluați şi mai au de învățat...

— AMN şi KAY?! urlă fericit cel ce răspunde la numele de Ofițer. Fata mea e mare, mare, mare fan! Uriaş, uriaş de tot! Puteți să îi scrieți ceva aici, pe... şapca mea? Sau pe cămaşă, mai bine pe cămaşă!

Îi scriu cuvântul *ceva,* apoi plec, lăsându-l să plângă de bucurie. Între timp, două trăsuri s-au lovit în apropierea unui Monument, dar oamenilor nu pare să le pese. Zeci, poate sute dintre ei, aleargă acum spre mine şi spre Kay. Unii strigă fericiți, chiuie şi scot sunete ciudate. Două puştoaice cu belciuge de porc în nas urlă, agitând nişte caiețele:

— Roți dințate! Roți dințate!

— Te iubesc, Amn!

— Kay, eşti ge ni a lă!

Doi copii mă trag de pantaloni şi îmi pun în mână un fel de creion, dar cu capac. Mulți bărbați au perciuni şi sunt îmbrăcați în haine albe de sus până jos, cu gulerul ridicat. Kay izbucneşte în lacrimi, în timp ce mulțimea devine din ce în ce mai agresivă:

— Amn, Amn, când ai ştiut că o iubeşti? zice un puşti.

— Credeți că Afrika şi Numărul Nouă vor rămâne împreună?

— Cum va reacționa tatăl tău, Kay, când o să vadă că ai dispărut?

— Crezi că o să-l revezi vreodată pe Baba?

Gândul la Baba îmi dă fiori. Mă blochează. Cum o să îi spun eu că părinții mei au fost nişte pierderi colaterale? Probabil, bunicul este acum undeva acasă la noi, apucând cu cleştele o bucată de fier încins. Ori probabil că vorbeşte cu Brutarul, în lumea mea cea simplă, care acum mi se pare atât de îndepărtată. Sau se uită în zare sperând ca eu să apar de la bătălie.

În timp ce oamenii ăştia, nedezvoltați şi agresivi mă ating, trag de mine şi încearcă să mă facă să le scriu ceva pe hârtie, eu am un singur scop: să ajung înapoi la tabloul ăla viu unde era Judele şi să găsesc o cale de a intra în el. Pentru a ajunge în lumea mea, normal.

— Cum ajungem înapoi acasă? îi zic fostei mame.

— De ce? Nimeni care a ajuns aici, în lumea evoluată, nu a vrut înapoi în show.

— Evoluată? îi arăt disperații din jur. Ăştia sunt evoluați?

Între timp, un tablou viu cu mine şi cu Kay s-a deschis mare, mare de tot, la înălțime, pe un bloc din acela.

— Uite, e live pe led screen! strigă o puştoaică.

— Amn, spune ceva în direct pentru iubita mea! mă agață de bluză un tânăr. Te rog să îi spui că ea e totul pentru mine, Amn! Te implor!

Altă fată, cu o sârmă în gură, în jurul dinților, spune sâsâit:

— Kay, dacă Amn nu o să te mai iubeassscă, te gândeşti ssssă te recăsătoreşti cu mine?

— Veți face nuntă?

Mama, fosta mamă, ne ia de mână şi mai mult ne împinge spre o trăsură în care este un bărbat în negru, ce ține în mână un covrig de piele.

— La hotel, acum, bodyguard! îi strigă *mătuşa*. Că nu mai scăpăm de fani!

— Repede!

Ne liniştim puţin, în timp ce bărbatul în negru mişcă covrigul de piele în toate direcţiile, ceea ce ne face să ne deplasăm în viteză pe lângă oameni, clădiri, celelalte trăsuri şi pe lângă alte zeci de Treceri de Pietoni. Cel care răspunde la numele de Bodyguard se uită în oglindă şi ne face cu ochiul, iar câţiva oameni se aruncă efectiv în urma trăsurii noastre, lovind-o.

— Oameni primitivi! spune fosta mamă.

— Parcă erau evoluaţi, îi răspund.

— Faţă de voi... sunt evoluaţi, în unele privinţe. Amn, Kay, cum să vă spun...

— Cum vrei, îi răspund scârbit. Dar să fie adevărul.

vDin experienţa cu ceilalţi concurenţi, admite fosta mamă, e o singură cale: cea directă!

— O preferăm, îi spun. Care e adevărul?

— Unde suntem? strigă la ea şi Kay. Am murit?

Bărbatul Bodyguard roteşte covrigul de piele şi evită în ultima clipă un grup de tineri care voiau să sară asupra noastră.

— Sunteţi cât se poate de vii, iar viaţa voastră abia începe! răspunde fosta mamă. Vă aflaţi în anul 3615. Este acelaşi an ca în lumile voastre, evident!

— Cum am dispărut de acolo? întreb.

— Ce era peştera aceea umblătoare? completează Kay.

— Lift, evident! Apoi metrou rapid, până pe continentul nostru. E un tren pe sub pământ, cu viteză destul de mare, făcut după modelul japonez de pe la 2100.

— Unde suntem? întreb. Ce înseamnă *continentul nostru*?!

— Cine sunteţi? n-o slăbeşte Kay.

— Suntem oameni, ca şi voi, spune fosta mamă. Suntem oameni normali, ca tine, Amn, şi ca tine, Kay! La un moment dat, lumea a fost distrusă de roboți şi de aparate, când un virus a făcut ca totul să scape de sub control. Acum o mie trei sute de ani, au supraviețuit oamenii de pe două continente: al vostru şi al nostru. Voi ați hotărât să distrugeți tot ce era în Lumea Veche, să nu mai aveți de-a face cu tehnologia. VOI SINGURI, conduşi de Judele de atunci, Vocea, ați hotărât să rămâneți neevoluați. Ați ars tot, mai puțin roboții!

— Mai puțin ce? întreabă Kay.

— Roboții. O să aflați... Roboții au fost nişte mari nenorociri, nişte greşeli pe care noi nu le vom repeta. De aceea, am înghețat pe acest continent tot ce înseamnă tehnologie, la nivelul anului 2020. Am înghețat dezvoltarea!

— Ați înghețat dezvoltarea? Cum măcar poate face cineva aşa ceva?

— Adică nu mai creăm nimic nou, nu mai inventăm lucruri, aparate, zâmbeşte fosta mea mamă. Ne limităm la ce exista pe Pământ în 2020. Stați puțin!

O melodie iese dintr-un obiect dreptunghiular care se aprinde. Probabil că este un fel de cutie muzicală, dar în altă formă, în cu totul altă formă. Iar ciudățenia e că din ea se aud instrumentişti, mulți instrumentişti.

— Unde sunt cei care cântă? o întreb.

Sunt uşor şocat, recunosc. Ea duce obiectul dreptunghiular la ureche şi spune:

— Da! Da! Nu, nu, ieşim cum am zis. Îi las la hotel şi într-o oră sunt acasă! Văd că nu e trafic prea.... Şi eu! Şi eu!

Apoi zâmbeşte şi bagă obiectul într-un buzunar.

— Aşa, scuze! Amn şi Kay, veţi înţelege tot ce vi se întâmplă, în timp. Vom povesti despre astea începând de mâine, în show, dar şi diseară, după declaraţiile de presă. Trebuie să trăiască şi ziariştii... După ce veţi face un duş, o să vă rog să coborâţi la conferinţa de presă.

— După ce facem un... ce?

Nu înţeleg ce vrea.

— Scuze! zâmbeşte ea. Apă, Amn... O să intri în baie şi o să curgă apa de sus, ca o...

— Ca o ploaie, dar din tavan, o ajută *mătuşa.* Şi printr-o ţeavă.

Ăştia îşi bat joc de noi! Am impresia că vor să ne ducă într-un loc şi să ne tortureze. Mă împing cât pot în uşa trăsurii, dar nu se deschide. Ba chiar reuşesc să mă lovesc cu capul de fereastră.

— Ţineţi nebunul! strigă bărbatul Bodyguard cu covrig de piele în mâini.

Mă calmez, iar Kay îmi pune o palmă pe proaspătul cucui. Parcă începe să-mi fie mai bine de-acum.

— Şi voi, întreb, cum aţi ajuns în halul asta de... evoluaţi?

— După ce roboţii au distrus aproape tot, în primii ani ai Lumii Noi, cum îi ziceţi voi, am găsit o bibliotecă întreagă neatinsă! Cărţi, multe cărţi din perioada 1980-2020, toate tehnice! Şi atunci am început să citim despre motoare, paraşute, mecanisme, roţi dinţate - că tot vă plac vouă. Plus *Teoria Evoluţiei,* a lui Darwin. Era singura carte netehnică, atât! Fără această descoperire am fi fost la fel de primitivi ca voi. Prin anul 80 al Lumii Noi, cum număraţi voi, câţiva exploratori cu elicoptere...

— Elicoptere? Ăsta măcar e un cuvânt? întreb.

— Păsări de metal care zboară cu oameni în ele, zice fosta mamă.

— Aha..

— Zburând cu păsările astea, continuă ea, v-au descoperit: o lume primitivă, în construcție. O lume cu Agore şi cu case desprinse din poveşti. Noi, în anul 80, aveam deja maşini, vapoare, televiziuni, iar voi nu ştiați să faceți o simplă macara. A urmat o lungă dezbatere în societatea noastră: CE SĂ FACEM CU PRIMITIVII?

— Noi?!

— Voi! În anul Zero, până să găsim biblioteca, eram la fel de idioți ca voi, să ştiți! Total dependenți de tehnologie, lăsați să ne descurcăm singuri după distrugerea lumii...

— Lumea Veche a fost distrusă deci?

— Da. Iar cărțile ne-au făcut să evoluăm mult mai rapid decât voi. Pe lângă noi erați şi sunteți primitivi. Apoi, Amn, Kay, s-a decis, după ani de dezbateri, să nu intervenim în viața voastră. În fond, cine ne garanta nouă că am ales calea bună?!

— Cine ne permitea nouă, spune şi *mătuşa*, să intervenim în viața unor oameni care AU ALES să fie primitivi?

— Suntem aici, strigă Kayana. Înseamnă că ați intervenit!

— Doar un show a fost permis de-a lungul timpului, în ultimii o mie de ani: al nostru. Singurul show darwinist permis, restul sunt doar trucate, cu actori plătiți. S-a considerat că un show ca al nostru stimulează oamenii să evolueze. Aşa că am construit un metrou silențios, cu patru stații acceptate de cei care conduc Lumea Evoluată. Şi am trimis drone - păsări nemuritoare, cum le ziceți voi - să vă filmeze.

Doar câteva pierderi colaterale au fost în o mie de ani, dar e imposibil să nu mai cadă câte-o dronă: o mai dărâmă vântul, se mai defectează, mai rămâne agățată printr-un copac... Iar curioşi se găsesc...

— Câte pierderi colaterale? întreb.

— Maximum cincizeci sau o sută, spune *mama*. Dar să ştii că de fiecare dată s-au făcut aici funerarii naționale! Ba chiar, în cazul părinților tăi, s-a pus puțin problema să se oprească show-ul şi să nu mai intervenim deloc. Dar audiența foarte mare a făcut ca oamenii şi sponsorii să pună presiuni pe politicieni şi am mers mai departe...

Oprim în dreptul unei clădiri mari, unde alt bărbat, în uniformă roşie, se repede să ne deschidă uşa. Intrăm, iar femeia de la masa din fața noastră, care îmi întinde o cheie cu un număr pe ea, leşină când îi ating din greşeală mâna.

— Sunteți vedete, să vă obişnuiți cu fanii! spune *mătuşa*.

Dar eu nu vreau să mă obişnuiesc cu nimic! Nu înțeleg nimic. Iar singurul lucru bun din toată povestea asta, din care sper să mă trezesc cât mai repede, e că sunt împreună cu Kay.

Fosta mamă atinge un rotund pe care scrie 3, apoi două uşi de fier se deschid, iar noi intrăm într-o nouă peşteră. Un bărbat, îmbrăcat în alb, la fel ca acela din amfiteatrul luminat de stea, ne întâmpină. Are perciuni la fel de lungi, iar costumul dintr-o bucată îi lasă la vedere părul de pe piept.

— *Love me tender*, Părinte! îi zice *mama*.

— *Love me tender*, fata mea! Aceştia sunt cei doi de la show-ul darwinist?

Cel numit pe nedrept Părinte - pentru că după vârstă nu pare a fi tatăl falsei mele mame - dă din cap mustrător. Se vede că e total scârbit și nemulțumit de prezența noastră. Le ceartă din privi pe ambele femei.

– Cum să îi lăsați în ignoranță, cum? Biserica nu va mai tolera mult asta! O lume de sălbatici care cred în patru zei. În Paul, auzi! În John, Ringo, în George! Ce fel de lume păcătoasă e aceea care crede într-o falsă *Carte Sfântă* cu patru zei?

Mama și *mătușa* lasă bărbiile în piept și răsuflă ușurate când aud un clopoțel ciudat. Bulina pe care scrie 3 capătă strălucire, ca și cum ar fi luminată din interior de o lumânare, iar ușile de metal se deschid.

– În loc să îi convertiți la adevărata credință, la *Cartea* noastră *Sfântă*, unica și cea adevărată, spune el tare, îi lăsați să trăiască în păcat.

Acum țipă de-a dreptul:

– TREBUIE SĂ ÎI CONVERTIM LA CREDINȚA ÎN ADEVĂRATUL ZEU! UNICUL! CEL CE APARE ÎN UNICA NOASTRĂ *CARTE SFÂNTĂ* GĂSITĂ ÎN LUME, NU ÎN ACEEA DINTR-UN SHOW CU SĂLBATICI!

Mă sperie omul ăsta. Atât de rău mă sperie, încât răsuflu ușurat când ușile de metal aproape că îi prind nasul.

– Și voi ați găsit o *Carte Sfântă*? o întreb pe *mama*. Tot scrisă de Poe și de David?

– Nu, nu, zâmbește ea. *Cartea* voastră *Sfântă* și Relicvele sunt făcute de oameni, nu de zei. Poe, David erau simpli oameni, iar totul este… cum să vă spun? De show. Recuzită. De fiecare dată le ascundem în alte locuri, dăm indicii, unii dintre voi le găsesc și ajung aici.

– Ha? Sunt mulți din Lumea De Pe Dealuri și din Lumea De La Mare aici? zice Kay.

— Sunt... Păi, gândiți-vă că avem un câştigător cam la 15-16 ani, uneori la 20 sau 30. Şi show-ul are o mie şi... spune *mama*. Dar de mâine seară o să vă întâlniți şi cu ei, o să schimbați impresii... unii au peste 60-70 de ani chiar.

Mă doare capul, simt că ceva o să îmi explodeze înăuntrul lui, aşa că încerc să mă calmez. Hotărăsc că e destul pentru azi, e chiar mult, mult prea mult, dar de mâine n-o să mă las până nu voi înțelege tot. O singură nelămurire urgentă aş mai avea, totuşi:

— Şi *Cartea* voastră *Sfântă* e alta, deci? Nu aceeaşi?

— E o singură *Carte Sfântă* adevărată pe Pământ, da! răspunde *mama*. Ale voastre sunt doar scrierile unui cuplu care a trăit acum o mie trei sute de ani, dar v-am spus asta. Ei erau doar doi muritori. Pe când *Cartea* noastră *Sfântă* a fost descoperită în anul 296 din Lumea Nouă, cum ați zice voi, şi conține peste o sută de pilde şi învățături. Cel pe care l-ați văzut, Părintele, le citeşte miercurea, la biserică. Iar noi cântăm, o să vedeți ce frumos este. Credință adevărată! Cu siguranță, veți simți să vă convertiți repede.

O iau pe Kay de mână - pare extenuată - şi hotărăsc că pentru moment am pus destule întrebări. Am nevoie să mă odihnesc, să stau puțin cu ochii închişi alături de iubita mea, apoi să facem un plan pentru a intra în tabloul viu. Trebuie să ajungem cât mai repede la Baba, la familia ei, la prieteni! Fie intrăm în tablou, fie mergem cu peştera, apoi luăm şarpele de metal, dar cumva trebuie să ajungem acasă!

Acum, pe lângă lumea asta stranie pentru care oamenii sunt simple *pierderi colaterale*, Lumea De La Mare şi Lumea De Pe Dealuri mi se par nişte tărâmuri pline de bunătate.

În timp ce mergem pe un hol lung, cu multe uşi pe ambele părți, o întreb pe *mama*:

– Cine e adevăratul zeu, unicul? Dacă toți ziceți că zeii noştri nu erau buni. Cel care apare în *Cartea* voastră *Sfântă*, singura adevărată şi bla bla…

– Cei patru NU erau zei, v-am zis! Începeți să uitați tot ce ştiați despre ei, pentru binele vostru! Nu ştim cum ați putut crede aşa ceva, că nişte muzicieni… mă faceți să râd. Dar probabil pentru că sunteți atât de neevoluați. Noi, cei din lumea care acum e şi a voastră, suntem monoteişti, iar zeul nostru este UNICUL adevărat. Ținem foarte, foarte mult la religia noastră.

– Înțeleg, spun, dar dacă cei patru nu sunt zei, cine e acela? UNICUL ZEU…

Ne oprim în dreptul uşii pe care e scrisă cifra 8, aceeaşi cu cifră de pe cheia mea. Apoi fosta mamă îmi pune o mână pe umăr, iar pe cealaltă o aşază pe umărul Kayanei. Ne zâmbeşte larg, foarte larg, şi ne spune cu o voce caldă:

– Elvis, copii, bineînțeles! Dar veți citi şi voi pildele sale uimitoare şi pline de bunătate: *It's Now or Never, Can't Help Falling in Love With You, Blue Suede Shoes*... O să îi iubiți învățăturile! Aveți un exemplar din *Cartea Sfântă*, în cameră, pe noptieră.

Sfârşit

CUPRINS

BOOKZONE